大聖神

横田順彌

目次

大聖神

序章

　天井からぶら下がったランプの下で、蒙古服《もうこふく》を身にまとった三人の男が、しきりに首をひねっていた。時刻は午前零時。外は暗黒のベールに包まれている。

「どういうことだ？」

　四十前後と見える、美髯《びぜん》を蓄えた男がいった。はっきりした日本語だ。佐々木陸軍大尉という。

「わかりません」

　レシーバーをはずし、首にかけた二十五、六歳とおぼしき青年、松本陸軍通信少尉が答えた。

「ちょうど、十二時だな」

　手製の椅子《いす》に腰をかけ、ノートになにやら記入していた銀縁眼鏡《めがね》の吉川中尉が、小さな窓から外の闇に目をやっていった。歳は、ふたりのあいだ、三十を少し越えたぐらいのようだ。

　そこは三方に渓谷を見る三十坪ほどの落葉松林《からまつばやし》の中に、丸太で造られた粗末な建物の一室だった。その建物の崖側に金属製の柱が立ち、アンテナとおぼしき電線が、落葉松林の、そこここに張り巡らされている。明らかにオロチョン族やソロン族の家とは異なっている。ここは、北部大興安嶺《だいこうあんれい》の高峰・高原山の中腹。

　建物の中は、およそ外見とは場違いに思える器具でいっぱいだった。部屋の半分は、大型の発電機に占められ、松本少尉の前には、無線電信機の設置された机があった。そのほか、工具類が、所せましと置かれている。

「これで、丸二か月、同じ時刻に電波障害が生ずるか……」

　中尉がいった。

「いえ、正確には障害ではありません。明らかに露西亜《ロシア》護境軍のものとはちがう電波が入ってくるのです。人為的ですが、意味不明です」

　松本少尉が、紅潮した顔でいう。

「そう、むきになるな、松本少尉」

　佐々木大尉が、苦笑いしながらいった。

「はいっ！」

「しかし、大尉。これが露西亜別軍の暗号だとしたら、もう解読しませんと……」

　吉川中尉が、佐々木大尉の顔を見た。

「まったく、二か月間、同じ信号ですから」

　松本少尉が、固い口調でいう。

「本国へ連絡するか……」

大尉が腕を組んで、唇をきゅっと噛《か》みしめた。

1

わが輩たち、自転車世界無銭旅行の一行、すなわち、石峰省吾《いしみねしょうご》、雨宮志保《あまみやしほ》、そして、わが輩、五賃将軍・中村春吉《なかむらはるきち》の三人がドイツの首府ベルリンに到着したのは、日露戦争が終結して約一年半、明治四十年四月末のことだった。日露戦争中はアフリカ、北欧などを旅しておった、わが輩たちは、戦争が終わり、日露協約締結も間近となったので、ひとつシベリヤのほうを探検してみようということになったのだ。

わが輩、実は数年前にシベリヤに密入国し、一大活劇を演じたことがあるのだが、そのころとは事情もちがっておるし、ぜひ、もう一度いってみたいと思った。

それで首尾よく、ロシアに入ることができるかどうか、ようすを探るため、ドイツまでやってきた。デンマルクからキール港までは船で渡った。キール港では税関検査がある。ドイツの税関吏は、石峰君や志保はともかく、わが輩の姿を見ると、顔をしかめた。

なにしろ、わが輩、身なりになど気を遣《つか》わんから、古着の探検服の上に、これも古外套《ふるがいとう》、髭《ひげ》はぼうぼう、ぼさぼさの髪の毛も肩まで垂れているというさまで、自分でも文明国を歩く姿ではないと思う。しかし、もともと文明国を巡る探検が目的ではなし、また、これまで、仏国でも英国でも、これで過ごしてきたのだから、いまさら変えることはあるまいと、そのままキール港に上陸したのだ。

ほかの人間は、なんの文句もいわれず税関を通り抜けたのに、わが輩の番がくると、ひとりの税関吏が自転車に積んだ荷物を見せろと、英語で話しかけてきた。

「見せるのは、かまわんが、鍋や飯盒《はんごう》、そんなものしか入っておらん」

わが輩がいった。

「いや、おまえの風体は、いかにも怪《あや》しい」

別の税関吏がいう。

「それは、わが輩自身、認めんわけではない。しかし怪しい者ではない。旅券も見せたではないか。こんなところに、鍋や皿を並べてなんになる」

「いいから、見せろ！」

「連れの者は、通したじゃないか」

「あのふたりは、怪しくなかった」

「わが輩だって、怪しくはない！」

「いや、怪しい」

こうしたやりとりは、もう何十回となく、あちらこちらでやっておるから、わが輩も慣れてはおるが、やはり、おもしろくない。しばらく睨《にら》みあいをしておると、先に税関を通り抜けた石峰君が、もどってきた。

「中村さん。めんどうですから、少し、袖《そで》の下を……」

「うむ。こうしておっては、らちがあかんな。いくらやればいいのだ？」

「一マルクが相場だそうです」

石峰君がいう。わが輩、その手の行為は大いに腹だたしくて嫌いなのだが、こんなところで、店を広げて時間を取られるのも、もったいない。ポケットから一マルク銀貨を取り出し税関吏に渡すと、その男、急ににこにこして、中を調べようともせず、自転車に括《くく》りつけた鞄《かばん》に検査済みのマークをつけてくれた。調子のいいこと、おびただしい。一マルクは日本円にして五十銭ちょっと。上等の鰻飯《うなぎめし》の食える金額だから、無銭旅行のわが輩のふところには痛いがしようがない。

「あなた、なんですな。どうも日本という国は強いですな。あの小さな国で、ロシアに勝つとは、たいしたものだ」

税関吏が、ころりと態度を変えて、おべっかをつかう。

「当然だ。国民の気概がちがう。こころみに訊《たず》ねるが、露西亜にわが輩らのような、自転車に乗って、無銭世界一周旅行をするような人間がおるか？」

「ほう、あなたがたは、無銭で世界旅行をしているのですか。ロシアには、そんな心意気を持った人間はおりませんよ」

「そうだろう。そこが日本と露西亜の、ちがいなのだ」

わが輩、胸を張って税関を通り抜けた。

キール港から、ベルリンまでは、これといった、おもしろい話もない。ただドイツの田野は広く耕され、村家の建築、農民の姿が、なんとなく豊かそうに見える。自然に打ち勝ち、砂地に森林を営み、荒れ地を開墾して作物を育てている。ドイツ国民の勤勉の精神は日本人にも劣らない。いや、農村などでは日本人も、見習うべきところが多いのではないか。

わが輩らがベルリン市内に入ったのは、四月二十六日の日曜日、午後二時ごろのことだった。さすがに、この季節になると雪は降っていないものの、やけに寒い日だったが、日曜日のせいか、街は人通りも多く賑《にぎ》わっていた。わが輩の自転車の後ろには、例によって日の丸の旗が立てられておる。通行人たちは、珍しそうに、その旗と、わが輩のよれよれの古外套姿に視線を集めておるが、別に気にもならん。

それよりも、なにはともあれ、宿を決めたいと思ったが、無銭旅行の身であれば、なかなか高級なホテルには泊まれない。どうしたものか大使館を訪ねて、安宿を斡旋《あっせん》してもらおうかと思案しながらも、とにかく腹を満たそうと、食い物屋を探した。ポツダム橋近くに〔ワインステハン〕という立派なレストランがあったが、こんなところには、とても入れない。

高級レストランを横目に見ながら、あげくの果てに見つけたのが、学生街にある古風な安料理店の〔猛犬屋〕。わが輩、名前が気にいったので、ここに決めた。〔猛犬屋〕とは、いかにも無銭旅行者には、ぴったりの名前ではないか。入口に自転車を置いて、薄暗い曲がりくねった階段を降りると、地下の広間に入る。天井は低く壁は煤《すす》け、竈《かまど》で煮られている豆の匂いが充満しておる。

客は馭者《ぎょしゃ》、職工、丁稚《でっち》、学生など、金《かね》のない連中が多い。おかげで、わが輩たちも、特別、奇異な目で見られることなくテーブルにつくことができた。エンドウ豆のスープにソーセージ、パンが二個ついて二十銭ほどだ。わが輩と志保は飲まなかったが、アルコールの好きな石峰君はビールを二杯あおった。それが一杯五銭というのだから、さすがはビールの国だけあって、実に安い。

すっかり満足して、店を出ようとした時だ。

「石峰君じゃないか!」

部屋の隅から、はっきりした日本語で、呼びかける男の声がした。石峰君だけでなく、わが輩や志保も声のほうを見た。石峰君と同年配ぐらいに見える、小肥《こぶと》りの青年が手を振っておる。

「おお、羽賀《はが》君!」

石峰君も、大きな声を出した。

「こんなところで会うとは、奇遇だ」

羽賀と呼ばれた男が、席をたち、西洋ふうに石峰君に握手を求めながらいった。

「まったくだね。中村さん、志保さん。かれは羽賀亮介《りょうすけ》といって、中学時代の友人です。羽賀君、こちらは、ぼくと一緒に旅をしている中村春吉さん、それから雨宮志保さんだ」

石峰君が、おたがいを紹介した。

「しかし、甲府《こうふ》にいるはずのきみが、どうしてここへ」

石峰君が、羽賀君の顔を見ていった。

「いや、あれから東京に出てね、ホテルに勤めて、コックの見習いになったんだ。ところが、コック長ともめてクビさ。その原因が、ぼくの料理作りがへただというんだ。それで、それなら世界中の料理を研究して、日本一のコックになってやろうと、あちこち歩きまわったんだが、ベルリンが気にいってしまって、もう二年も滞在しているよ」

羽賀君が説明した。

「なるほど」

石峰君が、うなずく。

「ところで、きみのほうは、どういうわけで？」

羽賀君が質問した。

「話せば長くなる。たち話では終わらないよ。場所を変えないか」

「だったら、ぼくの下宿にきたまえ。広い家を安く借りられてね。もう宿は取ったのかい？」

「いや、まだだ」

「それなら、ぼくのところに泊まりたまえよ。そのぶん、安くつくじゃないか」

「それは、ありがたい。実は、われわれは、自転車で世界無銭旅行をしておるのだ」

わが輩、思わず、ふたりの話に割り込んでしまった。

「自転車で世界無銭旅行ですか。それは痛快ですね。いろいろ、おもしろい話があるでしょう。ぜひ、聞かせてください」

羽賀君は、そういうと、その店のわが輩たちの食事代まで払ってくれて表に出た。

と、妙なことが起こった。わが輩ら三人は自転車を引いて歩いておったのだが、反対方向から、歩いてきた四、五人の学生とおぼしき若い男が、口々になにかいいながら、わが輩らに赤い色紙を丸めた物を、投げつけてきたのだ。とくに志保をめがけて、紙の玉が飛んでくる。

「おい、こら！　おまえたち、なにをするか!!」

わが輩が日本語で怒鳴《どな》ったが、若者たちは平気な顔で笑いながら、なおも紙を投げようとする。わが輩、腹をたてて、もう一度、怒鳴ろうとすると、羽賀君がいった。

「中村さん。怒鳴ってはいけません。独逸《ドイツ》では十二月から翌年の三月まではカンネバルと称して、若者が、はめをはずして遊ぶ季節なのです。それで、あんないたずらをするのです」

「しかし、いまは、もう四月だぞ」

わが輩がいった。

「そうですが、カンネバルが終わっても、美人をみると、学生たちは、まだ、いたずらをして、赤い紙玉を投げるのですよ。あの学生たちは、雨宮さんを見て、はしゃいでいるのです」

羽賀君の説明のあいだに、青年たちとわが輩らは、すれちがってしまったが、振り向くと、その先でも、通行人の女性に赤い紙玉を投げておるではないか。しかし、投げられたほうは、にこにこと笑っておる。

「ふむ。不思議な習慣があるものだね。しかし、だとすると、あれだけ志保さんが、紙を投げられたというのは、美人であることを証明されたようなものだな。どこの国の人間にも、志保さんが美人なのはわかるようだ」

わが輩がいった。

「まあ、中村さん」

志保が、顔を赤くする。

羽賀君の下宿は、〔猛犬屋〕から、さして遠くない西区のライプツィヒ街にあった。上品な市街で、富豪紳士の住宅が多い。羽賀君は、ある金持ちの老未亡人の知遇を得、その別邸を貸してもらったのだ。下宿などというから、わが輩、汚い長屋のようなところを想像しておったら、とんでもない。日本なら高級官吏でもなければ住めないような立派な屋敷だ。なにしろ、部屋の数だけでも五つもある。そこに、ひとり暮らしというのだから、わが輩たちから見たら大名生活だ。

居間に通されたわが輩らは、茶色緞子《どんす》の長椅子に腰を降ろした。暖炉の火をつけてくれると、たちまち部屋は暖かくなった。さらに、温かいコーヒーを入れてもらうと、旅の疲れが、すうっと消えていくようだ。

「……なるほど、そういうことですか。日本の国力増進のために、世界中の商業視察を。しかし、それを自転車で、しかも無銭旅行でやるというのは、痛快の極みですね」

羽賀君が、わが輩の説明に意を得たりといった表情でいう。

「石峰君も、お家再興のための宝探しとは夢があっていいね。雨宮さんは、なんで？」

「わたしは、スマトラで中村さんに、命を助けられ、一緒に連れて歩いてもらっています」

志保がいった。

「なあに、助けたというほどではないのだが、わが輩と一緒にきてくれるといってね。やはり、女性がいると、いろいろと男だけでは気がつかんことにも手をまわしてくれるし、どれほど助けになってくれておるかわからんよ。なあ、石峰君。志保さんは、すばらしい女性《ひと》だな」

もちろん、志保を悪徳親爺《おやじ》の女郎屋から救い出したなどとはいわないで、わが輩、わざと石峰君の顔を見ていった。

「は、はあ」

石峰君が、あいまいな返事をする。それだけで羽賀君には、石峰君の志保に対する気持ちが理解できたようだ。

「石峰君、早く、婚約したほうがいいんじゃないか」

羽賀君が、笑いながらいった。

「馬鹿、つまらんことをいうなよ」

石峰君が、あわてていい、続けた。

「それよりも、きみも一念発起でコックの勉強とは偉いね」

「偉くはないが、ぼくを馬鹿にしたコック長を見返してやりたいんだ。いまは、どこにおるか知らんが、ぼくが東京のホテルで修業していた時、横浜の〔セントラルホテル〕に神戸から、やはりコックの修業にきていた、ぼくと同じくらいの歳の山口勇治《やまぐちゆうじ》君という、気のいい男がいてね。かれと、いずれ日本一のコックを争おうと約束したんだ」

羽賀君が、コーヒーを口に運びながら説明した。

「うむ。おたがいに、友情を持って腕を磨くというのは、堂々としていていい。ぐずぐずいうコック長など、張り倒してしまえばよかったのだ。日東男児は、男らしくなくてはいかん」

わが輩がいった。その時、部屋の入口脇の台の上の電話が鳴った。羽賀君が、席をたって受話器を取る。

「はい。羽賀ですが。あっ、山梨《やまなし》中佐ですか。……いえ、その件はまだ。はい。適当な人物が見つかりませんで。恐縮ですが、いま来客中なので、後ほど、こちらから……。ええ、中村春吉さんという世界自転車無銭旅行中の……。えっ、ごぞんじですか。仏蘭西《フランス》の新聞紙で……。そうですか。ぼくは不覚にも知りませんでした。中村さんにですか？　ええ、わかりました。打診してみます。はい。それでは、あとで」

羽賀君は、受話器を置いた。

「わが輩の名前が出ておったようだね」

わが輩が、長椅子にもどってきた羽賀君にいった。

「はい。いまの電話は、独逸大使館付武官の山梨半造《はんぞう》中佐という人からですが、ぼくは大変、懇意にしていただいておりまして、中村さんが、こちらにきているという話をしましたら、ごぞんじだということでした。お会いしたことはないが、旅行とお名前のことは、仏蘭西の新聞紙で読んだことがあると」

「ああ、数年前、仏蘭西の新聞紙では、大きく取りあげられ、日本人会では講演までやらされたからな」

わが輩がいった。

「それで、中村さん。実は、その山梨中佐が、中村さんに打診してもらえないかということがあるのです」

羽賀君の表情が、少し緊張した。

「なにかね」

「はい。一か月ほど前から、露西亜のセント・ペテルブルク近衛軍団内に、奇妙な動きがあるというのです。民間人を装って、十名ほどの選抜兵士が考古学者を伴い、東蒙古に学術探検に出かけるというのですが、山梨中佐の収集した情報によると、これが、なにか怪しい。ただの学術探検隊なら、秘密にすることもなさそうだが、露西亜では、これを極秘裡に進めているそうです」

「ほう。東蒙古にね」

「それに、東蒙古を調査するなら、シベリヤ第一軍団か満洲の護境軍団のほうが、はるかに近い。それが皇帝のお膝元のペテルブルク近衛軍から派遣するというのが不可思議です。出発は、もう一週間ほど先のようですが、この一行を追跡して、露西亜がなにを画策しているのか、調べてくれる人間はいないかと頼まれていたのです」

羽賀君が説明した。

「それで、わが輩に打診してみるといっておったのだな」

わが輩がいった。

「はい」

羽賀君が、うなずく。

「だが、それなら本国に連絡して、日本側も満洲駐在軍あたりで、隊を組織すればいいいんじゃないのかい」

石峰君がいった。

「ぼくも、それはいったんだよ。けれど、山梨中佐によれば、もし、たいした意味もない学術調査だったら、軍の失点になるというんだ。だから、できれば民間人にやってもらいたいと……」

「軍人というのは、いつもそれだな。なるべく、自分は動かんで、美味《うま》い汁だけを吸おうという」

わが輩がいった。

「ですが、山梨中佐は、悪い人間ではありませんよ」

「いや、その男はそうかもしれんが、一般的に軍はずるいといっておるのだ」

わが輩がいうと、羽賀君はだまってしまった。一瞬、沈黙が訪れた。

「けれど、中村さん。その話、なにかおもしろそうじゃありませんか。どうせ露西亜にいってみようと思っていたのですから、やってみませんか？」

石峰君がいった。

「しかし東蒙古といえば、露西亜は通るが、あまりにも遠いぞ。それともなにか石峰君、東蒙古にはジンギスカンの宝が隠されているとでもいうのかい？」

わが輩、笑いながら茶化した。ところが、石峰君は、まじめな口調で答えた。

「そうなんですよ。東蒙古のどこかに、元帝国《げんていこく》時代の宝が隠されていると聞いたことがあります」

「石峰君の話を聞いておると、世界中、宝物だらけではないか。だが、いまだ、ひとつとして発見できておらん」

わが輩が、笑った。

「そういわれると、一言もありませんが……」

石峰君も苦笑し、ごりごりと頭をかいた。

「どう思うかね、志保さんは？」

わが輩が質問した。

「わたしは、おふたりがいかれるというなら、どこにでも。蒙古というのも、おもしろいかもしれません」

志保がいう。

「ありゃありゃ、志保さんまで。……まあ、わが輩たちは期日の決まった旅をしておるのではないから、蒙古でも満洲でもいってもいいが、露西亜が一週間後に出かけるとなると、わが輩らも、このベルリンから自転車でいくというわけにはいかんな」

「そうですね。ベルリンからモスコーに出て、シベリヤ鉄道を利用するしかないでしょう」

羽賀君がいった。

「では、やってみるか。とにかく一度、その中佐に会ってみないといかんな」

わが輩がいった。

「会ってくれますか。中村さんが、この仕事を引き受けてくれるといったら、山梨中佐は、大喜びされますよ」

羽賀君の顔が、輝いた。

「いや、わが輩は、まだ引き受けるとはいっておらん。話を聞いてみようというだけのことだ」

「だいじょうぶだよ、羽賀君。中村さんが、話を聞こうといえば、まず引き受けてくれる」

石峰君が、かってに決める。

「ところで、蒙古の地図はあるかい」

「ああ、あるよ」

羽賀君は長椅子からたちあがり、暖炉の脇の本棚から地図帳を持ってきた。そして、欧州、亜細亜《アジア》のページをめくった。

「ここがベルリンですね。東蒙古というと、このあたりになります。さすがに遠いですね」

「シベリヤ鉄道で、モスコーから満洲里《マンチユウリ》までいくとしたら、何日ぐらいかかるんだい？」

石峰君が質問した。

「約九日だね。ベルリンからモスコーまでが、約二日だ」

羽賀君が答える。

「汽車でいくなら、たいした時間ではないな」

わが輩がいった。

「そうですね。自転車では、何日かかるか見当もつきませんが」

石峰君がいう。

「しかし、わが輩らの旅は、自転車でするところに妙味があるのだがな」

「それでは、自転車を汽車に積んでいって、仕事を成し終えたあとの帰り道を自転車で旅するというのは、どうです」

石峰君、なんとか、わが輩を説得しようと、いろいろな手を繰り出す。

「うむ。それは、悪くない。ゴビの砂漠を横断するというのもいいかもしれん」

わが輩、わかっていながら、石峰君の策略に乗ってしまった。

「そうしましょう。それがいいです。ねえ、志保さん」

志保は石峰君のことばに、いいとも悪いとも答えず小さく笑った。

「東蒙古か。なにがあるというのだろうな。まあ、日本の国益になることなら、露西亜軍のあとを追うのも意味がある。だが、もし、できることなら、露西亜軍がやろうとしておることを、なんとか探って、先まわりできれば、もっと、おもしろいが……」

わが輩が、羽賀君の顔を見ていった。

「そうですね。そのあたり、山梨中佐に面会して、詳しく話を聞いてみましょう」

羽賀君がいった。そして続けた。

「今日、ベルリンについたばかりで、これから、すぐというわけにもいきませんから、明日にでも面会ということでいいでしょうか」

「よかろう。実行するなら、準備も必要だし、早いほうがいい。ただし、今夜は熱い風呂に入らせてくれ」

「わかりました。では、中佐に連絡だけしておきます」

羽賀君がいい、電話のところに歩いていった。

「それにしても、思わぬ事態になったな」

わが輩、羽賀君の電話をしている後ろ姿を見ながらいった。

「ええ。でも、文明国の旅行はつまらないですよ。蒙古探検は、ぼくたちには向いています」

石峰君も、わが輩と一緒に旅を続けておるうちに、すっかり探検家になってしまった。

「志保さんは、どうするね？　無理をせんで、ここで待っておってくれてもかまわんよ」

「いいえ。わたしも、参ります。蒙古は、いってみたいところのひとつでした」

志保がいって、にっこり笑った。

「これまで何度も、志保さんには命を助けられておるからなあ。今度も、危なくなったら、ひとつ頼む」

わが輩がいった。

「いいえ。今度は、危なくなったら、中村さんや石峰さんを置いて、逃げ出します」

志保が、珍しく冗談をいった。

「うそをついてはいかんよ、志保さん。わが輩は置いていっても、石峰君は助けるだろう」

わが輩が、反撃した。

「まあ……」

志保が、また顔を赤くして、うつむく。

「そんなことより、明日はどういうことになったんだ」

石峰君が話題を変え、電話を終えてもどってきた羽賀君にいった。

「うん。午前十時に、大使館で会おうということになった。中佐が、家にきてもいいといったんだが、きみたちも、大使館に顔を出しておいたほうがいいだろうと思って」

羽賀君がいった。

「そうだな。今度の仕事を引き受けるにしても断るにしても、大使館には挨拶しておこう」

わが輩もうなずいた。

「そうですね。挨拶しておいたほうが、なにかと便宜を図ってくれるでしょう。しかし、仕事を断るなんていわないでくださいよ」

羽賀君が、心配そうな表情をした。わが輩の気持ちは、もう、ほとんど決まっておったが、まだ、ぜったいともいえないので、はっきりしたことをいわなかったのだ。

その夜は、羽賀君の心づくしの日本料理を馳走《ちそう》になった。わが輩らは、長いこと日本料理など食っておらなかったので、米の飯に焼き魚のおかず、ほうれん草のお浸し、みそ汁。羽賀君、自ら漬けたというたくわんに舌つづみを打った。さすがに、日本一のコックを目指している羽賀君だけあって、その美味さは抜群だ。

風呂に入って、たまっておった垢《あか》も、すっかり落とし、浴衣に着替え、どてらを羽織ると、まるで日本に帰ったような気分にさせられた。

羽賀君は、わが輩が明治三十六年に日本を出立《しゅったつ》してから、志保や石峰君に出会い、いく先々でぶつかった事件を根掘り葉掘り聞く。わが輩、久しぶりの日本酒に、酔いも手伝って、盛んに気焔《きえん》を吐いた。

2

翌日は羽賀君に案内されて、ベルリン一の繁華街ウンテル・デン・リンデン近くの日本大使館に、山梨半造中佐を訪ねた。

中佐は、四十ぐらいの温厚な感じの人物だった。一度、明治三十八年にドイツに駐在をしており、この一月に、日露戦役の時、ロシアで工作活動をした明石《あかし》元二郎《もとじろう》大佐のあとを受けて、大使館付武官となっている。大使館付になってからは日は浅いが、ドイツのことには、非常に詳しい人物だった。

　わが輩ら四人、応接室に案内されると、中佐が笑顔で入ってきた。公使館や大使館付武官というと、横柄な人物が多いのだが、中佐は、まったく気さくだ。わが輩らが、椅子からたちあがろうとすると、それを手で制して、自分も向かいの席に腰を降ろした。

「いや、よくきてくれました。貴君のことは、仏蘭西や伊太利《イタリー》の新聞紙で、よく知っております。早く、独逸にこないかと待っておったのですよ。いやあ、会えて、こんなにうれしいことはない」

　中佐は、わが輩と志保、石峰君の顔を順に見まわしながら、握手を求める。かりに世辞が半分としても、こんな気分のいいことはない。

「わが輩も、早く独逸にきたいと思っておったのですが、なにしろ、風来坊的旅行をしておりますので、その時の気分で、自分でも、どこへいってしまうかわからんもので……」

　わが輩がいった。

「そこが、貴君たちのすこぶる痛快なところですな。それにしても、日露の戦役の最中に、世界を旅しておったというのは、さすがに日本人だ。しかし無銭旅行者は、日本人以外にもいないことはないが、ご婦人連れというのは珍しい。しかも失礼ながら、こんなに美しい大和撫子《やまとなでしこ》とは思っていなかった。男まさりの女丈夫かと思いきや、これほど若くて、美人とは」

中佐が志保を見て、美人を繰り返した。志保は、はずかしそうに下を向く。

「いや、中佐。この志保さんは、美しいばかりでなく、実に頭脳聡明でして、とっさの機転で、わが輩など、何度、命を救われたかしれんのです」

わが輩がいった。

「なるほど。それは、ますます痛快だ。その痛快話は、いずれ聞かせてもらわないといけませんな。それはそれとして、中村さん」

中佐が、声を落とした。

「羽賀君から、おおまかな話は聞いてくれたと思いますが、ひとつ、頼みがあるのです」

「東蒙古の件ですな」

「そう。露西亜が、秘密裡になにか画策しているらしいのだが、これが、いまひとつ、わからんのですよ。ペテルブルクの近衛軍団の精鋭十人が、コンスタンチン・ポズナンスキーという考古学者を連れて、東蒙古探検に出るらしいのですが、民間人に変装していくところが解《げ》せない。しかも東蒙古なら、極東軍かシベリヤ軍のほうが、はるかに近いのに、なぜ欧露軍を派遣するのか……」

「ぼくたちも、昨夜、その話をしていたのですが、民間人に変装するのは、社会主義者たちの目をあざむくためではないでしょうか。ペテルブルクの近衛軍団から兵を送るのは、ニコライ皇帝にとって、信用のある者ということでしょう」

石峰君がいった。

「ということは、つまり社会主義者たちに知られては困る、ニコライには非常に重要なことを調査にいくということですな。極東軍やシベリヤ軍には、まかせられないほど重要な調査……。さて、それはなにか」

中佐が腕を組んだ。

「石峰君は、元帝国の宝物だといっておるのですがね」

わが輩がいった。

「それを皇帝が、ひとり占めにするために、精鋭の兵士を送るのですか。まあ、あの皇帝なら、やりかねんことではありますがなあ」

中佐が、ため息をついた。

「場所は東蒙古というだけで、それ以上はわからんのですか？」

わが輩が質問した。

「極力、情報を集めてはおるのですが、はっきりとは……。大興安嶺山脈ではないかという話もあるにはあるのです」

「大興安嶺？　満蒙国境ですな。大軍団を移動させるというのなら、わが日本を威嚇し、日露再戦に備えるということも考えられるが、十人というのは」

わが輩にも、さっぱり見当はつかん。

「考古学者が一緒というのが、ふしぎですわ」

志保が、はじめて発言した。

「金かダイヤモンドでも出るのだろうか」

わが輩がいった。

「その可能性もあたってはみたのだが、あのあたりの地層に、金やダイヤモンドはないだろうというのが、本国からの答えです」

中佐がいった。

「おもしろいじゃないですか、中村さん。なにが目的かわからない露西亜軍を追跡する。やりましょう、やりましょう」

石峰君が、目を輝かせていう。

「だが、われわれは軍事探偵ではないぞ」

「いいじゃないですか。たとえ、目的がなんであれ、それがお国のためになるなら」

石峰君、切札《きりふだ》のお国のためを出した。

「それはそうだが」

「いや、自分も軍を派遣するよう手配しようかと思ったのですよ。しかし、あまりに見当はずれでは、恥をかくことになる。それで、適当な人材を探しておったところなのです」

「わが輩らなら、恥をかいてもいいということですかな」

「そうはっきりいわれては、自分も返答のしようがないが、貴君らは探検、冒険には慣れておるでしょう。これ以上の適任者はおらんと思ったわけです」

中佐がいった。本音を隠さず、ずばりというところが、わが輩、気にいった。

「中佐、もし、それが事実、宝物であったら、露西亜軍から分捕《ぶんど》って、ぼくのものにしてもいいですか？」

石峰君がいった。

「宝物の種類、量にもよるが、その場合は、自分が責任を持って、必ず、貴君らが満足いくだけの報酬は支払うと約束しよう。なんなら、一筆書いてもいい」

中佐が、テーブルの上の煙草入《たばこい》れの、蓋《ふた》を開けながらいった。

「わが輩は報酬など、どうでもいいが、中佐が自分の気持ちを、包み隠さず話してくれたのが気に入りました。この仕事、お受けしましょう。ひょっとすると、なにか、とんでもないものが飛び出してくる可能性もある」

わが輩がいった。

「それは、ありがたい。感謝します。だが、とんでもないものとは、なんです？」

中佐がいった。

「いや、それは正直、皆目わかりません。ですが、なにか予感がしてきました。おもしろいことになりそうです」

「石峰君、報酬をたくさんもらったら、ぼくにも少し、分けてくれよ」

羽賀君が、笑っていった。

「ああ、いいとも。宝物を手に入れる話を紹介してくれたんだ。もちろん、分け前は渡すさ」

石峰君は、もう宝物と決めている。

「おいおい、石峰君。まだ、宝物と決まったわけじゃない。鬼か蛇《じゃ》が出るかもしれんじゃないか」

わが輩が苦笑した。

「その時は、全部、中村さんにあげます」

「はっははは。そいつはいいですなあ」

中佐が、快活に笑った。

「中佐、それはひどいですぞ。しかし、わが輩が、こんなことをいうのは失礼かもしれませんが、中佐は、いずれ大将になる器ですな」

「自分が大将に？　それはうれしい。貴君にそういわれたのなら、きっとなるにちがいない。だが、自分が大将になるようでは、日本も、お先が暗いですな。あっははは。ところで、貴君は五賃将軍と名乗っておられるようだが、五賃とはなんなのです？」

「汽車賃、船賃、宿賃、家賃、地賃の五つです。これを、いっさい払わんで、無銭旅行をしようというわけです。しかし、時々、払わせられますがね」

わが輩、頭をかいた。

「五賃将軍の位はなんです？」

「それは、もちろん元帥です。そう見えんですか。はっはは」

わが輩が笑った。

「なるほど。元帥ですか。元帥では、大将の自分もかないませんな。いや、実に愉快だ。中村さん、頼みますよ。費用は、あり余るほどは出せんけれども、不自由のないようにします。人手も必要なら、手配しましょう」

「いや、三人で充分です」

「えっ、すると、このお嬢さんもいかれるのですか？」

中佐が、信じられないという表情をした。

「むろんです。志保さんは、わが輩らの作戦参謀です。それに、いくら、わが輩がいくなといってもいきます。以前は、危険な旅はやめろと忠告しましたが、最近はむだなことはせんのです。志保さん、今回は留守部隊を引き受けてくれるかね」

わが輩が、笑いながら志保の顔を見た。

「中村さん、そのことばを、もう一度いったら、志保は中村さんと刺しちがえます」

志保も、笑いながら答えた。

「やっ、これは自分は、とんでもないことを口走ってしまったようですな」

中佐がいった。

話がまとまると、山梨中佐は、翌日までに必要なものを書き出してくれれば、すぐに大使館で用意するといった。わが輩は、とくにこれといったものもいらんといったが、石峰君はひとり一丁ずつの短銃だけは用意してもらおうという。それと、場合によっては現地の人間を雇うことも考えられるので、その金を都合してくれるように頼んだ。

「わかりました。では、元帥閣下、よろしく頼みます」

「こちらこそ。引き受けましたからには、中村春吉、全力を尽くします」

わが輩、そういって山梨中佐の差し出す手を、しっかりと握った。

「そこで、中村さん。まあ、役にたつかたたぬかわからんが、ぜひ、きみに餞別《せんべつ》代わりに渡したいものがあるのです」

山梨中佐は、机の一番下の引出しを開け、紫の袱紗《ふくさ》に包まれたものを取り出した。そして、それを開く。一本二十センチばかりの長さの、懐剣だった。三本とも漆塗《うるしぬ》りの美麗な鞘《さや》で、二本が黒、一本が朱色だった。

「先に断っておくが、本物かどうかは見当がつかん。ただ、わが山梨家では、正宗《まさむね》の業物《わざもの》として、代々家宝として伝わっている。これを、持っていってください。武器としても使えるし、本物の正宗ならば、お守りにもなるでしょう。うまいぐあいに三本ある。黒を、きみたち男性に、朱を志保さんに進呈しましょう」

「ですが、中佐。正宗のような家宝を……」

わが輩がいった。

「なに、かまわんですよ。使わずにしまっておいても、なんにもならん。ぜひ、受け取ってくれたまえ」

中佐が、それぞれを、わが輩らに手渡した。

「失礼します。こういう業物を見る時は作法があるのでしょうが、わが輩にはわかりませんので」

わが輩はそういい、渡された懐剣を抜いた。全体の長さは二十センチほどで、刃の部分が十二、三センチ。硬軟の地金を組み合わせた板目鍛に地景がしきりに入り、刃文はのたれ刃を主調として、互い目を交え、沸《にえ》が烈《はげ》しくつき、金筋・砂流しのかかった強靱《きょうじん》さと美しさを兼備している。

わが輩、刀のことなど、さっぱりわからんが、たとえ、それが正宗ではないとしても、相当な名品であることは、想像がつく。その刃のきらめきは、ふつうのものではない。

「すばらしいものですな」

わが輩がいった。

「そうですかな。一説によれば、隕鉄《いんてつ》が混じっているともいわれているのだが、詳しいことはわからんのですよ。ともかく、きみたちの役にたってくれるなら、これほど、ありがたいことはない」

「ありがとうございます。わが輩らには、すぎたものかもしれませんが、喜んでちょうだいします」

わが輩が懐剣を鞘に納めながら、押しいただくようにいった。

「なに、何度もいうが、本物かどうかもわからんのです。あまり恐縮されると、こちらが照れる」

中佐が笑顔でいった。

「はい。しかし、このようなものをちょうだいしたとあっては、この任務、失敗はできませんな」

「いや、あまり気負わんでください。さっきもいったように、まったくの見当ちがいかもしれんのだから」

「とにかく、どのような結論にしろ、仕事はなし遂げます」

わが輩がいった。

「頼みます。しかし、羽賀君。本当に、いい時に、これ以上ない人がきてくれたものだな」

「まったくです」

羽賀君もうなずいた。

井上公使にも、挨拶をしていこうと思ったが、あいにく不在だったので、それは時をあらためてということで、わが輩らは大使館を出た。

「露西亜の秘密部隊が一週間後に出発となると、中村さんたちも、その一日前にはモスコーにいっていたほうがいいですね。そうなると時間があまりありませんが、せっかくベルリンにきたのですから、少し、市内を見ていきませんか」

羽賀君がいった。

「うむ。ぜひ見たい。独逸には三国干渉のうらみもあるが、新しい国だし、国民は勤勉、工業も進歩しておる。大いに日本の参考になるところが少なくない」

わが輩らは、羽賀君に市内を案内してもらうことにした。空を見あげれば、どんよりと曇り、あいかわらず寒い。だが、ドイツにくるまではデンマルクにおったのだから、寒さには慣れておる。チーヤガルテン、ブランデンブルク門などを見学した。

数列のドーリス式大円柱に支えられた門は、実に勇ましく、また美しいかぎりだ。頂上の四頭の馬を馭する勝利の女神は、鉄の十字架で飾られている。

羽賀君に、リンデン街とライプツィヒ街のあいだの繁華街の中流の食堂で昼食を馳走《ちそう》になり、午後は名を忘れてしまったが、大きな劇場で、チルクス・シューマンという曲馬団を見た。その規模の大きなことは、回向院《えこういん》の相撲場を、そのまま堅牢な建物にし、中央が馬場になっているのを、八方から見下ろす形だ。

その技芸は、以前、日本にきたイタリアのチャリネ曲馬一座と同じようなものだが、最後の演《だ》し物の大仕掛けには、わが輩も目を見張った。すなわち、明治三十三年の北京《ペキン》の独清戦争の大攻撃を芝居に仕組んだもので、馬場一面に水を張って、それに大きな木造の軍艦を浮かべ、中国兵に扮《ふん》した役者が、高いところから、まっしぐらに水の中に転げ込むのだが、壮士芝居の大袈裟《おおげさ》なのを見ているようだ。

そのあいだに、各国騎兵の操練があって、日本兵が、その先鋒《せんぽう》になり、その馬の出る前に、正面の天幕に天皇陛下のご尊影が幻燈《げんとう》で写し出されたのには、わが輩、思わず万歳を叫んでしまった。

夜は、また羽賀君の家にもどって、日本料理の馳走になった。こんな日本料理も、しばらくは食うことができんかと思うと、料理の一品一品が、特別うまく感じられた。

翌日は、わが輩らの来独を知った〔日本倶楽部《クラブ》〕から、近々、歓迎会を催したいとの誘いがあった。この倶楽部には、かつてシベリヤに密入国し、みごとロシアを横断した、探検家の先輩でもあり、ドイツにおける私設公使といわれる玉井喜作《たまいきさく》氏もおるので、ぜひ会いたかったが、このところ、体調があまりよくないという。せめて見舞いをと思ったが、うまく時間の調整ができず、帰ってきてから会おうということになった。

それからの三日間は、やはり、あわただしかった。とりたてて、なんの準備をするということもないのだが、ロシアに入る旅券の手続きに手まどった。わが輩らは、西欧、北欧に入るについて、英国で旅券を取ったのだが、ロシアだけは別格でロシアを旅行するには、旅券の表に特別に「欧州及《および》露国」と書き入れねばならんというのだから、なにをかいわんやだ。わが輩たちと、ロシア大使館に並んだ米国人は、ロシアは欧州ではないのかと苦笑しておった。

しかし、どうやら、ぶじ手続きもすみ、わが輩らは五月の一日早朝に、ベルリンを出発することになった。駅に見送りにきたのは、羽賀君だけ。大使館関係者などがくると、かえって人目につくので、山梨中佐もやってこなかった。

羽賀君と別れを惜しんでおると、後ろのほうが、なにやら騒がしい。振り向くと、大きな荷物を持った集団が、駅員と話し合っている。なんだろうと目を凝らしていると、それは過日、観覧したチルクス・シューマン曲馬団の一行だった。

ドイツ語のわかる羽賀君によれば、曲馬団の一行はシベリヤ方面に興行にいくのだが、馬をはじめ動物をどうするかで、相談しているのだという。どうも、わが輩らが乗るのと同じ汽車に乗るらしいのだが、動物は別の貨物専用列車にしたが、確実に届くかということを確認しているそうだ。たしかに、馬のいない曲馬団では話にならない。

わが輩らは、午前九時三十分発のワルソーいきの汽車に乗った。同じ車室になったのは、オルフソンというモスコー大学の一学生。ドイツ見学と行商を兼ねてベルリンにきていたのだが、これからモスコーに帰るという。もっとも、それがわかったのは、しばらくたってからのことで、最初は、まったくわからない。

わが輩も石峰君も、英語とフランス語は多少わかるが、ドイツ語、ロシア語は、まったくだめだ。それに対して、その学生——オルフソン君は、ドイツ語とロシア語しかできん。そこで、大滑稽《こっけい》を演じた。というのは、オルフソン君が、しきりにポー、ポーというので、石峰君がエドガー・アラン・ポーのことだと思い作家かというと、オルフソン君は笑う。そして、今度はフォックスという。

また石峰君が、ジェームス・フォックスと思い、政治家がどうしたのかと問うと、きょとんとしておる。で、どうにか手真似、身振りで話をしてみると、ポーとは皮のことでフォックスは狐《きつね》。つまり、かれは学生でありながら皮革商でもあったというわけだ。

ドイツとロシアの国境駅トルンでは、税関検査があり、また、あれこれうるさいことをいう。しかたがないので、ここも袖の下で、めんどうを免れた。ここでロシアの列車に乗り替えたが、ドイツの列車に比して、ロシアの列車は汚い。もっとも、わが輩らの乗ったのは最低の三等で、一、二等は、もう少しはきれいなようだ。

ロシアの貨物係が、貨車に積んだ、わが輩らの自転車に関税をかけるの、降ろすのといったが、オルフソン君があいだに入ってくれ、わずかな金を支払うことで話がついたのは、大いに助かった。戦勝国の人間も、敵地にあっては、なかなか思うようにいかん。それにしても、驚いたのは、夜になると車内にロウソクを灯《つ》けることだった。電灯はもちろんランプすらないのには、呆《あき》れかえってしまった。それでいて軍事には多額の金を投じるのだから、ロシアも不思議な国だ。社会主義者が騒ぐのも、むりのないことかもしれぬ。

　ワルソーには、ベルリンを出発して十二時間後の五月一日の午後十時に到着した。ここからモスコーまでは、まだ一日以上かかるが、なかなか楽しい旅になった。というのは、シューマン曲馬団の団員が、次々とわが輩らの車室を訪ねてきて、トランプ手品やナイフ投げなどを見せてくれるのだ。最初にきた手品師に、少しばかりの投げ銭をしたのが、仲間に伝わり、われもわれもとやってきたらしかった。

　わが輩がベルリンの劇場で、天皇陛下の、ご尊影が映し出された時、拍手したのを覚えていた団員もいたようだった。ただ道化師に、日本人は、みんなわが輩のように、汚いかっこうをしているのかと問われた時は、いささか閉口したが、おかげでシューマン曲馬団の一行とは、大いに親交を深めあったのだった。

　モスコーで汽車を降りると、オルフソン君と別れ、わが輩らは、ただちに日本領事館に向かった。領事は不在だったが、神谷という書記生がベルリンの山梨中佐より話を受けており、わが輩らを歓迎してくれた。

　その書記生の話によると、例のロシア秘密調査隊は、前日、ペテルブルクを出発し、シベリヤ鉄道で満洲里方面に向かうらしいとのことだった。その列車は、翌日の午前零時十五分にモスコーに着くという。モスコーから、いよいよシベリヤ鉄道に乗るわけだが、急行列車は水、金、土曜の午後十一時四十五分に発車する。ウラジオストックまでだと、十一日と十時間かかる。

　ロシア秘密調査隊は、これに乗ることがわかったので、わが輩らも、その列車に席を取ることになった。いよいよ追跡行の始まりだ。

　わが輩、モスコーを訪ねるのは初めてなので、市内を見て歩きたかったが、戦勝国の人間が、敗戦国でうろうろしておっては危険もあるし、へたに動いて、わが輩らのことが敵に知られてもまずいので、その日は、そのまま領事館で時間を潰《つぶ》した。

　ところで、ここで、わが輩らは神谷書記生より、大いに気になることを聞いた。というのは、大興安嶺に潜入しておる日本の軍事探偵の報告によると、この二か月半ほど前から、ロシアが中央亜細亜《アジア》軍ないしはシベリヤ極東軍に対して、どこからか解読不明の暗号による通信電波を、しきりに発しているらしいというのだ。

「ほう。そんなことが？」

　わが輩がいった。

「そのことと、今度の露西亜の秘密調査隊と関係がありますかね？」

　石峰君がいう。

「どうだろうな。いまの段階では見当もつかん。しかし、露西亜は日本との和平協約も結ばんうちに、そんな画策をしておるのか」

「露西亜は、今度の戦役で負けたとは思っていませんからね。実際、海軍はひどい目にあいましたが、陸軍の被害はたいしたことはありません。ニコライは日露再戦も辞さない構えですよ。ただ、ニコライにとって恐いのは、いまは日本よりも国内の革命党、社会主義者、無政府主義者です。これを、なんとか押さえ込むことが、当面の問題でしょう」

神谷書記生がいう。

「反政府運動は、そんなに激しいものなのかね？」

わが輩が質問した。

「ええ。今度の戦役の敗戦で、社会主義者たちは、勢いづいています。自分の国が戦争に負けたのを、こんなによろこぶ国民を抱えた国も珍しいでしょう」

神谷書記生が笑った。そして続けた。

「先の戦役における明石元二郎大佐の暗躍は、みごとでした」

「うん、明石大佐も、今度は、ずいぶん株をあげたようだね」

「うまく、革命党を煽動《せんどう》して、ニコライを足元から、揺さぶったのですよ」

「頭のいい人間はちがうね。わが輩も、いつかは、お国のためにたちたいものだ」

わが輩がいった。

「今度の仕事は、その第一歩かもしれませんよ」

石峰君がいった。

「だといいがなあ。なにしろ、発奮して、がんばろう」

わが輩らは、あらためて気持ちを引き締めたのだった。

その夜、わが輩らは午後十一時半にモスコー駅に、書記生と一緒に待機しておった。ペテルブルクからの列車は、午前零時十五分、真夜中に到着するのだ。たしかに乗っておるかどうか確認せねばならん。ロシアの秘密調査隊が、どんなかっこうでくるのか。全員一緒か、あるいは数人ずつ、分かれて汽車に乗っておるのかわからない。むろん、隊員の顔は不明だ。

ただしベルリンの山梨中佐から、ポズナンスキー博士の写真はもらっておったので、少し遅れて、零時三十分に列車が駅に滑り込んでくると、手分けしてポズナンスキー博士を探した。シベリヤ鉄道急行列車の出発は、約一日後だから、あわてることもない。四人で、一車《しゃ》輛《りょう》ずつ探しておると、まぎれもないポズナンスキー博士が、数人の体格のいい青年たちと、汽車から降りてきた。

駅構内の食堂にいくようだった。青年たちは、変装した軍人であることは、まちがいない。たしかに軍人の中でも、屈強で体力のありそうな者ばかりだ。博士だけが五十歳を過ぎており、あとはいずれも二十代から三十代前半の精鋭兵士に見えた。

「これは、かなり重要な任務を帯びた連中だぞ。おもしろいことになってきた」

わが輩の胸の中に、勃々《ぼっぼっ》と対抗心が湧《わ》きあがってきた。石峰君も、顔を紅潮させておる。

「さて、なにが飛び出しますかね」

石峰君がいう。

「なにが出ようと、わが輩らに敵はない！」

わが輩がいった。

「その力強いおことば、山梨中佐に伝えておきます」

神谷書記生がいった。

「よろしく、いっておいてください。われわれ三人、必ず任務をまっとうしますとね」

わが輩がいった。

3

汽車は午後十一時四十五分ちょうどに、モスコー駅を出発した。ロシアの秘密調査隊が、どこまでいくつもりか不明なので、わが輩たちは、とりあえず満洲里まで二等切符を買い、敵がさらに先に進むようなら、買い足すことにして、勇躍、汽車に乗り込んだ。長い旅になりそうだが、われわれ——とくにわが輩のかっこうでは目につくので、一等には乗れん。志保だけでも一等寝台車を取ってやりたかったが、本人も辞退するし、ここで怪しまれたらなんにもならん。金は山梨中佐からもらっておるが、あくまで貧乏旅行のふりをすることにした。

汽車は、シベリヤに向かって走りだす。わが輩らの車室は四人用だったが、向かいの席に石峰君と志保、わが輩の隣には、人のよさそうな、六十歳近いと思われる老婦人が座った。アリアズナ・シャギニャンというアルメニア系のロシア人だった。満洲里に近いチタという都市に嫁いでいる娘のところにいくのだという。

「あなたたちは、チャイニーズか？」

老婦人が、流暢《りゅうちょう》な英語で質問した。若いころアメリカにいっていたことがあり、高等学校で教師をしていたのだという。その後はモスコー郊外で夫と農業をやっていたが、夫は昨年病死したという。

「いや、われわれは日本人だ」

わが輩が答えた。一年半前には戦争をしていた国の人間なので、いやな顔をするかと思ったが、老婦人は終始にこやかだった。そして、もう戦争はしたくないといい、革命党の動きを、しきりに心配していた。ニコライ皇帝の政治もよくないが、革命党も嫌いだという。

ところで、わが輩、列車の窓から、不思議なものを見たので、シャギニャン夫人に質問した。それは線路沿いにある電線が、いずれも赤く塗られていることだ。

「なぜ、露西亜の電線は赤いのですか？」

わが輩がいった。

「ああ、あれはね。ロシアには電線泥棒が多いのですよ。それで政府が赤く塗ったのです。これだと、古金屋に持ち込んでも、すぐに盗品とわかってしまうので売れませんからね」

夫人が笑いながらいった。

「なるほど。わが輩はまた、革命党が赤く塗ったのかと思った」

わが輩がそういうと、夫人は声をあげて笑った。

失敗もやった。手洗いで用をすませて、出ようとすると、どうしても扉が開かない。さんざん錠をいじったが、動かないので、しかたなく内側からドンドン叩《たた》くと、やっと車掌《しゃしょう》が開けてくれた。

「いくら二等とはいえ、壊れた錠は取り替えたらどうだ！」

わが輩、ことばが通じぬのを承知で、車掌を怒鳴りつけて席にもどり、そのことを夫人に話すと、なんのことはない、粗忽《そこつ》なのはわが輩のほうで、ロシアの汽車は、駅が近くなると手洗いは使用禁止になり、外側から鍵《かぎ》をかけてしまうのだそうだ。わが輩、それを知らんものだから、汽車が停車駅に止まる、ちょっと前に中に入ってしまったのだ。そこで、車掌は、わが輩が中にいることを知らずに鍵をかけたのが真相と知れ、みんなで大笑いをした。

シャギニャン夫人は、わが輩たちに、どこにいくのだと質問する。そこで自転車世界無銭旅行で、満洲里から大興安嶺のほうへいってみるつもりだと答えると、しきりに感心しておった。

「ところで、夫人。大興安嶺のどこかに、元帝国の宝物が隠されているということを聞いたことはありませんか？」

四人で食堂車にいった時のこと、石峰君がたずねた。

「元帝国の宝物？　さあ、聞いたことはないわねえ」

夫人は肩をすくめ、首を横に振った。すると、われわれの話を聞いていた、通路をはさんで反対側の席で食事をしていた蒙古人の老人が、英語でいった。

「わしは、死んだ親父《おやじ》から聞いたことがあるぞ。大興安嶺の山中に、とてつもない宝物があるそうだ」

「本当ですか？」

石峰君が、身を乗り出す。

「ああ、そう聞いた。金に換算したら、いくらになるかわからんそうだ」

老人は今度は、日本語で説明する。あとでわかったのだが、この老人は蒙古の少数民族ダフール族の出身だが、蒙古語のほかに、英語、日本語、ロシア語、蒙古オロチョン族やソロン族のことばまでしゃべれるという、非常に教養のある男だった。

「そんなのは伝説ですよ。うそに決まっています」

夫人がいった。

「うそじゃない。わしは親父から聞いたし、親父は親父の親父から聞いた」

「馬鹿馬鹿しい。そんな宝物なんて、あるわけないわ」

夫人がいった。

「いや、ある」

蒙古の老人は、譲らない。

「じゃ、どうして、あなたは探しにいかないの？」

「わしは、宝物など興味がない。それに、そこら一帯は、ソロン族やオロチョン族の許可なしには入れん。ソロンもオロチョンも恐い種族だ。むかしは、捕虜にした人間を食ったというからな」

「わたしは、信じませんよ。馬鹿なお爺《じい》さんね！」

「なにをいうか。自分だって、馬鹿な婆《ばばあ》ではないか！」

「婆とはなんです。失礼な!!」

ふたりが大声で喧嘩《けんか》をはじめたので、まわりの客が視線を向ける。

「まあまあ、おふたりとも、喧嘩はなしです」

わが輩がいった。

「そうですわね。わたしとしたことが。ちょっと、頭を冷やしてきます」

シャギニャン夫人は席をたち、食堂の外に歩いていった。

「だから、わしゃ、ロシアの女は好かん」

蒙古の老人も、ぷいと横を向いてしまった。

「わたし、ちょっと、お手洗いに……」

志保が、シャギニャン夫人の去っていったほうに、歩いていった。

この事件のあったのが、モスコーを出発して三日目、ウラル山脈を越えるころのことで、あとは単調な旅が続いた。わが輩としては、ロシアの秘密調査隊の動向を探りたかったが、二等車の乗客は、連中が乗っている一等車にはいかれないので、なんの情報を得ることもできなかった。大きな駅では、時には二時間も停車することがあり、構内の食堂で食事をすることもあったが、ロシアの連中は、めったに車外には出てこなかった。よほど警戒して、行動をしているようだ。

八日目の午後五時、シベリヤの中央、イルクーツク駅に着いた。ここで、列車を乗り換える。いままでのはロシア鉄道列車会社とかいったが、ここからは万国寝台車輌会社の列車だ。この列車は四等まであり、わが輩らの切符では三等に乗るはずだったが、どういうわけか、二等の立派な車室に入れてもらえた。シャギニャン夫人は、なぜか三等室にまわされてしまい、その夫人の席には、例の蒙古人の老人が座ることになったから愉快だ。石峰君は、よろこんで、しきりに元の宝のことを聞きたがる。

「いや、わしも、詳しいことは知らんのだよ。だが、いい伝えはたしかにある。わしはダフール族だが、うちの祖父《じい》さんはな、オロチョン族に友人がおり、教えてもらったそうだ」

「場所は、大興安嶺のどのへんなのですか？」

石峰君がいう。

「はっきりは、わからんが、なんでも北部大興安嶺のオロチョン族の聖域になっており、かれらも入らんオーコリドイという険しい山中とのことだ」

　老人が説明する。

「いってみたいですね」

　石峰君が、わが輩の顔を見た。

「いやいや、よしたほうがいい。ソロン族やオロチョン族だけでも恐いし、大興安嶺の旅は厳しい」

「そう聞くと、なおさら、いってみたいものだ」

　わが輩がいった。

「あんたたちは、ソロン族やオロチョン族の村に入る気なのかね？」

「わからんですね。いってみんことには」

　わが輩がいった。

「そうか。もし、連中の村にいくのなら、首長には短銃を、その奥さんにはヒエか粟《あわ》と水晶の装飾品を土産に持っていくことだ。ソロン族やオロチョン族は、よそ者を極端に嫌うが、いまいった土産を持っていけば、歓迎してくれるはずだ」

　老人がいった。

「ありがとう。もし、いくことになったら、そうしよう」

わが輩がいった。

やがて汽車は、チタ駅に着いた。わが輩らがプラットフォームに出ておると、シャギニャン夫人が、大きな旅行鞄をぶら下げて降りていった。

「夫人、気をつけて！」

わが輩らは、夫人に近づいていった。

「ありがとう。また、いつか会えるといいわね。あなたがたと、ご一緒できて、本当に楽しい旅でした」

夫人が、笑顔で答えた。

「こちらこそ」

石峰君がいう。

「でもね、あなた。大興安嶺の宝なんて探しにいっちゃだめよ。そんなものあるわけないいんですから。危険なだけよ。ありもしない宝探しで死んでしまったら、命のむだですからね」

夫人が、まじめな顔でいう。

「はい。わかりました」

「お嬢さんも、お気をつけてね。あなたがたの旅行が無事であるよう祈っているわ」

「ありがとうございます」

志保は、夫人と握手をした。夫人は、手を振りながら改札口を出ていった。

駅舎のサロンに入り、コーヒーなどを飲んでいると、ふいに志保がいった。

「シャギニャン夫人、本当に娘さんに会いにいったのでしょうか」

「えっ？」

わが輩と石峰君が、同時に志保の顔を見た。

「どうして、そんなことを？」

石峰君がいう。

「このあいだ、蒙古の老人と、いい争いをしたあと、あのかた、頭を冷やすといって食堂の外に出ていかれましたでしょ。その時、露西亜調査隊のひとりの人と、なにか、お話をしておいでてした。なんでもないお話だったのかもしれませんけれど……。それに、あのかたの手は、農業をやっているにしては、きれいでしたわ。さっき、お別れの握手をした時も、とても、すべすべしていて、土をいじっている人の手のようには、思えませんでした」

志保が説明した。

「ふむ。すると、正体は露西亜秘密調査隊のひとりで、われわれの行動を探っておったのだろうか」

わが輩がいった。

「それは、なんともいえませんが……」

志保がいった。

「悪い人間には、見えませんでしたがね」

石峰君もいう。

「しかし、われわれの行動を探っていたのだとしたら、どうして、ここで降りてしまったのだろう」

「とりこし苦労ならいいのですけれど」

志保がいった。

「そうだね。でも、もし、あの夫人が見張り役だったとしても、ぼくたちは、怪しまれるような言動は、まったくしていないから、露西亜秘密調査隊を尾行しているとは思われなかっただろう」

「うむ。それは、だいじょうぶだと思う」

わが輩は、石峰君のことばにうなずいた。その時、車掌がサロンに入ってきた。

「あっ、車掌さん！」

石峰君が、英語でいった。

「なんでしょう」

車掌が、たどたどしい英語で答えた。

「ちょっと聞きたいのですが、一等車に乗っている十人ほどの露西亜人の団体は、どこまでいくのですか？」

「それは、職務上、お答えできません」

車掌が、つっけんどんに答えた。

「そんなことをいわずに」

石峰君は、すばやくポケットから一ルーブル紙幣を取り出すと、車掌の手に押しつけた。

車掌は拒否しようとせず、すぐに、それをズボンのポケットにしまった。

「ハイラル」

車掌はそっぽを向きながら、ひとこといい先のほうにいってしまった。わが輩らは、窓際のテーブルに席を取った。

「満洲里から入るのかと思ったが、ハイラルか。大興安嶺の西側から入るつもりのようですね」

石峰君がいった。

「らしいな。われわれは、どうしよう？」

わが輩がいった。

「相手のいく場所がわかっているなら、満洲里で降りて、西側から先まわりしたほうがいいですが、場所がわからない以上、あとをつけるしかないのではないですか」

石峰君がいった。

「そうだな。では、われわれもハイラルまでいこう」

わが輩が、うなずいた。

わが輩らは、ふたたび汽車の人となった。キップをハイラルまで延長し、蒙古の老人と雑談にふけった。それまで名前を聞いていなかったが、その老人はトクソムといった。妻に先だたれ、チチハルで雑貨商いを営んでいるが、蒙古の特産品を、はるばるモスコーまで売りにいった帰りだという。

「それで、やはり大興安嶺を探検なさるのかね？」

「そのつもりでいる。せっかく、ここまできたのだから」

わが輩がいった。

「そうか。しかし、大興安嶺を歩くのは大変だ。なんなら、わしが一緒にいってやろうか。大金貨一枚で、どうかな。それと宝が見つかったら、分け前を五分の一」

トクソム老人がいう。宝になど興味がないといっておったわりには、しっかりしておる。大金貨というのは、十五ルーブル金貨のことだ。日本円にして約十六円になる。だいたい注文背広服一着ぶんだ。無銭旅行家にとっては大金だが、それほど高い金額ではない。それに、金は山梨中佐から、もらっている。

「どちらにしても、案内人は必要です。トクソムさんに頼みますか？」

石峰君が、わが輩の顔を見る。

「そうだなあ。爺さん、歳はいくつだい？」

「六十だ。しかし、まだまだ若い者には負けん。去年、チチハルの蒙古相撲大会で優勝した」

「本当かね。……だが、爺さんは、オロチョン族のことも知っておるようだし、頼んでみることにするか」

わが輩がいった。

「賛成です」

石峰君がいう。志保も、無言でうなずいた。

「よし。頼もう。けれど、わが輩らは宝探しが目的ではない。ただ、大興安嶺を探検してみたいだけなのだ」

わが輩がいった。

「うそをつけ。宝探しに決まっておる。そうでないものが、なんで、大興安嶺になど探検にいくものか。うむ、久しぶりに腕が鳴るわい」

トクソム老人は、かってにわが輩たちを宝探しと決めてしまった。だが、真実を語ることはできないし、そう思われているほうが、めんどうくさくないので、それ以上、否定はしなかった。

満洲里駅には、翌日の昼過ぎに到着した。ここでは一時間の停車なので、駅付近をぶらぶらしておると、駅近くの広場に、あのベルリンで見た、チルクス・シューマン曲馬団が大テントを張っているではないか。こんなところに、興行にきていたのだ。なつかしくなり、楽屋を訪ねようかと思ったが、時間がないのでやめにした。テントのまわりには、蒙古人や満洲人が、たくさん集まっている。

ベルリンの劇場の興行に比べれば、三分の一にも満たない小さなテントでの興行だが、人気は上上《じようじよう》のようだった。

五月十五日午後二時半、汽車はハイラルに着いた。降りる者は、そう多くはなかった。ロシア秘密調査隊の一行が十一人、わが輩たちが四人。それに、七、八人の人間が降りた。わが輩らは、注意深くロシア秘密調査隊を見ていたが、向こうは、わが輩たちを気にかけているようすはなかった。

「あのシャギニャン夫人のこと、考えすぎだったのかもしれませんね」

志保がいった。

外気は意外に暖かかった。駅舎に入ると、旅装したロシア兵士が、うじゃうじゃしておる。わが輩らが乗ってきた列車に乗るらしい。してみると、極東軍の一団なのだろう。

待合室にも廊下にも、いっぱいで、その人いきれと暖炉の暖かさ、煙草のけむりで、気持ちが悪いくらいだ。そこここからヤポンスキー、ヤポンスキーの声がする。一般人はともかく、兵士は、やはり日露戦役を敵として戦った日本人が気になるのだろう。

ここで三十分も待っていると、貨車から荷物が運ばれてくる。わが輩らの持物は、自転車だけだ。自転車は係の男によって、プラットフォーム脇の税関に運ばれた。ただの自転車ではなく、荷物が括りつけられているから、また税関にあれこれいわれるかと思ったが、ここでは、なにもいわれなかった。

傑作だったのは、ここで降りた一等客のフランス人のドクトルだ。トランクを開けられ、中を調べられていたが、一冊の分厚い本が出てきた。税関吏は、これはなんだと質問する。ドクトルは解剖学の書だと説明した。すると税関吏は、疑わしそうに、その本をめくった。と、出たところがところもところ、二ページ大の婦人生殖器の図ではないか。これには、税関吏も苦笑して「ハラショー、ハラショー」でことがすんだ。

さて、駅の外に出て旅館を探すことになったが、ハイラルには五、六軒ほどの旅館があった。駅員に聞いてみると、そのうち一軒は日本人が経営者だという。わが輩らは、その旅館――〔越後屋《えちごや》ホテル〕に泊まろうということになったが、ロシア秘密調査隊は、どこに泊まるかと離れて見ておると、一軒置いた隣の〔オリエンタルホテル〕というのに入った。一軒隣というのは、観察がしやすくていい。

それにしても、ロシア秘密調査隊のいき先はどこか。なんとか、それがわからんものかと考えつつ、石峰君と風呂に入った。シベリヤ鉄道でシャワーは浴びておったが、日本式の風呂は久しぶりだ。トクソム老人は、生まれてから十回ほどしか風呂に入ったことがないというので、嫌だというのを、むりやり風呂場に連れていき、湯に入れてやると、これは気持ちがいいと、いかにも、うれしそうな顔をしておった。

風呂からあがり、ベルリンで山梨中佐にもらった地図を広げて、あれこれ相談しておると、風呂に入っているものとばかり思った志保が、外から帰ってきた。

「どこにいっていたのだ、志保さん？」

わが輩、びっくりしてたずねた。

「はい。ちょっと〔オリエンタルホテル〕まで」

志保がいった。

「なんですって！」

石峰君が、目を丸くした。

「だいじょうぶです。敵に怪しまれるようなことはしませんでしたから。それで、露西亜秘密調査隊のいき先ですが、やはり北部大興安嶺のオーコリドイです。千五百メートルほどの山のようですね」

志保がいった。

「えっ、それを調べてきてくれたのか？」

わが輩がいった。

「はい。五ルーブルほどかかりましたが」

「そんなことは、かまわないが、あまり危険なことはしないようにしてもらわないと」

「だいじょうぶです。宿の主人に蒙古服を借りて、蒙古人に変装して、満洲里で買った水晶玉を売りにいったのです」

「なるほど。また志保さんに借りができたな。やはり、敵の目的地はオーコリドイだったか。トクソム爺さん、われわれのいき先はオーコリドイだ」

わが輩がいった。

「あそこか。そうだろうと思っておったよ。オロチョン族の住んでおる、まっただ中だな。旅は辛《つら》いが、なに、わしにまかせておけば心配はない」

トクソム老人が、得意そうにいう。

「頼むよ。これは、約束のとは別に駄賃だ」

わが輩、トクソム老人に五ルーブル金貨を一枚渡した。

「こりゃ、すまん。きっと宝は探し出す」

トクソム老人は、満面に微笑をたたえていった。

石峰君は、旅行に必要なものを買い出しに出た。旅館の主《あるじ》に聞いてみると、ほとんどがロシア人の経営する店だが、日本人と中国人の店も数軒あるという。石峰君は自家発電式の探見電灯、寝袋、そして短銃の弾を二百発買ってきた。むろん、オロチョン族やソロン族への土産の水晶の首飾りや装飾品、五丁の短銃も忘れなかった。短銃を五丁も買ったのは、いくつものソロン族やオロチョン族の村を通るので、その都度、首長に渡さねばならないからだ。

ロシア秘密調査隊のいき先がわかれば、あとをつける必要もない。わが輩ら四人は、翌朝早く宿を出発した。四人とも、灰色のなめした鹿の皮の服に股引《ももひ》きみたいなズボンに黒い帯で、一見したところでは、蒙古人にしか見えない。志保も女性の服装ではないから、蒙古人の少年のようだ。これはトクソム老人からの提案で、大興安嶺を旅するには、この服装以外にないということだった。

わが輩は、なんとか自転車でいくことはできないかとトクソム老人に相談したが、道が非常に悪くて、町中はともかく山岳地帯に入ったら、とてもむりだという。そこで、わが輩らはしかたなく、徒歩で大興安嶺をめざすことになった。

旅程の段取りは、すべてトクソム老人にまかせることにした。その結果、ウストクリーからガン河を遡《さかのぼ》り、まず白樺《しらかば》地帯と針葉樹の密林地帯であるジン山脈に沿って、そこからオーコリドイに登ることになった。宿屋の主人に手配してもらい、蒙古馬を二頭購入し、これの一頭に荷物を積んだ。

「残りの荷物は、みんなで分担だ。女子《おなご》は別じゃがな」

トクソム老人がいう。

「なぜ、もう一頭の馬には、積まないのですか？」

石峰君が質問した。

「大興安嶺の旅には、馬がだいじなのだ。馬が倒れたら、先には進めん。だから二頭の馬に、一日交替で荷物を積む」

トクソム老人が答える。そこで、わが輩らは積みきれなかった防寒具、食糧などを、志保を除いて、ひとり約二十キロずつ背負うことになった。これは、そうとうに厳しい。しかし、世界中を旅してきた日東男児、そんなことでへこたれてはおられぬ。トクソム老人が、山に入ると、まだ雪の残っているところもあるので、足が凍傷にならないよう、靴の中に入れる唐辛子を用意しろという。トクソム老人の指示にしたがって、われわれは狐の毛皮の蒙古帽をかぶり、元気よく出発した。

わが輩らのいく先は、まずホロンバイル高原を抜けたところにあるナラトムという村だ。ここは大興安嶺から西南に流れだして集合する三つの河、ガン、デルブル、ハウルの、いわゆる三河の中心にある。四人の進む道は平坦で、茫々《ぼうぼう》とした草原だ。目の届くかぎりの草原だった。草の原が、まるで海のように広がっている。トクソム老人の歩きかたは、実にのんびりしている。

「トクソムさん、こんなに、ゆっくり歩いていたら日が暮れてしまうよ」

石峰君がいった。

「いや、今度の旅は、大変な旅になる。先は長い。楽のできる時は、楽をしておいたほうがいい」

トクソム老人は、自分のペースを崩さない。

わが輩らは、朝六時にハイラルを出発したが、気になるのは、ロシア秘密調査隊の動向だった。ふたたび列車に乗って、別の道筋からオーコリドイ山に向かわないかぎりは、かならず、わが輩らと同じ道を進むはずだ。わが輩らの、この速度なら、ロシア秘密調査隊は、そろそろ抜いていってもいいころだ。そんなことを思いながら、草原で昼飯を食った。旅館に頼んで作ってもらった、握り飯に牛肉の缶詰だ。たくわんがついておったが、トクソム老人は、美味い美味いと食っておった。

ロシア秘密調査隊が、わが輩らを抜いていったのは、ちょうど飯を食っている時だった。三台の馬車に分乗して、砂ぼこりをあげながら、通りすぎていった。幸い、わが輩らを蒙古人とでも思ったのか、気にもかけないようすで走っていく。

「われわれも馬車でいったほうが、よかったのでは」

石峰君がトクソム老人にいった。

「いや、大興安嶺を馬車などで探検できると思ったら、大まちがいだ。かれらは、きっと失敗する」

トクソム老人が首を横に振り、いい切った。

見渡すかぎりの平原のかなたに、風波のような形の小高い丘が、少しずつ姿を見せ、だんだん密度を増してきたのは、午後四時ごろのことだった。この小高い丘は、急斜面を南に、ゆるやかな斜面を北に向けて並んでいるように見えた。

さらに進むと、丘は山といえるほどの大きさになり、ゆく手をさえぎるような威圧感を持ちだした。山の尾根には、白樺の木が一列横隊に並んだように見える。

「今日は、ここまでじゃな」

ふいにトクソム老人がいった。午後六時だった。黄色い花の咲き乱れる草原の、まっただ中だ。

「しかし、爺さん。こんなところで泊まっていたら、どんどん露西亜秘密調査隊に引き離されてしまうぞ」

わが輩がいった。

「だいじょうぶじゃよ。あんたたちは、焦ってばかりおる。山に入れば、追いつく。それに、ナラトムの村でロシア人たちに会ったら、怪しまれんともかぎらん。向こうより、一日遅れぐらいでいくのが、ちょうど、いいのじゃ」

トクソム老人は、あいかわらず、悠然としてことを運ぶ。

「明日はナラトムで、美味いものが食えると思うから、今夜は粟飯にしよう」

老人は、そういいながら、あたりから燃料にする牛糞《ぎゅうふん》を集めてきた。このあたりは草原で木がないから、乾燥した牛糞を燃料にするのだ。石峰君とわが輩は、テントを張る。志保はトクソム老人を手伝って、牛糞拾いをやった。

食事は、まったく簡素なものだった。鍋に粟と水と、少々の塩を入れ、煮沸しただけのものだ。けれど、これが、なかなかに美味い。わが輩ら、舌鼓《したつづみ》を打って、お替わりをしたほどだ。ナナシとゴンベと名前をつけた馬たちは、あり余る青草を、気分よさそうに食べている。蒙古には狼《おおかみ》、熊などの恐い動物もいるが、このあたりは、出没する心配もないというので、八時ごろまで雑談をし、おのおの寝袋にくるまった。白夜で眠り辛いかと思ったが、久しぶりに歩いたせいか、目をつぶると、すぐに眠りに落ちた。

翌朝は、麦焦《むぎこが》しに唐辛子の粉を混ぜて水で練ったものを食べ、温かいコーヒーを飲んで、午前七時に出発した。この日も、特別、変わったことはなく、トクソム老人の先達で進んだ。

夕方、ナラトムの村に入った。なかなか活気のある村だ。ロシア人、中国人、満洲人、蒙古の各種族が、入り混じっている。このあたりの町や村は、水のあるところにできるのだが、ナラトムにも村の真ん中に、大きな泉があり、水汲《みずく》みでにぎわっていた。この夜は、中国人の経営する料理屋兼宿屋に泊まることになった。ロシア秘密調査隊の動向を探ると、この日の朝、出立したとのことだ。

わが輩らは、翌日、一日遅れで出発したが、シルホーワヤまでは無難な旅が続いた。大興安嶺の山々が、日を追うごとに近づいてはくるものの、いけどもいけども大草原で、どこまで続くのか見当がつかない。わが輩も、ずいぶん世界のあちらこちらを歩きまわったが、これほどの大草原にぶつかったのは初めてだった。ひとり旅だったら、孤独の恐怖感に襲われそうだが、四人と二頭の馬との旅だから、気分は明るかった。

それに単調な大草原とはいっても、そこここにオキナグサの花が咲き乱れ、名前は知らんが、そのほかにも、いくつかの種類の花が咲いておった。野火も、何度か見たが、その消えた跡は紫色になっている。その紫の焼け跡に、時々、大小の旋風が起こって、灰の柱を巻きあげる。中には百メートルもの高さの竜巻のような、凄《すさ》まじいものもあった。たまにではあったが、蒙古人が大好物の鹿の一種のノロの姿も、遠くに見ることができた。

　ハイラルを出発して五日目に、ガン河の谷間のシルホーワヤの村に到着した。このあたりでは河幅は、わずか三十メートルほどしかないが、渡るのには苦労をした。村の若者が、板船を使って渡してくれるのだが、馬が恐がり閉口した。それでも、なんとか河を渡り切り、シルホーワヤに入った。

　村は段丘《だんきゅう》にあって、そこにテントが張ってあった。わが輩らは、食糧節約のため、トクソム老人のことばにしたがって、ここのテントのひとつで、食事をさせてもらい、泊めてもらった。村人の話では、ロシア人の一行は、二日前に村にはたち寄らず、通りすぎていったという。

「爺さん、だいぶ差がついてしまったが、だいじょうぶかね？」

　わが輩、少し心配になっていった。

「心配ない。ここから先は、もうソロン族やオロチョン族の支配地域で、村らしい村はない。ここで、もう一度、必要なものを充分に手に入れて、あわてず進むのが、利口な人間のやることだ」

トクソム老人は、煙管《きせる》で煙草を吸いながら、平気な顔をしておる。そのトクソム老人の顔とことばを聞いておると、わが輩の心配も消えていくようだった。

翌朝も七時に、出発した。前方の山々には、これまでの白樺に加えてカラマツの林が現れた。ガン河とトゥラ河の合流点から名もない峠に登った。あたりは沖積原《ちゅうせきげん》が広がり、草原は野火に焼けている。浅い水路が弧を描いて重なりあい、湿地帯、本流に置き去りにされた三日月湖、分流で寸断された河辺林などが入り混じり、ゆく手の河谷は、まるで迷路だ。トクソム老人を道案内に選んだのは、まちがいなく正しい判断だった。

この夜は峠下の草原にテントを張ることになったが、トクソム老人が河にいき、釣《つ》りをして一メートルもある興安マグロを釣った。これはマグロと名がついてはいるものの、ほんとうはマス科の魚で、塩焼にして食ったが、白くしまった肉は、それは美味かった。

翌日、わが輩らは、もう一度、低い峠に登り、進む道を探した。その時だ、トクソム老人が右手前方の大湿地帯を指差していった。

「ロシア人たちだ。野地坊主《やちぼうず》に引っかかって、先に進めんでおる」

わが輩は、双眼鏡を取り出して、その方向に目をやった。野地坊主というのは、湿地に生えたスゲ、ワタスゲの株が作る円筒形の隆起だ。平均の大きさは、直径二十五センチ、高さは四十センチほどで、その根が泥炭状《でいたんじょう》にかたまりあっている。湿地の中に一面に密生していて、夏は、なめらかな草原のように見える。しかし、いったん、ここに足を踏み入れると身動きが取れなくなることがあり、馬などは、溺《おぼ》れて死ぬことさえあるのだ。

ロシア秘密調査隊は、この大湿地帯を馬車で渡ろうとして、動きが取れないでいるらしい。

「あわてると、ああいうことになる。だから大興安嶺は恐いのだよ」

トクソム老人が、いつもの得意そうな表情でいった。

「宝探しでなければ、助けにいってやるところだが、ロシア人どもは、わしは好かん。ほっておいても死ぬことはないだろうから、わしたちは、あの大湿地帯を迂回《うかい》していこう」

トクソム老人は、あくまで、わが輩らを宝探しと決めておる。

「迂回していくには、ソロン族の部落を通るので、気をつけてくれ。ソロン族は気が荒く、他の種族を嫌う。わしが、すべて、うまくやるから、まず首長に贈り物をすることだ」

道を迂回すると、白樺の森が続き、やがてカラマツの密林に入った。密林は鬱蒼《うっそう》として、あまり気持ちがよくない。密林に入って半日もたったころ、粗末な毛皮の着物を着た男たちが銃を持ち、獲物のノロを手にして、馬でわが輩らのほうにやってきた。隠れるまもなく、男たちは、わが輩らを見つけ、銃を向けた。

「ともだち、銃をおろしてくれ。わしはダフールのトクソムという者だが、大興安嶺の旅をしている。ハイラルから、やってきたのだ。この人たちは、あのロシアと戦って勝った日本人だ」

トクソム老人が、進み出てソロン語でいうと、男たちは銃をおろし、笑顔になった。

「ともだち、よくきた。おれはバタルカンモー村のソロンでクーポーリン首長の息子だ。テキシバイルという。おれはハイラルにいったことがある。強い日本人のことは、よく知っている」

このことばは、トクソム老人に通訳してもらってわかったのだが、ソロンの男たちは、わが輩らに向かって、日本式の敬礼をして見せた。わが輩らも、敬礼をする。ソロン人たちは、声をたてて笑った。

一時間ほど歩いて、ソロンの村に着いた。ソロン族の家は、白樺の柱に白樺の皮で屋根をふいてある。首長の家は、さすがに特別に立派で、四畳から六畳ぐらいの部屋が七つ、八つもあった。首長は七十五歳という老人だったが、顔は銅色で白い髭を生やし、よく肥っていた。

石峰君が短銃と弾を、志保が首長の妻に少しの粟と水晶の首飾りを渡すと、首長は、にこにこ顔で、わが輩らを歓待してくれた。首長は日本贔屓《びいき》で、日本人は強いと盛んに褒《ほ》めそやす。ちょっと、恐いくらいだったが、そのことばに裏はなく、心から来訪をよろこんでくれた。そして、特別にソロン族の歓迎の宴《うたげ》を、急遽《きゅうきょ》、行うことになった。

樫《かし》の丸太で囲った直径八メートルほどの天井のない枠の南南西の方角に三段の祭壇が設置され、下段には猪《いのしし》の肉、中段には酒、上段には一メートルほどの棒が立っていて、上部に布で作った幣の結びつけられた輪がある。枠の中では、火が焚《た》かれている。

星空が見えてくると、祭壇の前の巫女《みこ》が呪文を唱《とな》え、左右に控えていた、ふたりの少女が、鈴を振って踊りだした。月が祭壇の上段の棒につけられた輪の中に収まる位置にくると、少女たちの踊りは終わり、首長はじめ村人全員が、大地に平伏して、なにか祈った。あとでトクソム老人に聞くと、われわれの旅の安全と成功を祈ってくれたのだそうだ。

ふたたび少女が踊り、宴会が始まる。六個の瓶《かめ》の封印が切られ、酒がふるまわれ、猪の肉が配られた。蒙古刀で削り取って食べるのだが、自然の酸味と塩味があって、それは美味かった。ソロン族の人々は歌を唄ったが、単調な旋律で、北海道の漁師の船出の歌に似ていた。

宴もたけなわになった時、首長が、わが輩らに質問した。

「大興安嶺に、なにをしにいくのだ？」

「探検だ。わが輩たちは無銭旅行家で、世界中を自転車で旅している。もっとも、この大興安嶺は自転車ではむりだが」

わが輩がいった。

「うむ。それは、おもしろい。大興安嶺を旅した外国人は、まだいない。ぜひ成功してもらいたい。ただ、オーコリドイにはいってはいかん」

首長がいった。

「なぜ？」

わが輩が質問した。

「あの山は、われわれやオロチョンの神の宿る山だ。オーコリドイに足を踏み入れると、神がお怒りになる。先日も、オロチョンのはぐれ者が、われわれに内緒でオーコリドイに登ろうとしたが、崖から落ちて死んでしまった」

「わかった。われわれは、オーコリドイは避けていこう」

わが輩がいった。

「それが、頭のいい人間のやることだ。まあ、飲んでくれ」

首長は、わが輩のことばに満足顔で、馬乳から造った酒をすすめた。

その夜は、首長の家に泊めてもらうことになった。特別に湯を沸かしてもらい、風呂にも入った。首長は、奥の一番立派な部屋を、わが輩たちに与えてくれた。

「ソロン族は、本当にオーコリドイを神聖化しているようですね。神の山か……。宝物がありそうだな」

石峰君がいう。囲炉裏《いろり》の火は弱い。

「もう、寝袋に入ったほうがいいかもしれんな。しかし万一のために、短銃を用意して置いたほうがいいぞ」

トクソム老人がいった。その時、首長の息子のテキシバイルが、わが輩らの部屋に入ってきた。盆の上に、五つの茶碗《ちゃわん》を乗せている。

「客人、寒いだろう。これを飲むといい。バター茶だ」

テキシバイルがいった。

「おお、バター茶か」

トクソム老人がいった。

「これは、からだが暖まる。だが、昔のソロン族は、バター茶は飲まなかったじゃろ」

「それは、ずいぶん、昔の話だ。われわれの生活も、変わったよ」

テキシバイルが笑って、バター茶を全員に配った。

「それにしても、日本はロシアに勝つわけだな。おれたちより、恐い顔をした男がいるのだから」

テキシバイルが、わが輩の顔を見ていう。

「わっはははは。この人は特別だ。全部の日本人が、こんな山賊のようなかっこうをしておるわけじゃない」

トクソム老人が、大笑いしながら説明した。放っておくと、わが輩、山賊にされてしまいそうなので、話題を変えた。

「最近、この大興安嶺で、死んだオロチョンのほかに、なにか変わったことはなかったかね？」

「うむ。とくに聞いたことはないが、ちかごろ、オーコリドイのほうに、星がよく流れるような気がする」

「流れ星か？」

わが輩、トクソム老人がバター茶を飲むのを確認して口にした。なかなかに美味い。石峰君と志保も口をつける。

「ところで、テキシバイルさん。オーコリドイは、ソロン族やオロチョン族の聖なる山だということだが、なにかあるのですか？」

石峰君がいった。トクソム老人が通訳する。

「長老たちは、山のどこかの洞窟に、黄金の神像が祀《まつ》られているという」

「黄金の神像？」

石峰君が、からだを乗り出した。

「ああ、大昔、天から神が降りてきて、その神像を置いていったという。金剛石のちりばめられた台座に寝かされた神像だそうだ。それに、その神像を守る、白く大きな守護神がいるという。いままでにも神像の話を聞いて、ソロン族、オロチョン族、蒙古人たちが、オーコリドイに登ったが、ひとりとして生きて帰った者はないらしい。それからオーコリドイは、聖なる山になった。もう何百年も前のことだよ」

テキシバイルが説明した。

「なぜ、だれも帰ってこんのじゃろう？」

トクソム老人がいった。

「オーコリドイに登ると、みんな神罰を受ける。あんたたち、ゆめゆめ、オーコリドイに登ろうなどと考えないほうがいいぞ。われわれは、あんたたちが死のうと生きようと、どうでもかまわんが、わざわざ、死を選ぶこともない」

テキシバイルがいった。

「わかった。ともだちのことばにしたがおう。わしたちは、オーコリドイには登らんよ」

トクソム老人がいった。

「でも、その白い巨大な守護神って、なんなのでしょう？」

珍しく志保が、口をはさんだ。

「われわれにも、見当がつかない」

テキシバイルが、首を横に振った。

「動物だろうか？　白い巨大な動物というのは、思いつきませんね」

石峰君がいう。

「雪かもしれませんわ。人が近づくと、雪崩《なだれ》が起こるとか」

志保がいった。

「なるほど。それを白い巨大な守護神と表現するか。ないとはいえんな。いよいよ、おもしろくなってきた。おっと、これは、通訳せんでくれよ」

わが輩、トクソム老人にいった。老人がうなずく。ソロン族の人々には、オーコリドイにはいかないといってあるが、もちろん、わが輩たちは探検するつもりなのだ。それを知られたら、妨害される可能性もある。

4

翌朝はテキシバイルや首長が、もう少し、ゆっくりしていけというのを振り切り、厚く礼をのべて、ソロン族の村をあとにした。

またトクソム老人を先頭にした、単調な旅が続く。けれど今度の旅は、大草原ではなく大樹海だった。カラマツの林だ。昔の野火のために、大木の根元や倒木は黒く焦げている。だが幹はまっすぐ伸び、上部で梢《こずえ》が広がり、光を遮っているのは、これまで草原を歩いてきたわが輩には、かえって心地よかった。

地上にはコケモモが、敷きつめられた絨毯《じゅうたん》のように生え、さわやかな松やにの香りのする空気が気持ちいい。それと精神的に、わが輩らを元気づけたのは、ソロン族から聞いたオーコリドイの黄金神像と、巨大な守護神の話だった。わが輩、石峰君とちがって宝物など興味はないが、伝説として残されているものが、実際にはなんなのか。これは充分に調べてみる価値がある。

気になったのは、ロシア秘密調査隊の動向だった。野地坊主の湿地帯で難儀をしていたようだが、その後、どっちの方面に向かったのか。

やがてカラマツの樹海は、ふたたび湿地帯とぶつかった。コケモモの地面がなくなり、足元が湿地になったのだ。大興安嶺の中心部には、雪も見えはじめた。わが輩らは、トクソム老人の用意してくれた鹿皮の長靴に履き変えたので、歩くのに困難はなかったが、馬が泥濘《ぬかるみ》に脚を取られて、進む速度は、かなり落ちた。ここでは、野営することもできない。馬たちを助け助け進むと、カラマツ林も湿地帯も、唐突に終わった。わが輩は、その大樹海がオーコリドイまで続くのかと思っておったのだが、この樹海は、まだたいしたものではなかったのだ。

カラマツ樹林と湿地帯が終わると、ガン河の支流のヤンギール河に沿って、大雪原が広がっていた。雪が新しく、積もっているというほどでもないので、昨晩にでも降ったものだろう。ソロン族の村では月が出ていたのだから、このあたりは、ほんの少しの場所のちがいで、天候もかなり異なるようだ。

四人で雪かきをして、現れた草の上に柳の枝を敷き詰め、テントを張って寝袋にもぐり込んだ。

翌日からの旅のようすは、省略しよう。ガン河に沿って、上流へ上流へと登っていくのだが、湿地帯とカラマツの林が交替に出てくるのを、ある時は横断し、ある時は迂回して進んだ。すべてはトクソム老人にまかせての前進だったが、常にトクソム老人の案内は正しかったと思う。

それにしても大興安嶺というのは、したたかな山脈だ。山脈としては、もう老齢期に入り、それほどの高山はないのに、ゆく者の前進を拒むこと限りない。世界中を無銭旅行してきたわが輩さえ、山梨中佐との約束がなければ、途中で引き返してしまったかもしれないほどだ。

ソロン族の村を出発して五日目のことだった。ガン河、ゲン河のふたつの河の源流となるイキリ山の見えるところまできた。トクソム老人がいうには、オーコリドイまでの旅程の約三分の二の場所だという。ただし、それは距離の話であって、それから先の道の険しさからいえば、だいたい、時間的には半分のところというのが、老人のことばだった。

いつものように、カラマツ樹林の中に入ったとたん、薄暗い林の奥から大型の銃の音がした。弾《たま》が、わが輩の脇を飛び抜け、カラマツの幹に食い込む。

「危ない、伏せて、木の蔭《かげ》へ!!」

トクソム老人が叫んだ。銃声は鳴りやまない。明らかに、わが輩らを狙っておる。

「オロチョン族に、ちがいない」

「しかし、いきなり撃ってくるとは……」

石峰君がいった。

「まったくだ。オロチョンは恐いが、そんなむちゃなことをする民ではない」

トクソム老人が、声をひそめていう。

「なにか、あったのだ」

「なにかとは？」

「それは、わからんが、とにかく、わしが話をしてみる」

「だいじょうぶか」

わが輩も、ポケットから短銃を出していった。

「だいじょうぶだ。こちらから短銃を発射してはいかん」

トクソム老人は、わが輩らにそういって、腹這《はらば》いになったまま、樹林の奥に向かって叫んだ。

「オロチョンのともだちよ、わしはダフールのトクソムという者じゃ。大興安嶺の強者オロチョンと戦う気はない。わしは、日本人の勇敢な旅人と旅をしている。出てきて、わしの話を聞いてくれ！」

トクソム老人の声が、大樹林に響き渡った。銃声がやんだ。しんとして、もの音は聞こえない。

「わかってくれたのでしょうか？」

石峰君がいう。

「しっ!!　向こうは、わしのことばに、とまどっておるようじゃ。……ともだち、われわれは味方だ！」

トクソム老人が、ふたたび大きな声を出した。すると十秒ほどの間をおいて、太い男の声が返ってきた。

「ともだち、信用しよう。おれはイキリ・オロチョンのガイブシャンという」

ことばを、トクソム老人が通訳した。

「みんな短銃をしまってくれ」

トクソム老人のことばに、わが輩らは短銃をポケットに入れる。

「そっちにいくぞ！」

「ああ、こい！」

「よし。もう、だいじょうぶだ」

トクソム老人が、にっこりと笑った。しかし、わが輩は、まだ緊張しておる。鉄砲の弾が当たれば、それで地獄いきだ。こんなところで死にたくはない。四人がたちあがると、蒙古馬に乗った口髭を生やした男が、樹林の中から姿を現した。厳しい顔をしている。

「トクソム老人、発砲してすまなかった。だが、昨日、われわれの村はロシア人に襲われ、三人が死に、十人が負傷したのだ」

「なに、露西亜人が!?　あの露西亜秘密調査隊だな。わが輩らより、先に、ここにきていたのか！」

トクソム老人に通訳されたわが輩が、思わず叫んだ。

「あんたたちは、薬を持っているか？」

「たいしたものはないが、少しは……」

「それを分けてくれないか」

ガイブシャンがいう。

「ああ、いいとも」

わが輩が、トクソム老人を通じて答えた。

「ありがたい。それでこそ、本当のともだちだ」

ガイブシャンが、初めて笑顔を見せた。ガイブシャンの案内で、わが輩らはイキリ村に向かった。三十分ほどの行程だったが、村が近づくと、なにか焦げたような匂いがする。

「この匂いは？」

「ロシア人たちが、数軒の家を燃やした」

ガイブシャンがいう。

「ひどいことを」

志保がいった。その声を聞いて、ガイブシャンが、びっくりしたような声を出した。

「女子《おなご》か？」

ガイブシャンは、志保を少年だと思っていたらしい。

「ああ、この青年の妻だ」

トクソム老人が、石峰君を指していった。

「そんな……」

石峰君が、あわてる。

「いや、オロチョンの村では、そういうことにしておいたほうがいい。種族のちがう若い女は、掠奪《りゃくだつ》されることがある。人の妻であれば、連中は決して、手を出さない。それに、いずれ、あんたたちは夫婦になるのだろう。わしには、未来がわかる」

トクソム老人が、にやっと笑った。志保は、うつむいて、なにもいわない。石峰君も照れたような表情だ。

「なるほど、わかった。石峰君、志保さん。しばらく、夫婦らしい行動をしてくれよ」

わが輩も、微笑しながらいった。

イキリ村は、戸数三十ほどの小さなオロチョンの村だった。白樺の木や皮を使って建てた家など、ソロンの村とよく似ている。もともと、ソロンとオロチョンは同族だったというのが、うなずけるようだ。

しかし村内は混乱していた。人々が右往左往している。灰になった家が、三軒ほどある。わが輩らが村に入っていくと、村人たちは、いっせいに視線を向け、声高にしゃべり合い警戒の色を見せたが、ガイブシャンがなにかいうと、一応、柔和な表情に変わった。

ガイブシャンは、わが輩らを首長のウラリハンのところに、案内した。ウラリハンは五十歳ほどの、精悍《せいかん》な表情の男だった。

「よくきた、ダフールのとも、それから日本のとも。だが、あんたたちは悪い時にきた。ガイブシャンに聞いたと思うが、昨日、ロシア人たちがきて、村人を殺し家を焼いた。今日は、葬式だ」

ウラリハンは沈痛な声でいった。

「まず、これを受け取ってくれ」

トクソム老人がいい、一丁の短銃と五十発の弾をウラリハンに、その妻に粟と水晶の耳飾りを差し出した。

「すまない、あんたがたは、いいともだちだ」

「露西亜人たちは、なにをしたのです？」

石峰君が質問した。

「いきなり、十一人のロシア人が村に入ってきて、オーコリドイに案内する男を貸せといった。オーコリドイは聖なる山だ。断ると、銃で村人を撃ちまくった。そして、わしを人質にしたので、勇敢なイキリの村人も手を出せなかった。それから馬と食糧を奪い、村を出ていった。ひとりの年老いたロシア人は、人殺しや家に火をつけるのをやめろといったが、ほかの者はきかなかった」

ウラリハンが説明する。

「とめたのはポズナンスキー博士でしょう」

石峰君がいった。

「怪我人《けがにん》は、どこにいます。手当てをしなければ」

志保がいった。

「向こうの家に寝ている」

「じゃ、ぼくと志保さんで、手当てしてきましょう」

石峰君が、トクソム老人にいった。トクソム老人が通訳すると、ウラリハンはよろこんで、妻に案内をするように命じた。三人が首長の家から出ていく。

「イキリの若い勇者は、ロシア人を追いかけて殺すといっている。だが、わしは、それをとめた。やつらは、弾が続けて出る鉄砲を持っている」

「機関銃だな。敵は、そんなものを持っているのか。いよいよ、油断ならん」

わが輩が、トクソム老人の顔を見る。

「ロシア人たちは、馬車できたのか？」

トクソム老人がたずねた。

「いや、歩いてきた。たくさんの荷物を背負ってな。やつらは、道案内と、その荷物をわれわれの村の若者に運ばせたかったようだ」

ウラリハンが答えた。

「すると、やはり、あの湿地帯で馬車をなくしたのだろう」

トクソム老人がいう。

「あんたたちは、あのロシア人たちを追っているのか？」

「いや、たまたま、探検の方向が同じなだけだ。露西亜人たちは、なにをしにオーコリドイにいくといっていたかね？」

わが輩がいった。

「なにもいわん。ただ、オーコリドイに案内しろというので、断ったのだ。そうしたら、銃を撃ちまくった。やつらは悪魔だ。人間じゃない。女や子供まで撃ったのだ」

ウラリハンが、拳《こぶし》を握りしめて、いかにも悔しそうにいった。

「それは、ひどい」

トクソム老人も怒りの表情を、隠さなかった。

「オロチョンの若者たちは勇敢だ。やつらを追って、皆殺しにするといっている。わしも、そうさせてやりたい。けれど、残念だが、さっきもいったように、あの鉄砲には、勇敢な気持ちだけではかなわない。若者たちは、死を恐れはしないが、みんな死んでしまったら、イキリのオロチョンは滅びてしまう。それは首長として、やってはならないことだ」

さすがに首長だけあって、ウラリハンは、しっかりした判断力を持っていた。わが輩、ウラリハンのことばを聞いているうちに、がまんができなくなった。

「首長、ここはひとつ、わが輩らにまかせてくれんか。わが輩はやつらには怨《うら》みはないが、やることがひどすぎる。イキリのオロチョンの代わりに、わが輩らが露西亜人どもを、痛めつけてやる」

わが輩がいった。

「本当か！　本当に、仇《かたき》を取ってくれるか。そうしてくれたら、どれほど、うれしいかわからない。だが、トクソム老人が、ロシア人たちは十一人もいたぞ」

わが輩のことばを通訳すると、ウラリハンがからだを乗り出すようにしていった。

「なに、首長も知っておるだろう。一年半前、日本は露西亜と戦争をして勝ったのだ。オロチョンの民は勇敢だ。しかし、日本人も勇敢なことでは、オロチョンに負けない」

わが輩が笑った。

「うむ。日本人がロシアに勝ったことは知っている。やつらを聖なる山、オーコリドイにいかせるわけにはいかん。山に登らぬうちに、やっつけてくれ」

「承知した。きっと、やっつける。できれば捕虜にして連れてくるから、イキリの掟《おきて》で処罰してくれ。ただし捕虜がむりなら、その場で殺すかもしれない」

「それで、かまわぬ。頼む。だが、客人。もし、ロシア人たちがオーコリドイに登ったら、それ以上は追ってはいけない。オーコリドイに登れば、神がやつらを倒す。オーコリドイの神は、ロシア人でも日本人でも容赦はしない。聖地に足を踏み入れた者は、だれでも殺してしまう。だから、ロシア人たちを放っておけば、いずれは神に倒される運命だ。しかし、イキリのオロチョンは、神の手を借りずに、やつらを倒したい」

「わかった。わが輩らは、オーコリドイにはいかない。その前に露西亜人たちを倒す」

「ありがたい。武運を神に祈る祭りをしたいが、今夜は死んだ者の霊を空に放つ日だ。なにもしてやれなくて、すまない」

ウラリハンがいった。そこへ、石峰君と志保が帰ってきた。服のそこここに血がついている。

「ようすは、どうだった？」

わが輩が質問した。

「ひどいものです。女性や子供まで……。できるだけのことはしましたが、半分は助からないでしょう」

石峰君がいった。

「なんという人たちなのでしょう」

志保も、溢《あふ》れてくる涙を手でぬぐいながらいった。

「ありがとう、奥さん。イキリのために泣いてくれるか」

ウラリハンが、うれしそうにいった。

「それでだ、石峰君。いま首長に約束したところだが、われわれの手で露西亜人たちを痛めつけてやろうと思う」

わが輩が、石峰君の顔を見た。

「やりましょう。あんなやつら、いくら痛めつけてやっても、かまいませんよ」

石峰君がうなずいた。

「そうと決まれば、すぐに出発だ！」

わが輩がたちあがった。

「それでは客人。できるだけの食糧を用意しよう。水もいるだろう。それから、これを持っていくといい」

ウラリハンは、そういうと、ふところに手を入れて、三センチ四方ほどの、蒙古文字の書かれた板を、わが輩にくれた。

「これは？」

わが輩がトクソム老人の顔を見た。

「それは、オロチョン族の通行手形のようなものだ。それを見せれば、どこのオロチョンの村でも安心して通れるし、歓迎してくれる。これは、よほど信用した人間にしかくれないものだ」

「そうか。それはありがたい。しっかり、しまっておく」

わが輩は、ウラリハンにおじぎをし、通行手形をポケットにしまった。

5

ウラリハン首長に、村の出口まで送られて、わが輩たちは、ふたたび大興安嶺を北に向かうことになった。

「それにしても、やつらが、われわれより先まわりして、あんなひどいことをしているとは思いませんでしたね」

石峰君がいった。

「うむ。わが輩らより正確な地図を持っておるか、やはり人数の多いせいだろう」

わが輩がいった。

「でも、正確な地図を持っているのなら、イキリのオロチョンに道案内などさせようとはしなかったのではないでしょうか」

志保がいった。

「そういえばそうだ。もし正確な地図を持っていたとしても、このあたりまでのものしかないのだ。だから、むりにでもイキリの村の者を先達《せんだつ》にしようとしたわけだ。トクソム老人、なんとか、わが輩らが露西亜人たちより先にオーコリドイに到着する近道はないものかね？」

わが輩がいった。

「ないことはない。だが、道は険しいぞ。われわれは、ともかく……」

トクソム老人は、そこまでいって志保の顔を見た。

「トクソムさん。わたしなら、だいじょうぶです。みなさんと一緒に、どんな道でも歩けます」

志保がいった。

「だが、そのあたりは狼や熊の出るところだ」

わが輩がいった。

「それは、わが輩たちがいればだいじょうぶだろう」

「それと問題は、もうひとつある。その近道の途中にあるオロチョンの村は、ほかのオロチョンとさえ交際をしない、徹底的によそ者を嫌う種族だ。へたをすると、殺されるかもしれん」

トクソム老人が説明した。

「そんなオロチョンがいるのですか？」

石峰君がいった。

「おるのじゃ。ナーラチ・オロチョンといってな。その村さえ、うまく抜けられれば、確実にオーコリドイには、われわれのほうが先に着ける」

「なるほど。どうします、中村さん？」

「うむ。先まわりはしたいが、死んでしまっては、なんにもならんな。しかたない。露西亜人たちのあとを追うか」

　わが輩がいった。

「いえ。中村さん。その道をいきましょう。いってみれば、どうにかなるかもしれません。よそ者を嫌うといっても、相手は人間です。話せば、きっと、わたしたちのことは、わかってくれるはずです」

　志保が、毅然《きぜん》とした口調でいった。

「立派な女子《おなご》じゃなあ。わしが、もう少し若ければ、女房にしたいところじゃ」

　トクソム老人が、感心したように志保の顔を見た。

「どうするね、石峰君」

「本当に、だいじょうぶか、志保さん？」

　石峰君は、わが輩の質問に答えず、志保にいった。

「だいじょうぶです。決して、みなさんの足手まといにはなりません。近道をいきましょう」

　志保のことばは、力強い。

「よし。それでは、近道をしよう。石峰君、地図だ」

わが輩のことばに、石峰君がポケットから地図を取り出した。

「いま、われわれがいるのが、ここだ。ロシア人たちは、コンホ河伝いにオーコリドイに出るだろう。それを、われわれはノゾミ山のほうからまわり、ウェルフネウルギーチ河の支流を遡る。そうすれば、ロシア人たちより、早くオーコリドイに着けるはずだ」

トクソム老人が、地図の各所を指で示しながらいった。

「この地図が正確であればの話だが」

「これは、正確ではないのですか？」

石峰君がいった。

「ロシア人たちの持っているのと、同じようなものだよ。ここいらあたりまでは、正確だが、これより奥の北部大興安嶺の正確な地図は、どこにもないよ」

トクソム老人が答える。

「とにかく、進んでみよう」

わが輩らは、ロシア秘密調査隊より早くオーコリドイに着くために、ノゾミ山の方向に道を取った。さっそく、ぶつかったのが、例の野地坊主の湿地帯だった。いままでは、野地坊主のあるところは、なるべく迂回したが、これからは、そうはいかない。オロチョンの馬は、この湿地帯をうまく歩くらしいが、わが輩らの蒙古馬は、器用には歩けない。

わが輩らは、ひと足、ひと足、ナナシとゴンベの二頭の馬とともに踏みしめて、湿地帯を進んだ。湿地帯の真ん中では、膝まで濁った黒い水たまりの中に落ちたが、なんとか渡り終えると、今度はカラマツの樹林に出た。

樹林を二時間も歩くと、突然、あたりが開け、積雪十五センチほどの雪野原になった。前にぶつかった雪原より、雪は積もっている。トクソム老人が、鹿皮の長靴の中に、唐辛子を粉にして入れるように指示をする。これをしないと凍傷になるという。

原野に踏み込んでみると、それは雪原というよりも、氷に近く、滑って歩きにくかった。それにしても大興安嶺というのは、次々に景色が変化する。樹林なら樹林、雪原なら雪原が続くのなら、歩きやすいのだが、樹林、湿地帯、雪原、岩道と、あれこれ変わるので、大変だ。

雪原を、ようやく通り抜けると、今度は盆地になり、平坦な樹林になった。けれど今度の樹林は、いままでのものとは、いささか規模がちがう。果てがわからないような大樹林だった。

「まずかったな。ちょっと時間をまちがえた。今夜は、この樹林の中で、テントを張ることになる。ここには、熊、狼がおるから、危険じゃ」

トクソム老人がいった。

「それなら、だいじょうぶ。こちらには、有力な武器がある。かつてヒマラヤで狼に襲われた時に使った火炎弾だ。高野豆腐《こうやどうふ》に石油を染み込ませたものを空き缶に入れ、これを振り回すと、狼は逃げる。熊も火は嫌いだろう」

わが輩がいった。

「よかろう。それを用意して、テントのまわりにたいまつをたてて、猛獣よけにしよう」

トクソム老人がいった。テント張りは、もう慣れているので、すぐに石峰君とわが輩で用意をした。トクソム老人はたいまつを六本、テントのまわりにたてた。

「これで、よかろう」

わが輩らは、すっかり野営の準備を終えて、テントの中で食事をした。こういう時に、志保がいてくれるのは、本当に助かる。志保はイキリ・オロチョンにもらったノロの乾燥肉を湯でもどし、ありあわせの野菜とミソで、豚汁ならぬノロ汁を作ってくれたが、これはわが輩らのからだを、芯《しん》から暖めてくれた。湯を沸かし、手拭いで、からだの垢を拭った。こういう場所の探検は、わが輩ら男は、まだいいが、志保が風呂に入れないので気の毒だ。それでも、垢を落として、気分よさそうにしておる。

猛獣が出た時のために、短銃を枕元に、また高野豆腐の火炎弾を用意して、寝袋に入ったのは午後九時だった。その夜は、なにごとも起こらず、わが輩らは昼間の疲れもあって、熟睡した。が、翌朝、目を覚ましたわが輩らは驚きに驚いた。テントの外に出てみると、長髪を肩まで垂らした、眼光鋭い、六、七人の男たちが、オロチョン馬に乗り、手に手に銃を持って取り囲んでいたのだ。

最初に、テントの外に顔を出したわが輩、あわてて首を引っ込めると、トクソム老人に、そのことを告げた。

「やはり、きたか。わしが恐いといったナーラチのオロチョンだ。とにかく、わしが話をしてみよう。イキリにもらった通行手形を貸してくれ」

トクソム老人がいう。わが輩は、通行手形を渡した。トクソム老人は、テントの外に出るといった。

「友人よ。わしはダフールのトクソムという者じゃ。日本人の旅人と大興安嶺を旅行している。イキリの首長からもらった、通行手形もある。われわれは、ナーラチに敵対はしない。この大樹林を通って、先に進むだけだ」

さすがのトクソム老人も、やや緊張した口調で、通行手形を示しながらいった。すると男たちは、わが輩らにテントから出てこいと手で合図した。三人がテントから出ると、次には村までこいという。

「ここは、だまって、ついていこう」

トクソム老人がいった。わが輩らは、急いでテントを畳んだ。ナーラチ・オロチョンの村までは、二十分ほどかかった。樹林が切り開かれて、村ができている。村の内部は、イキリ・オロチョンの村と似ていた。しかし、村人のわが輩らを見る目は、非常に鋭かった。

わが輩らは、すぐに首長の家に連れていかれた。例によって、石峰君と志保が短銃と粟と水晶の首飾りの贈り物をした。だが首長は、いままでのソロン族やオロチョン族とちがって、それほど、うれしそうな顔もせず、わが輩らを頭のてっぺんから足のつま先まで、ねめまわし、トクソム老人にいった。

「おまえがダフールであることは、わかる。だが、この三人は、本当に日本人か。日本人なら、われわれは歓迎する。ずっと昔、そう五十年ぐらい前のことだ。ひとりの日本人が、この村にやってきた。わしが、まだ十歳ぐらいの時だ。その日本人は、サムライ・シンノジョウといい、われわれに、いろいろなことを教えてくれ、病人を治し、親切にしてくれた。そして、この村で死んだ」

ナンタモリカンというナーラチ・オロチョンの首長がいった。

「五十年前といったら、江戸時代ではないか。江戸時代に、こんなところに武士がきていたのか？」

わが輩が、石峰君にいった。

「そのようですね。目的は、なんだったのでしょう」

石峰君が、わが輩の顔を見る。

「さてな」

わが輩がいった。そこへ、四、五歳と思える少年が部屋に入ってきた。首長の孫かなにかのようだ。志保が、ポケットから飴玉《あめだま》の入った紙袋を出し、その中から、赤い色の一個を少年に渡した。少年は、飴玉を見たことがないらしく、手に取って不思議そうな顔をしている。すると志保が、自分も一個取り出して、口に入れた。それを見て、少年も口に入れた。甘さが口に広がったのだろう。すぐに少年が、笑顔になった。

「わしにもくれ」

首長が手を出した。志保が、青い色のを渡す。首長は、しばらく、それをながめていたが、口に入れた。そして、にっこりと笑った。ようすをうかがっていた首長の妻にも、飴玉を渡す。これで、われわれの周囲の雰囲気は、急にやわらかくなった。子供の姿を見て、とっさに飴玉を渡すところが、志保の気の利くところだ。トクソム老人も、ほっとした表情だ。

が、飴玉で、すべてが解決したわけではなかった。首長は席をたち、奥の部屋に入ると、きれいな紙を張ったミカン箱ほどの木の箱を持ってきた。さらに、もう一度、奥に入ると大小の日本刀を運んできた。

「これが、サムライの形見の品だ。おまえたちが、本当に日本人なら、ケンブができるだろう」

首長が、箱の蓋を開けながら、突然いった。

「剣舞？」

「そうだ。ケンブだ。そのサムライは、日本人の男なら、みんなケンブができるといって、時々、見せてくれた。勇ましい歌と剣の舞いだ。おまえたち、日本人の証拠に、ケンブをやってみろ」

　ナンタモリカン首長がいいながら、箱から薩摩《さつま》がすりの着物と仙台平《せんだいひら》の袴《はかま》、足袋《たび》、白手拭いを取り出した。扇子に襷紐《たすきひも》もある。これには、わが輩、焦った。

「中村さん、剣舞できるか？」

　トクソム老人がいった。

「いや、わが輩も、いろいろなことをやっているが、剣舞はできん」

　わが輩がいって、石峰君の顔を見た。石峰君も首を横に振る。どうにか、ごまかさねばならない。

「昔の武士は、すぐに剣舞をしたが、いまは、特別の儀式の時にしかやらないことになっている」

　わが輩が苦しい、いいわけをし、トクソム老人が通訳した。が、首長は、わが輩のことばになっとくしなかった。

「ケンブができないというのは、日本人ではない証拠だ。おまえたち中国人だろう。中国人は、われわれは嫌いだ。一生、奴隷か、死刑だ。生かして、この村は出さん」

「そんな、むちゃな」

　わが輩がいった。しかし、首長は聞く耳を持たない。

「おい、この中国人たちを、牢に入れてしまえ！」

「おお！」

家の外から、声がして、数人の男が、どやどやと部屋に入ってきた。そして、わが輩らの手を摑《つか》んで、たたせようとする。ここで、ひとりやふたりに鉄拳を食らわせ、投げ飛ばすのは、わけのないことだが、それでかたがつくというものでもない。相手は何十人といるのだ。いくらわが輩でも、村人全部を殴り倒すことはできない。しかたなく、たちあがろうとした時、志保がいった。

「中村さん、わたしが剣舞を舞いましょう。神刀流のうち『白虎隊《びゃっこたい》』なら、少しできます。その侍のやったものと同じ流派かどうかわかりませんが……。中村さん、詩を詠じていただけますか？」

「おお、詩のほうなら、詠じられる。へたな詩吟だが、やってみよう」

わが輩はいい、そして、トクソム老人に剣舞を見せるといってくれといった。トクソム老人が、首長に伝える。志保の剣舞の腕が、どれほどのものか、わが輩にはわからない。できるということを、これまでに聞いたこともなかった。が、躊躇《ちゅうちょ》している余裕はない。ここは、志保に賭《か》けるしかない。そして、もし失敗したら、わが輩、山梨中佐にもらった懐剣で、切腹をして見せ、志保や石峰君の命の嘆願をする腹づもりでいた。

「よろしい。それでは、村の広場で見せてくれ」

首長がいった。志保は、着物を持って奥の部屋に入って着替える。ここで死んだ侍は、それほど大柄ではなかったらしく、志保の着物姿は、まとまっていた。

わが輩らは、若者たちに引きたてられるように、村の広場に出た。たちまち、連絡がいき亘り、そこここの家から人々が姿を現した。首長が、一番いい場所に席を取る。

志保は左手に大刀と襷紐を持ち、左膝を地面につき、右膝をたてて、首長のほうに頭を下げた。それから襷紐の片端を口にくわえて右手に持ち、左手の内側より外側にまわし、まさに、目にもとまらぬ早業で、早襷をかけ、白地の手拭いを四つにおり、前額部に当てて、後ろで結んだ。大刀を腰に差すと、「えいっ！」とかけ声をかけて、刀を抜いた。首長が手入れをしていたのだろうか。刃は一点のこぼれも、曇りもなかった。

早襷の敏捷《びんしょう》なこと、刀を抜く時のかけ声、わが輩、目を見張るばかりだ。しかも、女であるだけに、少年剣舞のようで、実に、その姿は凛々《りり》しい。これは、生半可《なまはんか》なものではないということが、ひと目見てわかった。刀を抜くと、ざわめいていた村人たちの声が途切れた。首長も、感心したように、真剣に志保の一挙手、一投足を見守っている。

志保が、わが輩に目で合図した。わが輩がうなずく。

「少年団結白虎軍　国歩艱難守保塞　黄塵掩天白日暗　警報交至四境内　忽捲風雨大軍来
巨砲連発僵死堆　白虎一隊自虎健　殺生過当何壮哉」

わが輩、日本にいる時、少し詩吟を勉強しておったが、なにしろ、ここは生きるか死ぬかの瀬戸際だ。精神を統一して、一世一代の蛮声を発した。志保は、わが輩の声にあわせて、雄々しく、また華麗に舞う。刀は、よく手入れがされているらしく、きらきらと光を反射する。

それにしても、志保の舞いはみごとだ。この志保は、東京駒込《こまごめ》の呉服問屋の娘で、悪人に騙《だま》されて、スマトラ島に連れてこられて女郎にされていたというが、どう見ても、ただの商家の娘とは思えない。

ふと、詩を詠じながら、そんなことを思ったため、わが輩、実は大失敗をした。『白虎隊』を詠じていたのに、まちがえて、途中から西郷南洲の詩を詠んでしまったのだ。

「大声呼酒坐高楼　豪気欲呑五大州　一寸丹心三尺剣　奮拳先試佞人頭」

だが、志保は気がついただろうが、首長をはじめ、オロチョンの人々には、そこまではわからない。どうにか、こうにか一詠《いちえい》終わると、首長をはじめ村人が、感嘆の声をあげた。日本なら、万雷の拍手が湧くところだが、オロチョンたちには、拍手の習慣はないようだった。

「まちがいない。おまえたちは日本人のサムライだ。何年ぶりで、サムライのケンブを見ただろう」

首長は、目をうるませてさえいる。

「よかった。これで、首長の信用を得られた」

トクソム老人がいった。

「志保さんに、命を助けられたのう」

「まったくです」

石峰君がいう。

「みごとなケンブだった。これをやろう」

首長は、自分の腰に差していた蒙古刀を、志保に渡した。志保は礼をして、それを受け取ると着替えに、首長の家に入っていった。

「それにしても、なぜ、ケンブを、男のおまえたちがやらずに、若い女子がやったのか？」

首長が、わが輩と石峰君に質問した。

「あの女子はサムライの娘だ。わが輩らは、その家来なので、家来は、むやみに剣舞を舞ってはいけないことになっている」

わが輩は、適当なことをいった。

「なるほど。とにかく、日本人とわかったからには、われわれは、おまえたちを歓迎する。今夜は、この村に泊まっていくがいい」

首長がいった。

「いや、好意はうれしいが、わが輩らは先を急ぐ身だ。また帰りに寄るから、その時、もてなしてもらいたい」

わが輩がいった。おそらく、二度とこの村にたち寄ることはないが、そうでもいわなければ、先に進めない。

「そうか。それは残念だ。だが、きっと帰りに寄ってくれ。村をあげてご馳走をする」

首長がいった。

「ありがとう。きっと、寄るよ」

わが輩が答えた。その時だ。

「ヘルプ・ミー……」

かすかな女性の声が、聞こえた。村の奥のようだ。

「あれは？」

わが輩がいった。その問いに、首長は答えようかどうしようかと、ちょっと躊躇したようだが、しかたなさそうにいった。

「ロシア人の女だ。年寄りだよ。モーホのほうから、蒙古人の案内と、ロシアの男を三人連れて、やってきた。男たちは抵抗したので殺した。女は奴隷にした」

「助けを求めていますね」

石峰君がいった。

「その女に、会わせてくれないか」

わが輩がいう。

「いいだろう」

首長がたちあがり、わが輩らを村の奥に案内する。着替えを終えた志保も、追いついてきた。村のはずれに、白樺の木を組み合わせて作った囲いがあった。竹で作った鳥籠《とりかご》のような直方体の檻《おり》だ。蒙古服の老婦人が、首に鹿皮の紐を巻かれ、その先が檻の白樺の木に結びつけられている。手も紐で、結わかれている。

「中村さんじゃないの！」

老婦人が、英語でいった。どこかで聞いたことのある声だ。わが輩、檻に駆け寄った。そして、蒙古服の老婦人の顔を見て驚いた。なんと、顔は黒く汚れているが、あのシベリヤ鉄道で、同じ客車になったシャギニャン夫人ではないか。

「これは、いったい、どうしたのです？」

石峰君が質問した。

「この村を通ろうとして、捕まりました」

夫人がいう。

「しかし、なんで、また。こんなところへ」

わが輩がいった。けれど、夫人は返事をしなかった。

「シャギニャン夫人。なにを隠しています。死ぬか生きるかという時に、わが輩らに隠しごとをするのですか？」

わが輩がいった。

「夫人、あなたは露西亜の大興安嶺秘密調査隊の一員でしょう」

石峰君がいった。

「知っていたのですか……。その通りです」

夫人が、力なくいった。

「列車では、われわれの動向を探偵していた」

「ええ」

「ハイラルからオーコリドイに入る本隊と、合流する予定だったのですね。目的は？」

「わたしも、女ながら軍事探偵です。そこまでは、いわせないでください」

シャギニャン夫人が、目を伏せた。ロシアは別動隊まで組織して、なにを調査しようとしているのか？　それは神谷書記生がいったロシアがしきりに発しているという、謎の電波と関係があるのか？　あるとしたら、どんなふうに……。わが輩も、これで、さらに興味が湧いてきた。

「いつから、ここに？」

「二日前です。案内の蒙古人が道をまちがえ、この村に迷いこんで、捕まり……。だれか人がきたようなので、助かるかと思ったのですが、わたしが探偵をしたあなたがたでは……」

夫人は、そこまでいって、はらはらと涙を流した。

「トクソム老人、首長に、この婦人は、われわれの知りあいだから、助けてくれるようにいってくれんか？」

わが輩がいった。

「じゃが、敵じゃぞ」

トクソム老人は、不満顔だ。

「だが、このままだと、奴隷として、こき使われて死んでしまう」

わが輩がいった。

「この婆さんに、わしのことを、汽車の中で、馬鹿爺といったのを取り消すかどうか聞いてくれ」

逆にトクソム老人が、わが輩にいった。石峰君が、それをシャギニャン夫人に伝える。

「もちろん、取り消します」

夫人がいった。

「よろしい。では、首長に伝えよう」

トクソム老人が話をすると、首長は首を横に振った。

「弱ったな。金は役にたたんし……。それでは、馬一頭と交換ではどうか」

わが輩がいう。

「馬？　馬は手放せん」

今度は、トクソム老人が拒む。

「トクソム老人、たしかに、これから旅が、ますます困難になる時に、馬を手放すのは辛い。

だが、ここで、この夫人を助けずにいったら、日本男児の恥だ。ダフールの男も同じだろう」

「それはそうだが……。しかたない。いってみよう」

トクソム老人は、ため息をつき、首長に新しい提案をした。

「なに、あの馬と交換か。それならいい。この女は年寄りで、たいして役にはたたない。馬のほうが、はるかに役にたつ」

首長は、にこにこ顔になった。

「シャギニャン夫人、助けてくれるそうですよ。馬一頭と交換ですがね」

石峰君がいった。

「ありがとう。ありがとう。恩に着るわ。馬より価値がないといわれても、ここから出られるなら……」

夫人の声は、それから先は嗚咽《おえつ》で聞き取れなかった。

「それにしても、なんという女子じゃ。この婆さんを軍事探偵と見破り、剣舞を舞って、われわれを助け……」

トクソム老人は、ただひたすら志保に感心している。首長は、自ら檻の錠を開け、手と首を縛っていた鹿皮の紐をほどいた。シャギニャン夫人が、よろめきながら出てくる。

「ありがとう。本当に、ありがとう」

夫人は、わが輩らに頭を下げた。志保が、ポケットからハンカチを出して、夫人に渡した。

「探偵を働いたわたしに、こんなに親切にしてくれるなんて……」

夫人は志保に、抱きつくようにして、しゃくりあげた。

「まあ、困った時は、相みたがいだ」

わが輩がいった。トクソム老人は、シャギニャン夫人と交換された蒙古馬ナナシを、ちょっぴり残念そうに見送っていた。

6

シャギニャン夫人を交えて五人になった、わが輩らの一行は、北を目指す。道は険しくなるばかりだ。救出された直後は、その使命を口にすることを拒否したシャギニャン夫人だったが、一緒に歩き出すと、ぽつりぽつりと、自分の与えられた仕事の話をし始めた。その話によると、夫人の目的は、汽車の中では、わが輩らの行動を監視し、汽車を降りてからは、大興安嶺山中で、三か月半前から日本軍が出していると思われる謎の電波の発信源をつきとめることだった。しかし、わが輩らが、なんの目的で大興安嶺に向かっているかは、調べきれなかったと告白した。

「なに？　すると夫人は、その謎の電波を日本軍が出していると思っておったのかね？」

わが輩がいった。

「ええ。日本の満洲駐在軍の出している暗号だと……」

「これは、お笑いだ。シャギニャン夫人、わが輩らは、その謎の電波なるものを、てっきり露西亜軍が発信していると思っておったのですよ。それで宝探しと称して、あなたがたを追っていたのだ」

わが輩がいった。

「すると、あの謎の電波は、日本軍が発していたのではないのですか？　ロシア軍でもないとすると、だれが、いったい……」

シャギニャン夫人は、演技ではなく、本心から、驚いたようだった。むろん、驚いたのは、夫人ばかりではない。わが輩らも、驚いた。おたがいに、相手が秘密の暗号電波を出しているとばかり思っていたのだから当然だ。

さらに、もうひとり、トクソム老人も話を聞いて、目を丸くした。老人は電波のことは、まったく知らず、わが輩らの目的が、宝探し以外のなにものでもないと、信じこんでいたからだ。

「まったく、わしにまで、真実を隠しておったとはけしからん」

老人は、かなり、おかんむりになった。

「いや、宝探しも方便ではないんです。ぼくは本気で探しているんですよ。それに老人は、自分で、ぼくたちを宝探しと決めつけていたじゃないですか」

石峰君がいった。

「そうだったかな。じゃが、なんにしろ、わしは日本人は信用しておったのに……」

老人の曲がったへそは、なかなか元にもどらない。

「すまん。うそをつく気はなかったのだ。ただ電波のことまで説明をすると、話がめんどうになると思ってね」

わが輩が、謝った。

「もう、これ以上は、なにも隠してはおらん。どうしても、わが輩らを許せんのなら、詫《わ》びに大金貨を、もう一枚渡すからハイラルに帰ってくれてかまわんよ」

「なに!? ハイラルに帰れじゃと？ 馬鹿をいうな。ここまできて、宝物を目の前にしながら、帰れるものか。わしはダフールの戦士じゃぞ。一緒にいく。ただし、宝物の分け前は四分の一じゃ」

トクソム老人がいった。

「ところでシャギニャン夫人、露西亜隊では、宝物の話は出ていませんか？」

石峰君がシャギニャン夫人に質問した。

「出発する時は、出ていませんでした。ですが大興安嶺に入ってから、案内の蒙古人に、そんな伝説があることを聞きました。それは伝説ではなくて、本当に宝物があるのですか？」

夫人がいう。

「ある。汽車の中でいったじゃろう。ソロンの村でも、あるといっておった」

トクソム老人が、声を大きくしていった。

「そうですか。調査隊の本隊も、その話を聞いているのでしょうか。わたしには、わかりません」

シャギニャン夫人がいった。

「夫人、しつこく疑うようで申しわけありませんが、露西亜秘密調査隊の目的は、その謎の電波を調べることだけなのですか？　だとしたら、なぜ、その中に考古学者が入っているのか」

石峰君が質問した。

「その理由は、わたしにもわかりません。おっしゃるとおり、わたしも、なぜだろうと思ってはおりましたが、少なくとも、わたしには、電波調査以外の目的は知らされておりません。ほかの隊員も、同じではないかと思います。もし、別の命令を受けている者がいるとしたら、エリツォク隊長とポズナンスキー博士のふたりだけではないでしょうか」

シャギニャン夫人が答えた。うそをいっているようには思えない。

「冗談ではなく、その宝物――黄金神像を探しておるのかもしれんですな。電波を調べるだけなら、シベリヤ軍や満洲護境軍ですみそうなことだ。それを皇帝直属の近衛軍から兵士を選抜して、調査に送るというのは、ほかにも、なにか大きな目的があるようにしか思えんですよ。それが、もし黄金神像だとしたら、それは、とてつもない宝にちがいないですな。うーむ」

わが輩が、唸《うな》った。

「ロシア皇帝は、気まぐれな人ですから、その可能性がないとはいえません。ただ、繰り返しますが、わたしが与えられた命令は、本隊と合流して、だれよりも、どこの国よりも早く、日本軍の謎の電波の発信源をつきとめ、暗号を解読することでした」

シャギニャン夫人が、もう一度いった。

「けれど、状況は大きく変わってしまいました……。その電波が日本のものではないとすると……。それにしても、このあいだの戦争で、日本が、わたしたちロシアに勝利した理由がわかるような気がします。もし、わたしたちと、あなたたちの立場が逆だったら、ロシア秘密調査隊は、あなたがたを助けはしなかったでしょう」

「わが天皇陛下の臣民であるわが輩らは、そういう教育を受けている」

わが輩がいった。

「そこが、ロシア皇帝とは、ちがうところかもしれませんね」

「なんにしても、いよいよ、話がおもしろくなってきたことはたしかだ。中村さん、これは、ぼくたちには想像もつかない、すごい宝なんですよ。それを露西亜皇帝は、なにかで知って、調査隊を送ったにちがいありません」

石峰君が、目を輝かせていった。シャギニャン夫人のことばで、謎は、ますます深まったが、石峰君は、そのぶん元気が倍増したようだった。

翌日、千三百五〇メートルのノゾミ山の麓《ふもと》を過ぎた。ウェルフネウルギーチ河の上流までは、あと三十キロメートルだ。これにぶつかれば河沿いに西に折れて、さらに二十キロほど進んだところから、オーコリドイの山麓《さんろく》に達し、山に入れる。しかし、本当に道は、そうとうに辛い。けれどシャギニャン夫人もさすがに、年季の入った軍事探偵だけあって、わが輩らの行動から、脱落することはなかった。

おそらくロシア秘密調査隊は、オーコリドイの西斜面から登るだろう。それに対して、わが輩らは東側からということになる。どちらが、先にオーコリドイに到着するか。それと、オーコリドイに関する資料は、どちらも、なにも持っていない。まだまだ、前途は多難だった。

道は、あいもかわらず湿地帯と大樹林、岩山、雪原……。これが、交替で現れる。もちろん、順番は、この通りではないが、進むのに困難なことは、ひと通りではない。一日十キロ進むのが、やっとだった。

ノゾミ山を北に見ながら、十キロ進んだ時だ。双眼鏡で、周辺を偵察していた石峰君が、大きな声をあげた。

「岩山に人が倒れている。それも、三人!!」

「なに?」

わが輩がいった。なるほど左手の岩山に、行儀よく、頭を南のほうにして三人の男が寝るようにして仰向《あおむ》けに倒れている。百メートルほど離れた場所だ。わが輩らは、小走りに駆け寄った。少し離れたところに、小型のテントがあった。

蒙古服に身を包んだ男たちだ。けれど、蒙古人やオロチョンではない。明らかに西洋人だ。

「あなたの仲間ですか?」

わが輩がシャギニャン夫人に質問した。

「いいえ、ちがいます」

シャギニャン夫人が、首を横に振る。

「死んでいるのか?」

わが輩がいった。石峰君が、男たちの手の脈を取る。

「いや、生きています。脈は正常だ」

「おい。しっかりしろ!」

わが輩は、男のひとりを抱き起こし、頬を叩いた。が、男は目を開けない。まったく反応がない。残りのふたりの男にも、石峰君や志保、シャギニャン夫人たちが、同じことをするが、死んだように、ぐったりしている。不思議なのは、顔のつやもいいし、体温も下がっておらず、健康体のまま眠っているようなのだ。

「どういうことだ？」

わが輩が首をかしげた時、志保が真ん中の男の顔を見ていった。

「中村さん。この人たち、あのチルクス・シューマン曲馬団の人たちです。わたし、この人の顔に見覚えがあります」

「なに？　あの曲馬団の男？」

わが輩、あわてて男のポケットに手を突っ込んだ。ドイツ語で書かれた大興安嶺の地図が出てくる。それに、シューマン曲馬団の団員証があった。

「なるほど。あの連中だ。だが、連中がなぜ？」

「目的は同じかもしれません」

石峰君がいった。

「すると、この男たちも、オーコリドイに……」

「独逸の間諜《かんちょう》が、われわれか、露西亜秘密調査隊の動きを調べていたのかもしれません」

「大いに、ありうることだ」

トクソム老人が、腕組みをしていった。

「これで、露西亜秘密調査隊と独逸、そして、わが輩らか……。オーコリドイに、なにがあるというのだ」

「ですが、山梨中佐も、独逸のことはいっていませんでしたね。独逸の情報は押さえてあるはずですから、その話がなかったとすると、シューマン曲馬団は政府とは関係なく、独自に調査にきたのかもしれない」

石峰君がいう。

「うむ。ところで、どうして、この男たちは目を覚まさんのだ」

わが輩がいった。

「わかりませんね。どこを怪我しているわけでもない。ただ、ひたすら眠りこけているだけのようです」

石峰君がいった。

「オーコリドイには、本当に神がいるのかもしれん。それで、近寄る者を退ける……」

トクソム老人が、呟《つぶや》くようにいった。

「ところで、どうする。この男たちをかついで連れて歩く余裕はないぞ」

わが輩がいった。

「まったく、不思議議ですが、かれらは眠っているだけです。いつか、目が覚めるのではないでしょうか。おそらく、この一行は三人だけではなかったと思われます。別の仲間は三人を置いて、先に進んだのでは……」

石峰君がいった。

「あるいは、近くのオロチョンの村に助けを求めにいったか」

「しかし、こんな眠りかたをしている人間を見たことがない。毒きのこでも食ったのだろうか？　伝染病ではないだろうな」

「ですが、まったく、気持ちよさそうな寝顔です。とても、病気とは思えません」

「とすると、これは、なにを意味するのだ？」

「わかりません」

石峰君が、首を横に振った。

「どうするね？」

「置いていくしかないでしょう。それに、この男たちは、ぼくには死ぬとは思えません」

「そうか。では、そうしよう。仲間が帰ってきた時のために、わが輩らがきたことを、残していこうか」

「いや。やめましょう。こうなると、シューマン曲馬団も先陣争いの一角に入ったわけですから……」

「よかろう。だが、シューマン曲馬団が、オーコリドイに興味を示すとはなあ。かれらが汽車の中で、しきりにわが輩らの車室を訪れたのも、遊びにきていたのではなく探偵していたのか……」

「探偵が探偵されていれば、世話はありませんね」

シャギニャン夫人が、ため息をついた。

わが輩らは、三人の死んだように眠っているドイツ人たちを、テントの中まで運んでやることにした。

「このへんは、熊や狼は出んのかね？」

わが輩がいった。

「出るかもしれんね」

「が、これだけ起こしても、起きないものはしかたないのではありませんか？」

シャギニャン夫人がいった。

「そうだな。とにかくテントに入れていこう。あとは、かれらに運があるかないかだ」

わが輩がいった。

「そういうことでしょう」

石峰君も、わが輩のことばに賛成し、トクソム老人と三人で男たちをテントに運んだ。テントの中には水や食糧は、充分にあるようだった。

「トクソム老人、先に進もう。道は予定どおりでいいだろうか？」

ひと仕事終えると、わが輩がいった。

「いいだろう。じゃが、ひょっとすると、シューマン曲馬団に、先を越される可能性もあるな。といって、いまさら、ここまできた以上、どうすることもできん。とにかく、わしらは、一刻も早く、オーコリドイに登ることじゃ」

　トクソム老人がいい、降ろしていた荷物を、背中に背負った。志保は、男たちを、そこに置いていくことに、多少、抵抗があるようではあったが、完全に眠っていては、どうにもならない。トクソム老人にしたがって、歩きはじめた。

　オーコリドイは進行方向の左手の奥に、頂上を輝かしながら聳《そび》えている。わが輩は、それを雪かと思ったが、そうではなくて、木や草のない頂上が、光の関係で輝いているのだということだった。

「待っておれよ。じきに、おまえのところにいくからな」

　わが輩は、オーコリドイに呼びかけ、ふたたび前進した。その晩は、シャギニャン夫人が、ロシア料理を作ってくれた。志保の作る日本料理もいいが、これはこれで非常に美味かった。シャギニャン夫人の真意は、まだ、わが輩らには計りきれなかったが、とにかく、オロチョンの村から助け出してやったことを、恩に着ているのはたしかだった。

　ただ、訓練された間諜であるから、本当に心を許していいものかどうかはわからない。しかし、表面上はトクソム老人とも、すっかり打ち解けて、にこやかに談笑していることも、しばしばだった。

「中村さん。いままでにも、ずいぶん、あんたの武勇伝は聞いたが、熊と闘ったことがあるかね？」

テントの中で、寝じたくをしていると、トクソム老人がいった。

「いや、一度、闘ってみたいと思っておるが、熊はないな。狼、黒豹《くろひょう》、ハイエナはあるがね」

わが輩がいった。

「そうか。わしはあるぞ。二メートルもある熊に襲われてな。突然のことで、蒙古刀を抜く間もなかった。そこで、大口を開けて飛びかかってくる熊の顔を突いてやろうと思って、思い切り右手の拳を伸ばした。と、これがみごとにはずれたはいいが、拳が、すっぽりと熊の口の中に入ってしまった。わしゃ、これで右手は嚙み切られると思ったよ。ところがじゃ、あんまり手が喉《のど》の奥まで入ったので、熊のやつ苦しがって、嚙むどころではない。もがいておるところを、左手で蒙古刀を抜いて心臓をひと突きじゃ。あっけなく、熊は死んでしまった。だから、熊が出てきて闘うことになったら、口の中に手を突っ込むことだよ」

トクソム老人が、自慢げに語る。

「本当かね？」

「本当じゃよ。なまじ、取っ組み合いなどやったら、とてもかなわん。殺されるよ」

「うむ。肝に銘じておこう。年寄りのいうことは、聞くものだからね」

わが輩がいった。

「こら、わしは、まだ年寄りではない！」

「いや、これは、すまん。トクソム青年。テントのまわりを点検しておこう」

わが輩、笑いながらいいテントの外に出ると、六か所にたててあるたいまつの火を調べ、少し離れたところで、オーコリドイのほうを見ながら、小用をした。と、わずか一分間かそこいらのうちに、オーコリドイに向かって、流れ星がふたつ尾を引いた。

　さて、ズボンのボタンを止めて、テントのほうへもどろうとすると、かなり強い力で右の肩を叩く者がある。

「なんだ、石峰君か？」

　わが輩、いいながら、振り向いた。そして、仰天した。わが輩よりは、頭ひとつ背の高い月の輪熊が、二本の足でたちあがり、わが輩の肩を叩いていたのだ。これには、さすがの、わが輩も悲鳴をあげた。

「く、熊だ!!」

　だが、テントからは、なんの反応もない。つい、しばらく前まで、トクソム老人と熊談議をしておったので、みんな、わが輩が、ふざけておると思っているらしい。

「熊だ、熊が出た!!」

　わが輩、熊のほうに向きかえっていった。熊は、低い声で唸っている。だが、やはりテントは、静かなままだ。短銃もナイフもテントの中だ。もう、しかたがない。トクソム老人のことばどおり、右手を拳にして、歯をむきだした熊の口の中に、狙い定めて突っ込んだ。と、熊が、もがいた。ここだと思うから、さらに奥に突っ込む。

「ウルルルガアアア〜」

熊が、変な声を出す。だが、懐《ふところ》の短剣を出す余裕はない。

「助けてくれ、熊だ!!」

わが輩が、もう一度、叫ぶと、ようやくテントから、トクソム老人が飛び出してきた。そして、声にもならない声を出すと、腰の蒙古刀を引き抜いて、背後から、熊に飛びかかり、その喉を真一文字に切り裂いた。ひゅーっと音がして、熊の鮮血が迸《ほとばし》る。わが輩、頭から熊の血をシャワーのように浴びた。

そのころになって、石峰君や志保たちも、飛び出してくる。喉を切られた熊が、四、五回、むちゃくちゃに両手を振り回したが、そのまま、ずでんどうと、背中から倒れ込んだ。わが輩の右手も熊の口の中に入っているから、折り重なって倒れる。石峰君が、わが輩を支えて、口から手を抜いた。幸いにして、指は一本も喰《く》いちぎられてはいなかった。

「だいじょうぶですか!?」

石峰君がいった。

「だいじょうぶだ。しかし、いくら、呼んでも、だれも出てきてくれんので、もう、だめかと思ったが、トクソム老人の熊退治の話を聞いておったので、助かった」

わが輩、荒い息を吐きながらいった。

「熊の口の中へ、拳を突っ込んだのか？」

トクソム老人が、質問する。

「ええ。おかげで、助かった」

「そうか。それは、よかった。実は、あの話は作り話でな。そうすれば、たぶん、熊は暴れられんじゃろうと思ったのだ。なるほど、わしの考えは、まちがってはおらなかったわい」

トクソム老人が、血のしたたる蒙古刀を手にいった。

「あ、あれは、作り話……」

わが輩、思わず、その場にへたりこんだ。なんという、ホラ吹き爺さんだ。へたをすれば、わが輩、手を一本、熊に噛み切られておるところだった。いや、手ですめばもうけもので、あやうく殺されるところではないか。ひどい話だ。

「冗談じゃないよ、爺さん。わが輩は、てっきり、本当の話だと思うから……」

わが輩がいった。

「まあ、いいではないか。怒るな、怒るな。怪我ひとつしなかったのじゃろう」

トクソム老人は、平気な顔をしておる。

「そりゃ、そうだけれど……」

わが輩、ことばのあとが続かなかった。

「とにかく、熊の手足と、胆嚢《たんのう》と毛皮、それからうまそうな部分を、食糧用に切り取って、あとは、なるべく遠くに置いてこよう。血の匂いをかいだ狼が、じきに現れるぞ」

トクソム老人は、そういいながら、熊をてきぱきと解体した。その手際のよさに、わが輩らは目を見張った。

「惜しいのう。これだけの量を干し肉にすれば、この旅行中、食い物には困らんのに、ほとんどは捨てていかなければならん。ハイラルに持っていけば、毛皮も高く売れる。ゴンべには重くなって気の毒じゃが、毛皮は持っていこう」

トクソム老人は、熊のことばかりいっておって、わが輩が死にかけたことなど、少しも心配しておらん。世界自転車無銭旅行家・中村春吉が心配されては、その名に傷がつくが、それにしても冷たい爺さんだ。わが輩は、石峰君と志保についてきてもらい、近くの小川で頭から浴びた熊の血を洗った。水は冷たいが、興奮しておるので、そう寒さは感じない。ようやく顔や頭からも、熊の血が取れ、手拭いで拭いていると、志保がいった。

「中村さん、石峰さん。実はわたし、ナーラチ・オロチョンの村で剣舞を舞った時、箱の底に敷いてあった、こんな紙を見つけました。どこかで、お見せしようと思っていたのですが、トクソム老人やシャギニャン夫人がいたので……。まだ、あのかたたちを信用しきれなかったものですから」

そういいながら、志保は墨で字の書かれた半紙と絵だけの半紙を二枚、石峰君に渡した。

「これは‼」

探見電灯で、半紙を照らしていた石峰君が、驚きの声をあげた。

「記　松前藩士　村井《むらい》進之丞《しんのじょう》伴房　我等一行、大狐狸土井《おおこりどい》にて迷ふ。同志、飛天球の怪しき光に皆惚《ほう》け倒れ、我一人倒れず、何故也《なり》や解ず。下山す。大狐狸土井は神之山也。黄金之秘神像、確《たしか》に存在せり。されど秘神像は宝物也や否や疑問也。天空に満月弐《ふた》つ出《い》づる時、其之謎は解ける可《べ》し。其は、今より四拾八年之後と云《い》ふ。秘神像には、白き大なる守護神あり……」

　まだ、文字は四、五十字ほどあったが、残念なことに、それから先は字が滲《にじ》んで、解読不明だった。まさに謎の書付だ。

「この先に、なにが書いてあったのか。飛天球の怪しき光に皆惚け倒れというのは、なんなんだ」

　石峰君が顔を紅潮させて、書付に目を釘付《くぎづ》けにしながらいった。

「飛天球か。そのまま受け取れば、天を飛ぶ球だな」

　わが輩も、もう、すっかり熊のことを忘れていった。

「それから、こちらの絵図面は、おそらくオーコリドイと思われますが、場所が不明ですね」

　ちょうど半紙を縦に使って、絵が描かれている。中央に、血で描いたのだろうか。直径一寸ほどの黒赤い丸があり、その丸を中心に、五か所にも黒赤い点が描かれていて、壱《いち》、弐《に》、参、四、伍《ご》と数字が付けられている。絵図面のほうには、そのほかに字は一文字もない。ただ、それだけだ。二枚の半紙とも縁が破れ、変色している以外は、ほとんど傷《いた》んでいなかった。

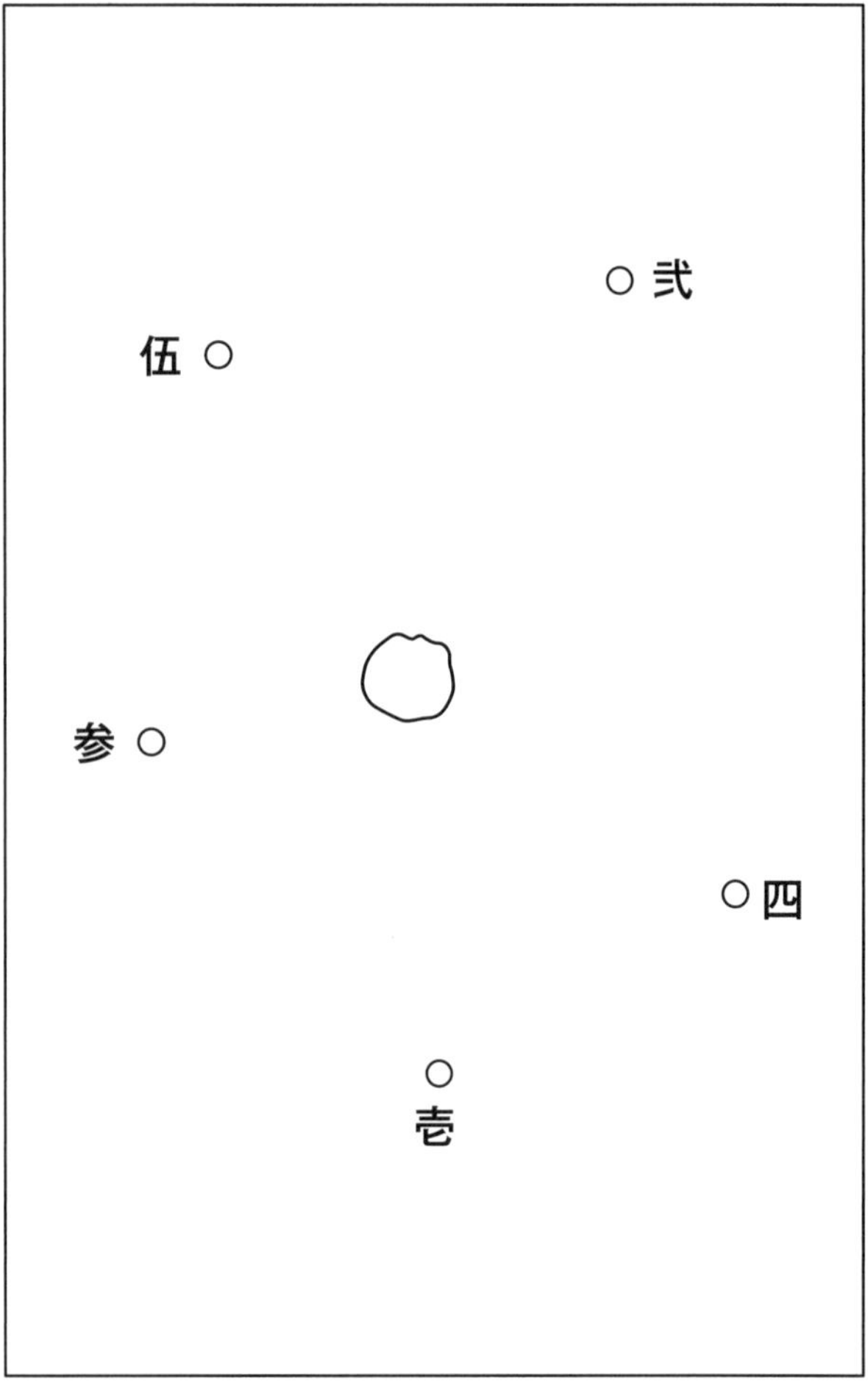
弐
伍
参
四
壱

「ほかにはないかと探したのですが、これしか見つかりませんでした。なにかの役にたつでしょうか？」

志保が、わが輩の顔を見あげた。

「役にたつどころの話ではない。よく、とっさの時に、こんな貴重なものを……」

実際、わが輩、唸るよりほかに、出すことばがなかった。

「おーい。だいじょうぶかね？」

闇の中から、探見電灯の明かりとトクソム老人の声がした。

「石峰君、その書付を持っていてくれ」

わが輩がいった。

「はい」

石峰君が、急いで半紙を畳み、内ポケットに入れる。

「それにしても、大きな熊だ。よく、怪我をしなかったものだ」

トクソム老人がいった。

「老人の熊退治の話の、おかげだよ」

わが輩、精いっぱい皮肉をいったが、どうもトクソム老人に通じたようすはない。

「今夜は眠れそうもないな」

わが輩がいった。

「いやいや、眠らなければいかん。明日の旅も厳しいぞ」

「とはいっても、熊に食われそうになったのですぞ」

「世界無銭探検家が、それしきのことで眠れんでどうする」

トクソム老人がいう。

「そうはいってもね」

「わしが、昔、朝鮮で虎に襲われた時はじゃなあ」

「もう、爺さんの話は信用せんことにしてます」

わが輩がいった。

「はっははは。これは、本当の話じゃ」

「本当の話でも、今夜はいいですよ。それより、ぐっすり寝たい」

「中村さん。だいじょうぶ。わたしが、いい睡眠薬を持っています。これを飲めば、気持ちよく眠れますよ」

ふたりの会話を石峰君に通訳されたシャギニャン夫人が、わが輩とトクソム老人のやりとりに、笑いながらいった。

「ですが、中村さん。中村さんの経歴に、またひとつ、箔《はく》がつきましたね」

石峰君がいう。

「いや、もう箔はつかんでもいいよ。早く日本に帰って、芸者をはべらして遊びたいよ」

わが輩がいった。夜の闇の中に、笑い声が起こった。

シャギニャン夫人のくれた睡眠薬は、本当に、よく効いた。熊との格闘と志保の見つけた書付で、そうとうに興奮していたはずだが、よく眠れた。翌朝、トクソム老人は前夜、たいまつを使って燻製《くんせい》にしておいた熊の手足の肉と、いわゆる熊の胆《い》という胆嚢をだいじに背嚢にしまい、乾燥した肉と、まだ生乾きの皮をゴンベの背に積んで、オーコリドイに向かって出発した。熊の胆嚢は日本でも珍重される腹痛薬で、これの所有権は、どう考えても、わが輩にあると思うのだが、さっさと自分のものにしてしまったトクソム老人にはかなわない。

また、厳しい行軍が開始される。わが輩と石峰君は、わざと、遅れがちに最後尾を歩き、例の志保がナーラチ・オロチョンから持ってきた古い書付について検討した。黄金神像が存在することは、まず、まちがいがない。だが、宝かどうかはわからないという。突然、仲間が惚けてしまったということと、ふたつの月が出る時、真相が判明する、そして白い大なる守護神とはなんなのか……。オーコリドイには、わからないことが多すぎる。

この日は、道が下りなので、かなり進むことができた。オーコリドイも、ずいぶん大きく見えるようになった。シャギニャン夫人は、ロシア秘密調査隊の動向が気にかかるようだ。

「夫人、いま、わが輩らは露西亜秘密調査隊と先陣争いをしているわけだが、もし、オーコリドイで、かれらに出会ったら、どうするね？」

わが輩がいった。

「わたしは、あなたがたと共同で調査をするのがいいと思いますが、かれらがなんというか」

シャギニャン夫人が、顔を曇らせた。

「夫人、ごぞんじないだろうが、あなたがたの本隊はイキリ・オロチョンの村で十人以上の人間を殺したり傷つけ、家まで焼き払っておるのです」

わが輩がいった。

「え!? なんで、そんなことを?」

シャギニャン夫人の、顔色が変化した。

「なんでも、村人を、むりやりオーコリドイに荷物を持たせて、案内させようとしたというのです」

「そんな……」

「残念ながら、事実です。そこでわが輩らは、首長に必ず仇を討ってやると約束してきました……」

「ロシア秘密調査隊を殺すということですか?」

「話の上では、そうなりますが、実際には、そうもいきますまい。しかし、なんらかの形で、謝罪は必要でしょうな」

わが輩がいった。

「エリツォク隊長は、頭は切れるのですが、強引なところのある人ですから……。でも十人も殺傷するなんて……」

シャギニャン夫人が、両手で顔を覆った。わが輩とて、ここで夫人を責めてみてもしかたのないことだ。

「まあ、それは本隊と会った時の話にしましょう。シューマン曲馬団の一行も、オーコリドイに向かっているようだし……。このあたりは、にわかに、あわただしくなりましたな」

昼食は地図に名前も出ていない、ウェルフネウルギーチ河の源流の河辺林で取った。灌木《かんぼく》の葉は伸び、むっとするような草いきれがしたが、かえって岩山を歩いてきたわれわれには、それが気持ちよかった。リスや小鳥が、枝から枝に飛びまわっている。ゴンべも久しぶりに、青草を腹いっぱい食べて満足そうだった。

「今日、あと五キロ進めれば、明日にはオーコリドイの麓に辿《たど》りつけるぞ。おそらくロシア人たちは、われわれより、二日は遅れているだろう。しかし、昨日の夜のことでもわかったと思うが、ここいらは猛獣がいるから恐い。注意して進もう」

トクソム老人がいった。

草原を進むのは気分がいい。例によってサクラソウやオキナグサ、チシマキンポウゲなど北国の春の花の咲き乱れる草原は格別だ。しかし、喜んでばかりもいられない。ちょっと油断をすると、あの野地坊主の湿地帯が出現し、歩行困難に陥る。雪原にも苦労するが、なんといっても、進行のじゃまになるのは野地坊主だ。

ただ、鹿皮の長靴の性能のいいのには、驚かされる。わが輩らは、トクソム老人の進言によってハイラルで、これを二足ずつ買ったのだが、湿地帯のぬかるみを歩いても、水がしみこんでこないのだ。この靴には、ずいぶん助けられた。

その夜、ナーラチ・オロチョンの村を出てから、二日ぶりに、オロチョンの村にぶつかった。ウェルフネ・オロチョンというのだそうで、その昔といっても、いつごろのことか知らないが、トクソム老人の先祖が行き来をしていたオロチョン族だった。いつもどおりの贈物を首長と、その妻にして、トクソム老人が、かつて親交があったことを話すと、ジャムスルン首長は、かつて長老から、その話は聞いたことがあるといって、大歓迎してくれた。もちろん、イキリ・オロチョンの通行手形も役にたった。

「よく、きたな。トクソム老人。あんたの先祖の話は聞いている。ダフールの勇士だとな。そして日本とロシアの客人。なにもないが、歓迎するぞ。客人が、この村にきたのは、本当に久しぶりのことだ」

ジャムスルン首長は答えた。

「それにしても、ナーラチの村をぶじ通過してきたとは、たいしたものだ」

「この村はナーラチとは、交流はないのか？」

トクソム老人が質問した。

「ないない。昔、そう百年ぐらい前はあったということだが、いまは、まったくない。あれぐらい、よそ者を嫌う連中も珍しい。同じオロチョンなのにな」

首長が苦笑いする。

「そうか」

「ところで、おまえたちは、どこにいこうとしているのだ」

首長が質問する。

「モーホだ」

「なんのために、大興安嶺を歩いている？」

「なに、ただの探検だ。わが輩らは、人のいったことのないところを歩くのが仕事だ。世界中の人々の働きを見て、日本の参考にするのだよ」

わが輩がいった。

「ハンダハンの鼻を捕りにきたのでもないのか？」

首長がいった。わが輩のことばは、せまい地域で、自給自足の生活をしている首長には通じなかったようだ。ハンダハンというのは、大興安嶺に住むノロと並ぶ鹿の一種で、肉もうまいが、その鼻は大変な珍味としてオロチョンたちに珍重されているのだ。

「うむ。ハンダハンを捕りにきたのではない」

「しかし、昨夜の夜、われわれは熊を倒したぞ。今夜、泊めてもらう代わりに、手をひとつやろう」

トクソム老人がいった。まるで、自分が捕らえたような口ぶりだ。背嚢から、燻製状になった熊の手をひとつ渡すと、首長の相好《そうごう》が崩れた。中国人や蒙古人も、熊の手を珍味として喜ぶが、これはオロチョンも共通らしい。

「熊の手は珍しい」

首長がいう。そして、妻や村の女たちに命じて、次々と、もてなしの料理を運ばせた。ハンダハンの鼻の干し肉もあった。わが輩、おそるおそる手を伸ばしてみたが、それほど、美味いものでもなかった。むしろ、あばら肉のほうが、美味い気がした。まいったのは、冷凍してあったハンダハンの血を溶かして飲まされたことだ。思ったほど生臭くはなかったが、淡白で塩味がきいた白湯《さゆ》のような感じだ。

なんでも、この血を飲むと、からだの中が洗い清められるというのだ。内臓の大掃除が行われて、元気が出るという。首長は血を飲みながら、これでハンダハンも浮かばれると連発していた。けれども、血を飲むのには抵抗があった。しかし、飲まないで、首長の気分を害してもいかんので、わが輩、目をつぶって一気に飲みくだした。

ハンダハンはウェルフネ・オロチョンの重要な蛋白源《たんぱくげん》だ。しかし、決して必要以上にハンダハン狩りをすることはないという。

料理が次々に運ばれてくる。わが輩らも、牛肉の缶詰を開けてやると、首長は、にこにこ顔で食っておった。首長とトクソム老人は意気投合し、酒を酌《く》み交わし、盛んに気焔《きえん》をあげている。シャギニャン夫人は、ふたりのあいだに入って、岩山で眠ったままのシューマン曲馬団の男たちのことを話しておったが、まったく手がかりはなかった。

「残念ですわ、中村さん。わたしは、かれらが、この村を通ったかと思ったのですが、寄ってはいないようですね」

シャギニャン夫人がいった。

「けれど、よく眠っておったなあ。おとぎ話には、眠り病というのが出てくるが……」

わが輩がいった。その時だった。家の外で、わあっという喚声とともに、鉄砲の音がした。

トクソム老人と酒を酌み交わしていたジャムスルン首長が、顔色を変えてたちあがった。

「どうした?」

トクソム老人が質問する。

「ケーラチのソロン族だ。やつらとは、この五年ほど戦闘状態に入っている」

首長は、そういって、表に向かってなにか叫んだ。外からもオロチョン語が返ってきたが、これはトクソム老人にもわからなかったらしい。

「なんだ?」

トクソム老人が、ふたたび首長に質問した。

「夜襲だ! ここしばらく、攻めてこなかったので、安心していたのがまずかった」

その間にも銃の音は絶えない。近くから聞こえるのは、味方の応戦だろう。

「客人は、ここに隠れていてくれ！」

ジャムスルン首長がいうと、背後にたてかけてあった銃を手に取り、外に飛び出そうとした。よくはわからないが、旧式のロシア軍の銃のようだ。

「われわれも戦おう。敵と味方の識別法は？」

わが輩がいった。

「かれらは黒い熊の毛皮の帽子をかぶっている。われわれはノロかハンダハンの茶色の帽子だ」

首長がいった。

「われわれのことを知って、攻撃してきたのだろうか？」

わが輩がいった。

「どうですかね？」

石峰君が、ポケットから短銃を出す。志保とシャギニャン夫人も、弾をたしかめる。

「ふたりは、外に出てこないように。敵が入ってきた時だけ撃つのですぞ!!」

わが輩と石峰君は、外に飛び出した。外は大混乱だった。女や子供は、悲鳴をあげて逃げまわる。敵も戦闘の雄叫《おたけ》びをあげるし、味方も、それに答えるように叫ぶ。首長に帽子の色を聞いたが、暗くて、どちらがどちらだか、なかなか見分けがつかない。それでも、馬に乗って、銃を撃ってくるのがソロン族だということは、だいたいわかる。味方が、あちらこちらに、かがり火を焚くと、だいぶ敵、味方がはっきりしてきた。敵の数は、そう多くはないようだ。せいぜい、十人といったところだろうか。

「石峰君、わが輩と離れないようにしろ！」

わが輩がいった。

「はい」

石峰君が答える。

「敵を殺していいものでしょうかね？」

「この際、しかたあるまい」

「わかりました」

石峰君は、馬で首長の家のほうに走り込んできたソロンを短銃で狙撃した。悲鳴をあげて、男が馬から転げ落ちた。どこにいたのか、首長が、すばやく駆け寄ってきて、蒙古刀で、男の首をかき切った。

そのころになって、ようやく味方も、陣容が整ったようだ。男たちが、各所から村の広場に集合してくる。敵の攻撃も鈍ってきたようだ。味方は、一気に攻勢に出た。馬からソロンたちが落ちる。首長が、次々と命令を下す。

「敵は殺せ。馬は殺すなといっておる」

トクソム老人が説明する。馬は分捕って、自分たちのものにするのだ。わが輩らは、攻撃してきた敵を、徐々に村から押しもどしはじめた。その時、いかにも、かっぷくのいい、身なりも、ほかのソロンより見栄《みば》えのする男が、白馬に乗って乗り込んできた。

「ウルジバイル。ソロンの首長だ！」

ジャムスルン首長がいった。

「よし。あいつは、生け捕りにしてやろう!!」

わが輩、石峰君にいうと、近くにあった竹竿《たけざお》を、白馬の足元にいきなり突き出した。馬が、いななき声をあげて、つんのめった。ソロンの首長が、もんどりうって馬から落ちた。わが輩、敵に飛びかかる。石峰君が、手にしていた銃をもぎ取った。ジャムスルン首長が、縄を持ってくる。暴れるウルジバイルを、トクソム老人も手伝って、ぐるぐる巻きに縛りあげた。

ウルジバイルは、なにかわめいている。

「捕虜はいやだ、殺せといっている」

トクソム老人がいった。ジャムスルン首長が、蒙古刀を構えた。

「トクソム爺さん。殺さんようにいってくれ！」

わが輩が怒鳴った。

「なにが原因なのか知らんが、できることなら、和平工作をしてやろう」

わが輩がいった。

「キャー!!」

首長の家のほうで、叫び声があがった。志保の声だ。

「どうした！」

わが輩がいうより早く、石峰君が駆け出した。わが輩とトクソム老人が続く。家に飛び込むと、志保が短銃を手に、息をはずませながら出てくるところだった。

「志保さん、怪我は？」

石峰君がいう。

「ありません。ですがシャギニャン夫人が、さらわれました」

志保が答える。

「なに!?　さらわれた」

「はい。一瞬のあいだでした。ふたりの男が、抱きかかえて」

「ソロンか？」

わが輩がたずねる。

「そのようです」

「めんどうなことになったな」

わが輩、思わず、大きな、ため息をついた。広場のほうで、男の声がした。

「ジャムスルン首長だ。ウルジバイルを捕らえたと、ソロンたちに叫んでいる」

味方から、勝利の雄叫びがあがった。数頭の馬が走り去る足音が聞こえる。

「敵は退却したようじゃ」

トクソム老人がいった。そこへ、ジャムスルン首長が、縄でぐるぐる巻きのウルジバイルをかついできて、ものでも投げるように、地面に放り出した。ウルジバイルは、盛んになにやら、怒鳴りちらしている。

「あんたのおかげだ」

首長が、わが輩の顔を見て笑顔でいった。

「そんなことはないよ。首長が強かったのだ」

わが輩、首長を褒め称《たた》えた。

「が、困ったことが起こった」

「どうした？」

「あの露西亜の婦人が連れ去られた」

「いいではないか。年寄りの女ぐらいひとり」

ジャムスルン首長が、なんということもないような口調をする。

「そうはいかない。あの婦人は、わが輩らには、だいじな人だ。取り返しにいく。ここからソロンの村は遠いのか？」

わが輩がいった。トクソム老人が通訳する。

「この時刻なら、一時間だ」

首長がいった。時刻は午後十時だった。

「それでだ、首長。婦人との交換に、このウルジバイルを連れていきたいのだが」

「それは、むだだ。敵に捕まった首長には、なんの価値もない。ソロンでは、すぐに新しい首長を作る」

「それで、殺せといっているのか」

トクソム老人が、なっとく顔でいった。

「そうだ。たとえウルジバイルを助けても、もう村には帰れない」

ジャムスルン首長がいった。

「厳しい掟《おきて》ですのね」

志保がいう。

「ソロンやオロチョンは、強さを誇る種族じゃから、敵に捕まるような首長は不要なのだ」

トクソム老人が説明した。

「それにしても、あの婆さんを、どうするかな?」

その時、若者が首長のところに走ってきた。なにか、報告している。

「敵は三人が死に、ひとりが怪我をした。そしてウルジバイルが捕虜だ。味方は、ふたりが軽い傷ですんだ。大勝利だ」

首長がいった。

「それは、よかったが、シャギニャン夫人をどうしよう」

わが輩、トクソム老人の顔を見た。

「首長、すまんが、若者をひとり貸してくれ。やはり、ソロンの村にいく。その代わり、熊の肝を半分やろう」

トクソム老人がいった。

「なに、熊の肝を半分？」

首長の顔が輝いた。

「おお、いいとも。どれでも、好きなのを連れていけ」

首長は、集まってきた若者たちを、ぐるりと見まわしていった。

「ソロンに、残りの熊の肝と、婆さんを交換してくれといったら、交換するだろうか？」

トクソム老人が質問する。

「もちろん、するだろう。やつらも馬鹿ではないからな」

首長がいった。

「ナーラチ・オロチョンは馬一頭だったが、今度は熊の肝との交換だそうだ。シャギニャン夫人の顔が見たい」

わが輩が肩をすくめる。石峰君も志保も苦笑するばかりだ。トクソム老人は、首長の家に入り、油紙に包んだ熊の胆嚢を干したものを取ってきた。そして、首長の目の前で、胆嚢を半分に割った。そのひとつを、首長に渡す。首長の顔がほころんだ。首長は銃を持った、ひとりの若者を手招きした。若者が近づく。

「お前に、これをやろう。だから、客人たちをソロンの村まで案内してくれ。嫌か？」

首長が、トクソム老人からもらった直径三センチほどの熊の肝を五分の一ほど、切って渡した。

「首長、おれは、もちろんいく」

若者は、ポケットから、印籠《いんろう》のような小さな容器を取り出すと、その熊の肝を、いかにもだいじそうに、中にしまった。ほかの若者たちが、うらやましそうに、選ばれた若者を見る。

「では、いけ！」

「おお」

若者が答えた。

「それでは、石峰君。ここは、わが輩とトクソム老人でいってくる。きみは志保さんと待っていてくれ。必ず、夫人を連れもどすから」

わが輩がいった。

「ぼくもいきたいところですが、留守番していましょう」

石峰君がうなずいた。若者は、燃え盛るかがり火の中から、白樺の木のたいまつを一本抜き取ると、わが輩を促した。

「いってくる」

わが輩は、石峰君と志保に、そういって、首長の家の前から出立した。

ソロン族の村に続く道は、下草の生えていないカラマツの林だったが、馬で攻め込んでくるほどだから、歩くのは楽だった。若者の持つ、たいまつと、わが輩とトクソム老人の発電式探見電灯の明かりに驚いて、フクロウなどの夜行性の鳥や獣《けもの》が、時折、わが輩らの前を横切ったりしたが、幸いなことに敵の姿はなかった。

「そもそも、おまえの村とソロンの村の闘いは、なにから始まったのだ？」

トクソム老人が質問した。

「ノロだよ」

若者が答えた。

「ノロ。あの鹿のノロか」

「そうだ。五年前、おれたちの村の狩猟の名人が、ノロ撃ちに出た。一頭のノロを見つけて倒したところ、同時に銃の音がした。それがソロンの男だった。名人は自分が撃ったのだといった。ソロンの男も自分が撃ったといった。喧嘩になった」

「なるほど。だが、それなら、ノロの肉を半分ずつにすればいいではないか」

「そうしたよ。ところが、おれの村の名人が、ちょっと目を離したすきに、ソロンの男は、ノロの肝臓を食ってしまった。それから戦争になった」

「それで五年も戦っているわけか？」

わが輩がいった。

「そうだ」

「ふむ……」

「もう、三十人ぐらいずつの死者が出た。掠奪された女もたくさんいるし、掠奪した女もたくさんいる。あのノロの喧嘩までは、われわれは仲のいいともだちだった」

若者が説明する。

「なんでも、戦争は起こるものだな」

わが輩が、ため息をつく。

「じゃが、ものは考えようだよ。そうやって掠奪した女を、おたがいに妻にしたら、村に新しい血が入っていいのではないか」

トクソム老人がいう。爺さんは、なかなかの利口者だから、筋の通ったことをいう。

「それはそうだな。しかし、それなら仲良く結婚すればいい」

「いや、それは種族がちがうから掟でできない。いまの方法が一番いいのだ」

「掠奪された女は、妻としてどうだね」

「いい女だ。実はおれの妻もソロンだ。おれの妹は掠奪されて、ソロンの妻になっている」

「それなら、殺し合うような戦いをしないでもよかろうに」

「そんなことはない。ノロの肝臓を食ったのはソロンだ。許すわけにはいかない！」

若者が、毅然たる口調でいった。

「そうか。爺さん。わが輩は、できることなら、両者を仲直りさせられんかと思っておったが、あんがい、このままのほうが、いいのかもしれんな」

わが輩がいった。

「もちろんじゃ。他人の喧嘩には口を出さんほうがいい」

トクソム老人がいった。

そうこうするうちに、カラマツ林の前方のすきまから、ちらちらと明かりが見えはじめた。

「ソロンの村だ！」

青年が、緊張した口調でいった。村は混乱しているようだった。なにしろ首長が捕らえられ、三人も殺されたのだ。

「復讐《ふくしゅう》の準備でもしておるのだろうか？」

わが輩がいった。

「いや、負け戦《いくさ》の時は、しばらくは戦いはしない」

若者が断言した。とくに村の入口というものはなかったが、オロチョンの村と同じで、ソロンの村はカラマツを伐採した広場にあった。

「おーい。ケーラチ・ソロンの衆よ。わしはダフールのトクソムという者じゃ。ウェルフネ・オロチョンの若者と日本人の長老がきている。話しあいをしたい」

トクソム老人が村の入口、十メートルほどのところで怒鳴った。わが輩、三十五歳だというのに、長老にされてしまった。もっとも、自分でいうのもおかしいが、この長髪、生え放題の髭なら、トクソム老人と同じぐらいに見られても、少しもおかしくはない。

トクソム老人の声に、ソロンの村の騒ぎが、一瞬、鎮《しず》まった。

「今夜の戦はオロチョンが勝った。しかし、次の戦はソロンが勝つだろう」

トクソム老人がいうと、あちらこちらから喚声があがった。トクソム老人は、ダフール族とはいえ、さすがにソロンやオロチョンの考えや行動に精通している。みごとなものだ。

「われわれは、取り引きにきた。オロチョンの村から、ロシアの婦人をさらった者がいるだろう。あの婦人は、この日本人の長老の妻だ。大興安嶺を旅していて、たまたまオロチョンの村にたち寄っていただけだ。婦人を返してもらいたい」

今度は、村人たちにざわめきが起こった。

「それは、できない。あの女は、われわれの村で働く」

村から、男の声が返ってきた。

「返さぬというのか。日本人の長老は、五百人の部下を持っている。返さぬなら、明日にでも村を攻撃する。だが、いますぐに返すなら、土産を持ってきた。熊の肝だ。死ぬのがいいか、熊の肝がいいか……」

トクソム老人が続けた。返事は、すぐに返ってきた。

「わかった。返そう。だが、熊の肝は、うそではないな」

ひとりの男が、進み出ていった。ソロンやオロチョンのあいだでは、熊の肝は、とてつもない貴重品なのだ。

「うそではない。約束する。……さあ、中村さん。前に出て、できるだけ、いかめしい顔をするのだ」

トクソム老人が、日本語でささやくようにいった。

「よし」

わが輩は、うなずくと、いかにも腹をたてているという表情で、村の入口に歩いていった。ざわめいていた村人たちが、わが輩に視線を集めた。だが、ここいらのソロンやオロチョンはもちろんのこと、ナーラチのオロチョンにも、わが輩のような髭面はいない。村人たちが、ざわざわと後じさった。

おそらく、シャギニャン夫人をさらった男だろう。三十前後と思われる男だけが、踏みとどまった。トクソム老人が、熊の肝を包んだ油紙を、わが輩に渡した。わが輩は、ひとことも口をきかず、それを男の前に突き出した。男は、それを受け取り、油紙を開けた。熊の肝をたしかめる。

「日本の長老よ、おまえはたしかに約束を守った。女は返そう。ソロンは礼には礼をもって返す」

男は、そういい、背後にいる若い男に、手で合図した。その男が、村の奥に走っていく。シャギニャン夫人を連れにいくようだ。わが輩、ほっと、ひと安心したが、苦虫を潰したような表情は変えずに、あたりを見まわした。わが輩と目が会うと、村人たちは、あわてて下を向く。やがて奥に入っていった若い男が、シャギニャン夫人を連れてやってきた。

「中村さん！」

シャギニャン夫人は、わが輩とトクソム老人の姿を認めると、若い男の手を振り切って走ってきた。

「怪我はありませんか？」

わが輩が、英語で話しかけた。

「だいじょうぶです。また、助けられました」

シャギニャン夫人が、わが輩の手を両手で握って、涙声でいう。

「もう、安心です。しかし、油断はしないように。いま、夫人は、わが輩の妻ということになっておる」

わが輩がいった。

「ずいぶん、お婆さんの妻ですね」

シャギニャン夫人が、泣き笑いをした。

「では、帰るとしようか」

トクソム老人がいった。

「待ってください！　実は、この村には、ふたりのドイツ人がいるんです」

シャギニャン夫人がいった。

「独逸人？　またチルクス・シューマン曲馬団ですか？」

わが輩が質問した。

「そうです。なのですが、どうも記憶をなくしているらしくて」

「奴隷にされているわけではないのですね？」

「ええ、ちがいます」

「オロチョンの村に、連れて帰りたいですな。なにか、方法はないかね？」

わが輩が、トクソム老人にいった。

「わかったよ。まだ熊の足がある。それと交換だ」

トクソム老人は、大きく、ため息をつき、ポケットから熊の足を出すと、男にドイツ人と交換してくれと頼んだ。熊の足の効果も絶大で、交渉はかんたんにすんだ。探検服に身を包んだドイツ人が、ふたりやってきた。ひとりは、シベリヤ鉄道で、トランプ手品を車室に見せにきた男だった。ハインツという。

「おお、日本の探検家！」

　ハインツがいった。

「中村だ」

「そうそう、中村さん」

「どうして、こんなところにいる？」

「それが、わからないのです」

　ハインツのことばを、シャギニャン夫人が通訳した。

「まあ、いい。話はゆっくりと聞こう」

「では、われわれは帰る。意義のある話しあいだった」

　トクソム老人が、ソロンの男にいうと、男もうなずいた。おそらく、ソロンの次の首長になるのだろう男は、満足そうにしている。

「そうだ。おまえは日本人だといったな」

　男が、わが輩を見ていった。

「その通りだ」

　わが輩が、答える。

「では、これをやろう。ずっと、昔の話だ。われわれが、ナーラチ・オロチョンと戦った時、日本人のサムライという男が、戦いの仲裁にソロンの村にきた。その時、こんなものをくれた。そして、もし、いつか日本人が、この村にきたら、中に入っている紙を渡してくれと

いった。護符だそうだ。持っていけ。われわれソロンには不要のものだ」

男は、ふところから、漆塗りの印籠を取り出した。笹《ささ》りんどうの紋がついている。おそらく村井進之丞の紋にちがいない。男は印籠の蓋を開け、中から折り畳んだ一枚の紙を出した。半紙のようだ。

「これだ」

男が、半紙をわが輩に渡した。開いてみると、なにやら墨で、線が五、六本ほど引いてあるだけだ。どう見ても、護符には思えない。志保の持ってきた二枚の半紙と関係あるのは、まちがいなさそうだ。

しかし、まわりには、シャギニャン夫人もいれば、ドイツ人もいる。わが輩、とぼけた。

「ありがたい。これは、サムライがもっとも大切にする護符だ。遠慮なくもらっていく」

「そうしろ。それから、ジャムスルンに伝えてくれ。われわれの戦いは、まだ終わったわけではない。今夜は負けたが、次は勝つとな」

男がいった。

「伝えよう」

わが輩が答えた。それから、わが輩らは、わざとゆっくり、ソロン族の村から離れ、ふたたびカラマツの林の中を、オロチョンの村に向かった。

「わたしのために、何度も迷惑をかけて……」

シャギニャン夫人が、歩きながらいった。

「いや、わが輩はなにもしておらんが、トクソム老人が、おかんむりかもしれませんぞ」

「ごめんなさいね、トクソムさん」

「なあに、あの熊は、もともと、中村さんが捕ったものじゃ。その肝と手足を、わしがくすねたのだから、文句はいえんわい」

トクソム老人が笑った。トクソム老人は、承知で、とぼけていたのだ。要領のいい老人だ。

「しかし、ソロンやオロチョンの世界で、これほど熊の肝や手足が価値があるとは思わなかった。こいつは、もう一頭ぐらい、熊を仕留めたいものだね」

「今度は、わたしは熊の肝と交換されたのですか？」

シャギニャン夫人がいった。

「自尊心が傷つくかもしれんが、大興安嶺は、そういう世界なのじゃから、気にせんことだよ」

トクソム老人が、慰めるようにいった。

「いいんですよ、トクソムさん。みんなに迷惑ばかりかけて、馬や熊の肝のほうが、わたしより役にたつわ」

シャギニャン夫人が、ふうっと息を吐いた。

ウェルフネ・オロチョンの村に帰りついたのは、もう真夜中に近い、午前零時過ぎだった。

寒い中、焚き火を焚いて、わが輩らを待っていた石峰君、志保が、姿を認めると走り寄ってきた。

「トクソムさんがいるから、だいじょうぶだとは思っていましたが、心配で」

石峰君がいった。

「みなさんに、心配ばかりかけてすみません」

シャギニャン夫人が、また石峰君と志保に謝った。

「なあに、ぶじならいいんですよ。夫人も、怪我はありませんか」

石峰君がいう。

「はい。おかげさまで、かすり傷ひとつありません。でも、今度こそ、本当に助からないかと思いました」

「元気でよかったですわ」

志保がいった。

「ありがとう。もともとは敵であるみなさんに……」

シャギニャン夫人の声が途切れた。

「ところで、このふたりは？」

石峰君が、チルクス・シューマン曲馬団のふたりを見て、意識的に話題を変えた。

「それが、ソロンの村に、昨日辿りついて、食客になっていたとか……」

シャギニャン夫人がいった。

「そろそろ、そのことを聞こうと思っていたのだが、どういうことだね。なんで、こんなところに、きみたちがいる？　オーコリドイに登ったのか？」

わが輩が質問した。

「それが、わからないのです。気がついたら、カラマツの林の中をさまよっていました」

空中ブランコをやっているフランクという男がいった。

「満洲里で、五月十三日に、いつものようにブランコをやった覚えはあるのですが、それから先の記憶がないのです」

シャギニャン夫人が通訳する。

「ぼくも同じです。なんで、こんなところにいるのか」

トランプ手品師のハインツ青年がいった。

「とぼけているのではあるまいな。オーコリドイに登ったのだろう？」

わが輩がいった。

「知りません。オーコリドイという山の名前も、ソロンの村で、初めて知りました」

ハインツが答える。

「記憶忘失ですか……」

石峰君がいう。

「らしいのだが、これがまた、ふたり、そろってだ。信用しがたい」

わが輩が、首をひねる。

「実は、きみたちの仲間と思われる独逸人三人が、ナーラチのそばで、死んだように眠っていた。だが、それが不可思議で、どこといって、ぐあいの悪そうなところもない。怪我もしていなければ病気でもない。にもかかわらず、なんとしても、目を覚まさん」

「ベルナー、クランツ、メルデンという三人です」

シャギニャン夫人が手帳を出し、控えておいた名前を読みあげた。

「それは、みんな、曲馬団の仲間たちです！」

フランクが叫ぶようにいった。

「かれらは、どこにいますか？」

「ここから二日ほど、ナーラチのほうにいったところだ。なんとかしてやりたいと思ったが、わが輩らも、この人数だ。テントの中に残してきた」

「ちゃんとした場所は、わかりますか。助けにいきます」

ハインツがいう。

「ええ、わかりますよ」

シャギニャン夫人が答えた。

「だが、今夜はむりだろう。明日、村人に案内してもらったらいいだろう」

わが輩がいった。

「そうなさい。わたしが正確な地図を描いてあげましょう」

さすがは、間諜のシャギニャン夫人だ。いつのまにか、きちんと場所を記録してあったらしい。

「ありがとうございます。それにしても、これは、どういうことなのか。われわれ、ふたりとも、どうしても満洲里で、興行した時から先の記憶がないのです」

フランクが顔を隠すように、額に手を当てて、また同じことをいった。

「黄金神像、白い大きな守護神ということばに覚えはないかね？」

わが輩がいった。なにもわからないといっている人間に、このことばは教えたくないが、記憶を取りもどさせるためにならしかたない。

「黄金神像と白い大きな守護神ですか？」

ハインツがいい、フランクの顔を見た。ふたりは、しばらく、おたがいの顔を見つめあっていたが、そろって首を横に振った。演技には見えない。

「さて、それもわからんとなると、やはり、記憶忘失としか思えんが、同時にふたりというのもおかしいし、あの眠りこけていた三人も謎だ」

わが輩がいった。

「そんなことより、ソロンの襲撃で、せっかくの祝宴が途切れた。これから、祝いを続けよう」

ジャムスルン首長が、口をはさむ。

「いや、もう午前一時になる。わが輩らも旅と、さっきの戦いで、いささか疲れた。もう、寝かしてくれ」

「そうか。それは残念だ。では、われわれは祝宴を続ける。おまえたちは、村はずれの家で眠るがいい。あの家なら、ゆっくり眠れるだろう」

首長が、機嫌よくいった。

7

翌朝、わが輩は七時に目を覚ました。まわりのみんなは、まだ寝ているようなので、わが輩は、そっと外に出て、冷たい朝の空気を胸いっぱい吸い込んだ。目の前に、神秘の山オーコリドイが聳えている。わが輩、しばしオーコリドイに見惚《みと》れていると、石峰君と志保が、続いて外に出てきた。

「おはよう。今日も、いい天気だ。いよいよ、オーコリドイに登る時がきたな」

わが輩がいった。

「そうですね。しかし、あのシューマン曲馬団の連中は、どうなっているのでしょう。三人が眠りこけ、ふたりが記憶忘失……。なにが、あったのでしょうか」

石峰君がいった。

「わからん。あの記憶忘失は、うそではなさそうではあるが……」

「とすると、わたしたちや、露西亜秘密調査隊より先に、オーコリドイに登ったのではないでしょうか。あの武士の仲間が惚けたというのは、記憶忘失のことかもしれません」

志保がいった。

「考えられないこともない。だが、残りの武士は、どうなってしまったのだろう」

「わかりませんね。なにしろ五十年近くも前の話では……」

「そうだ、石峰君。忘れるところだった。あのナーラチで死んだ武士は、ソロンの村にもたち寄って、印籠とこんな物を置いていったそうだ」

わが輩、ポケットから、昨晩の絵図面を取り出した。

「これは！」

石峰君がいった。

「志保さんが、持ってきたものと関係がありそうだろう。しかし、ただ棒線が引いてあるだけで、なんだかわからん。ソロンの話によれば、その武士は、これは護符だから、日本人がきたら、渡してくれといったそうだ」

「なるほど」

石峰君が、絵図面を見つめながらいった。

「ナーラチ・オロチョンでも、そういっていたのかもしれませんね。それが、長い時を経《へ》るうちに、忘れさられたのでしょう。しかし、これは、なんだろう？」

石峰君は、ポケットから、例の二枚の半紙を取り出した。三枚を比べて見る。

「同じ半紙のようですね。一枚は、黄金神像の場所の説明書としても、あとの二枚は、丸と線ですか。わかりませんね」

石峰君がいった。そして、続けた。

「オーコリドイの、どこかの部分を示していることは、まちがいないと思いますが」

「とにかく、これは、きみが持っていてくれ」

わが輩は、絵図面を石峰君に託した。

「はい」

石峰君が、絵図面と書付を三枚重ねて、ポケットにしまった。

「おはようございます」

背後から声がした。シャギニャン夫人だった。

「やあ、おはようございます。夫人。よく眠れましたかな」

わが輩がいった。

「ええ。ぐっすりと。昨晩は、ほんとうに、ありがとうございました」

　シャギニャン夫人が、また頭を下げた。

「なんの。夫人と志保さんを残して、家の外に出てしまったわが輩たちが悪かったのです。今後は気をつけましょう。独逸人たちは、どうしています？」

「あの眠っている仲間の人たちを探しにいくといっています。ただ、案内者が、なにもくれないのでは嫌だといっているようです。お金はあるようですが、ここでは役にたちませんから」

「昨晩の若者は、熊の肝をもらったからな」

　わが輩がいった。そこへ、トクソム老人が、大きなあくびをしながら近づいてきた。

「爺さん。すまないが、熊の手が、まだあっただろう」

　わが輩がいった。

「もう、あのドイツ人たちにやったよ。全部、取られてしまった。こんなことなら、早く、食ってしまえばよかった」

　トクソム老人が、ふてくされたようにいった。

「だが、あのテントで眠りこけていた三人は、まだ生きているだろうか？」

　わが輩がいった。

「だいじょうぶです。生きています。ナーラチ・オロチョンの村で命を助けられながら、隠していてすみませんでした。あのドイツ人たちを眠らせたのは、実はわたしなのです」

シャギニャン夫人がいった。

「なんですって？」

石峰君が眉根に、しわを寄せた。

「わたしたちが、道に迷ったのは事実です。ところが、あすこで、やはり、あの人たちも道に迷っていたのです。そこで、滋養剤だといって、例の睡眠薬を飲ませました。かれらに先にオーコリドイに登られては困るからです。あの睡眠薬は、ある種の薬草から作ったものですが、使いかたによっては一週間も眠り続けることがあるのです。中村さんたちに差しあげた薬と同じです。ただ、飲んだ量がちがいますが」

シャギニャン夫人が、すまなそうに説明した。

「そうだったのか。だが、それが、かえってかれらの命を助けることになった。ナーラチ・オロチョンや猛獣に襲われていなければの話だが」

わが輩がいった。

「夫人、ほかに、もう隠していることはないでしょうな」

「ありません。誓って申します。二度も命を助けられては、いかに間諜といえども、もう、うそはつけません」

「けっこうです。これで、独逸人の眠り病については説明がついた」

「わしは、本当にオーコリドイの神のたたりかと思ったよ。じゃが、わしも薬草には詳しいほうだと思うが、あんな効果のある薬草があるとはのう」

　トクソム老人がいった。

「ウクライナの一地方で取れる薬草なのです。土地の人たちは、麻酔の替わりに使うことが多いようですね」

　夫人が説明した。

「なるほどのう。話はわかった。では、朝飯を食ったら、いよいよ、オーコリドイに挑戦じゃな。しかし、オロチョンたちには、ぜったいに山に登るそぶりを見せてはいけんぞ。どんなに、おとなしいオロチョンやソロンでも、オーコリドイに登るといったら、わしたちを殺すかもしれん」

　トクソム老人が、声をひそめた。

「わかった」

　わが輩がいった。石峰君たちも、うなずく。

「さて、なにを食うか。村の連中は、よほど遅くまで騒いでおったにちがいない。だれも起きてこん。志保さんに粥《かゆ》でも作ってもらうか」

　トクソム老人がいった。

「ええ、作りますわ」

　志保がいった。

「わたしも、お手伝いしましょう」

シャギニャン夫人もいう。

「夫人、眠り薬は入れんでくださいよ」

わが輩が、笑った。

「決して、そんな」

シャギニャン夫人が、まじめな顔で答えた。

「冗談、冗談。なにしろ、夫人は昨夜はソロンの村では、わが輩の妻だったのですからな」

「まあ、中村さん」

シャギニャン夫人が、赤い顔をした。歳をとっても婦人は婦人だ。

わが輩らの朝食が終わったころ、ようやく起き出してきた、ソロンとの戦いに大勝利し、熊の肝まで手にしたジャムスルン首長は、村の出口まで、笑顔でわが輩らを見送ってくれた。

カラマツ林を抜けると、オーコリドイの主峰が美しい。ゆるやかな富士山型の山だ。これを見て、日本を思いだしたのは、わが輩だけではなかっただろう。

手前の山は南側の尾根に隠れて、見えない。頂上の灰色が、はなやかに赤くなるかと思うと、鉛色に変わる。双眼鏡で覗《のぞ》くと、その灰色は、石ころか枯れた草原のようにも見えた。

例によって、湿地帯と石ころ道とカラマツの林が、複雑に混じりあった谷を、わが輩らは進んだ。やがて谷がふたつに別れたので、頂上からふたつの谷に向かって、まっすぐに降りている尾根を登ることにした。ムラサキツツジの密生した急な南斜面を進んでいく。ハイマツも、ちらほら生えているが、樹林といったおもかげはない。何度もいうようだが、この大興安嶺の自然は、次々と景色の変わるのが、ひとつの特徴でもあるようだ。

やがて、急な登りは終わって、平らな尾根筋に出たが、倒木と若木が馬の進行をさまたげた。またカラマツの林に出た。地面は、高さ十センチほどのイソツツジの絨毯だ。

「どこかに、赤い大きな岩がありませんかね？」

石峰君がいう。あの絵図面の岩を探しているのだ。しかし、書付と絵図面のことは、トクソム老人とシャギニャン夫人には説明していない。

「赤い岩が、どうしたのだ？」

トクソム老人が質問する。

「いや、その付近に宝物があるらしいんです。オロチョンの村で聞きました」

石峰君が、適当なことをいう。

「赤い岩か」

わが輩、胸からぶら下げた双眼鏡で、あたりを見回したが、それらしいものは見えない。なにしろ、ひとくちにオーコリドイといっても、高さは千五百メートルもあり、東西南北、何側かもわからんのだから、雲を摑むような話だ。

「今日は、このあたりまでだな」

三合目ぐらいのところで、シャギニャン夫人が、かなり疲れているようなのを見て取った、トクソム老人がいった。シャギニャン夫人は、年齢はいわないが、トクソム老人より少し若いといったところだろう。とすれば、六十歳少し前になる。いくら年季の入った間諜とはいえ、この年齢の婦人で大興安嶺を、何日も歩くのは辛いはずだ。しかも、二度も命の危険にさらされたのだから、精神的にも疲れているだろう。

「このあたりには、野生のネギが生えておるね。温かいミソ汁でも作ってもらおう」

わが輩がいった。

「でも、シャギニャン夫人やトクソムさんに、ミソ汁がいただけますでしょうか」

志保がいった。

「なんでも、いただきますわ。ぜいたくは、いっていられません」

シャギニャン夫人が、足をさすりながらいった。

「わしは、ミソ汁は好きだぞ。ハイラルの日本料理屋で、何度も飲んだことがある」

トクソム老人がいった。

「わたしのは、料理屋さんのようには、おいしくありませんよ」

志保がいった。

「いや、いままで作ってもらった料理は、みんな美味かった。どうだね、志保さん。探検が終わったら、わしとハイラルで所帯を持って、料理屋をやらんか」

トクソム老人が、ふざける。

「そりゃ、いかんよ。トクソム老人。石峰君の顔を見たまえ。今度、谷があったら、あんたを突き落としてやるという表情だ」

わが輩がいった。

「中村さん！」

石峰君がいった。

「では、志保さんを、トクソム老人にゆずるかね？」

わが輩が、なおもからかう。

「あのトクソムさん。トクソムさんには悪いのですけれど、わたし、できたら、もう少し若いかたと所帯を持ちたいと思います」

志保がいった。

「それは、わしは好みの男ではないということを、遠まわしにいっておるのじゃな。ふむ。死んだ婆さんが焼餅《やきもち》を焼いておるにちがいない。しかし、わしも情けなくなったもんじゃ。これまで、わしの嫁にならんかといって断った女子は、ひとりもいなかったのにのう。石峰君と比べても、そう引けは取らんと思うが、だめか。しかたがない。志保さんがだめなら、ネギでも取ろう」

トクソム老人が、なごやかな雰囲気を作る。笑うと疲れが消えていくようだ。

食事の用意は、すぐにできた。結局、トクソム老人の運んできた熊の半燻製肉を使って、豚汁ならぬ熊汁となったが、これもノロ汁と同じように美味かった。

「露西亜隊は、いまごろ、どのへんにおるかなあ。もう西側から、登り始めたか……」

わが輩がいった。

「いや、ぜったいとはいえんが、かれらは馬車も無くしたし、辿った道を考えれば、われわれのほうが早いはずじゃよ」

トクソム老人がいった。

「それより、シューマン曲馬団の連中が、どういう行動を取っているのか。あの記憶忘失のふたりは、オーコリドイに登ったのか登らんのか。登ったのだとしたら、まだ、何人かが登っている可能性もある」

「それにしても、あの記憶忘失は不可思議ですね」

石峰君がいった。

「そうだな。ふたり同時に、満洲里以後のことを覚えておらんというのは、いかにも奇妙だ」

「チルクス・シューマンの連中は、軍事探偵らしくはないが、かれらは、なにが目的なのか……」

わが輩、大きなため息をついた。

「夫人が眠らせた三人は、なにもいっていませんでしたか？」

石峰君が質問する。

「はい。それなりに探ってはみたのですが、ただの探検だと。ですが、中村さんのいうように、かれらは軍事探偵のようには見えませんでした」

シャギニャン夫人がいった。

「ですが、この時期に、たまたまというのも、考えにくいですね」

「そうだなあ。けれども、シューマン曲馬団が、電波の調査とは無関係にオーコリドイに登るとしたら、やはり宝物探しとしか考えられんね」

「お金になるというよりも、大興安嶺の黄金神像を持って世界中を興行すれば、それだけで客は大入り満員でしょう」

石峰君がいった。

「ですけれど、本当に、そんな宝があるかないかわからないのに、危険を冒して、探検にくるでしょうか。シューマン曲馬団は、そんなことをしなくても、充分に人気はあるのでしょう。それに、学術的なことに使うのでなければ、にせものの黄金神像など、作ろうと思えば作れます」

志保がいった。

「なるほど。では、目的は宝ではないのか……。わからんね。でも現実に、かれらが、ああして探検にきているということは、なにかオーコリドイに魅力があるからだ。それだけの価値がなければ、くるはずがない」

わが輩、髭もじゃのあごをひねった。

「はてさて、わからんことだらけだ。それにしても、日本、露西亜以外が謎の電波を出しておるとなると、どこの国だろう。しかも、どちらの国も解読できないという暗号電波だ。いまの中国に、それだけの力はないはずだし、蒙古でもないだろう……」

わが輩、腕を組む。

「でも、中村さん。ここまで、きたのです。それも、もうじき、わかるのではないですか」

シャギニャン夫人がいった。

「そうですな。夫人、おたがい隠しっこなしに、調査をしましょう」

わが輩がいった。

「はい。ソロンの村では、ご夫婦になった仲ですから」

シャギニャン夫人がいった。テントの中に、大きな笑い声が響き渡った。

六月の初めのオーコリドイは、なかなか夜がこない。時刻は午後十時だというのに、まだ六時か七時といった感覚だ。しゃべっていたら、いつまでも、話ははずむ。午後八時の太陽は、大興安嶺一面をバラ色に染め、その光の中にオーコリドイが、わが輩らに、くるならきてみろというように、聳えている。

「ともかく、今夜は寝よう」

わが輩らは、寝袋に入った。が、しかし、オーコリドイも、わが輩らをかんたんには迎えてはくれん。午前零時ごろ、表で、ゴンベのいななく声と、「ウー」という唸り声がした。わが輩が目を覚ます。トクソム老人も、腰の蒙古刀を抜いた。わが輩、短銃を用意する。わが輩らの動きに気づいて、石峰君たち三人も目を覚ました。

「狼だ。この場所では、山火事になるおそれがあると思って、火を焚かなかったのが、まずかったな」

トクソム老人がいった。わが輩、テントのすき間から、外を覗く。探見電灯で照らすと、闇の中に赤い目が、四つ光っている。全身に緊張感が走った。

「二頭だけのようだ。むだな殺生はしたくないが、しかたあるまい。ご婦人がたは、ここで待っていてくれ。短銃を用意してな」

トクソム老人が指示する。

「はい」

志保とシャギニャン夫人が、短銃をポケットから出しながら、うなずいた。男三人はテントの出口を少しだけ開けて、からだを低くして、外に出る。わが輩と石峰君の探見電灯が、狼の姿を捉えた。たしかに二頭だ。距離は五メートルほどだ。

「わしは、右のを撃つ、ふたりは左のやつを……。一発で仕留めんと、危ないぞ」

トクソム老人がいった。蒙古刀をしまって、短銃を右手に持ち、左手の探見電灯で、狼を照らす。

「よし！」

トクソム老人のかけ声と同時に、三発の短銃の弾が発射された。わが輩と石峰君の発射した弾は、確実に狼の頭部に命中した。が、トクソム老人の弾は、狼の腹に当たった。手負いになった狼が、唸り声をあげて、わが輩らのほうに飛びかかってきた。

「撃て、撃て！」

わが輩、無意識のうちに叫んだ。石峰君も、まだ死にたくはない。いわれないでも、たて続けに、短銃を数発発射した。もちろん、わが輩とトクソム老人も撃つ。狼は五メートルの距離を一気に跳躍してきたが、三人の放った数発の弾に額を撃ち抜かれ、空中でからだをよじるようにして、わが輩らの目の前、一メートルほどのところで、垂直に落下した。

「すまん。わしの弾がはずれた」

トクソム老人が、息をはずませながら、ツツジの絨毯の上に転がって、息絶えている狼を見ながらいった。

「だいじょうぶですか？」

志保とシャギニャン夫人が、テントから顔を出した。

「もう、だいじょうぶ」

石峰君が、笑顔でいった。志保とシャギニャン夫人が、短銃をポケットにしまう。

「よかった。それにしても……」

そこまで、シャギニャン夫人がいって、いきなり、トクソム老人に飛びかかった。一瞬、遅れて志保も、同じ行動をする。わが輩らとトクソム老人は、二メートルほど離れていたが、なにが起こったのかわからなかった。

「どうした!?」

わが輩が叫んだ時は、トクソム老人は、もう仰向けに倒されており、志保がトクソム老人の腰に差してある蒙古刀を引き抜いていた。そして、その刀を両手で握り、高く空中に突きあげた。その時になって、わが輩は事態を把握した。

もう一頭、トクソム老人の背後に狼がいたのだ。それが飛びかかってきたのを見て、志保とシャギニャン夫人が、身を挺《てい》してトクソム老人を守ったのだ。シャギニャン夫人の行動も素早かったが、志保の動きも早かった。トクソム老人の蒙古刀を抜くやいなや、それを突きあげた。その上の宙空を、トクソム老人という目標を失った狼は跳んでいたが、志保の抜いた蒙古刀の上を、まっすぐに跳んだので、喉の下から下腹部にかけて、一直線に切り裂かれた。

狼は悲鳴をあげながら、テントの前に墜落した。わが輩、かつてチベットに潜入するために、ヒマラヤ山脈越えをやったことがあり、その時、同じ方法で狼を倒したことがあった。だが、わが輩は、恐怖心にかられて、持っていたナイフを頭の上にたてたところに、狼のほうが跳び込んできたのだが、志保は、すかさずトクソム老人の蒙古刀を抜いたのだから、たいした判断力だ。わが輩、思わず唸ってしまった。

「シャギニャン夫人、志保さん。ありがとう。助かったよ」

トクソム老人が、シャギニャン夫人に手を引っ張ってもらい、たちあがりながら礼をいった。

「よかった。怪我はありませんか？」

シャギニャン夫人がいった。

「ない。いや、ご婦人に助けていただくとは、わしゃ恥ずかしい」

トクソム老人が、いかにも照れ臭そうにいう。

「かってに刀を抜いてしまって、すみません」

志保が、蒙古刀についた血を、狼の毛で拭きながらいった。

「なんの。命を助けてもらって、すみませんもあったものじゃない」

トクソム老人が、志保から刀を受け取りながらいった。心なしか元気がない。最初の一頭を、短銃で仕留めそこね、もう一頭に狙われていたことに気がつかなかったのが、残念なのだろう。

「若いころは、こんなことはなかったが……」

わが輩らと行動を一緒にしてから、初めて老人が弱気な発言をした。

「だれだって、思うようにいかないことはありますよ」

シャギニャン夫人がいった。

「やあ、爺さんが婆さんに慰められておれば世話はないな」

トクソム老人がいった。

「まあ、わたしは、まだ婆さんではありません！」

シャギニャン夫人が、わざとらしく怒ってみせた。

「すまん、夫人。本当に、ありがとう。あんたが、わしを押し倒してくれなかったら、どうなっておったかわからんよ。しかし、いきなり、あんたが、わしに飛びかかってきたので、こんな、みんなのいる前で、だいたんな女性だと思ったぞ」

「なにを馬鹿なことをいっているのです。それよりも、狼の死体をかたづけないと」

シャギニャン夫人がいった。

「そうじゃ。本当は、テントの場所を移したほうがいいのだが、いまからでは時間がかかる。遠くに捨ててこよう。石峰君、ご婦人がたを守るかたがた四方にたいまつを焚いてくれんか。わしと中村さんは、こいつらを捨てにいこう。狼は、食うところもないから倒してもつまらんな」

トクソム老人がいった。

「三頭、縄で縛って、かついでいこう」

わが輩がいった。

「よかろう。そのへんに、適当な木の枝があるじゃろう。おお、これでよし。すまんが、志保さん。わしの荷物の中から縄を取ってくれんか」

「はい」

志保から縄を受け取ったトクソム老人は、手際よく三頭の狼の足を縛り、カラマツの倒木の枝にゆわえつけた。

「では、わしが先棒をかつごう。中村さんは後棒だ」

わが輩らは、てんびん棒をかつぐように、狼の死体を括りつけた木の枝をかついでテントを離れた。

「けっこう、重いのう。しかし、なんじゃな。あのあたりには狼はおらんと思ったのだが、みごとにはずれた」

「なぜ、狼がいないと？」

「なに、わしの勘にすぎん。だが、ああいう地形のところには、狼は出んはずなのじゃ。あのあたりはノロやハンダハンの生息地ではない。狼は食糧のないところには、出没はせんものだが」

「それに、たった三頭というのも不可思議ですな。ヒマラヤで襲われた時など、何十頭といた」

わが輩がいった。

「その通りだ。わずか三頭というのもなあ。馬も襲われなかったし……」

トクソム老人がいった。

「このへんで、よかろう。このまま捨てていきたいが、縄はだいじなので、ほどこう」

わが輩らは、狼を縛ってある縄をほどいて、もときた道を歩きはじめた。

「だれかが、あの狼を、わしらのテントにけしかけたような気がしてならん」

ぽつりと、トクソム老人がいった。

「だとすれば、シャギニャン夫人しかおらんですぞ」

わが輩がいった。

「いや、夫人ではない。ほかの者じゃ。といっても、ここいらにはオロチョンはおらんはずだし、ウェルフネ・オロチョンにあとをつけられていたとも思えん。なんとも解《げ》せん話だな」

トクソム老人がいう。

「オーコリドイが、わが輩たちを拒否しているのかもしれないですな」

わが輩がいった。

「オロチョンの神の山には入ってはいかんか。といって、ここまできて、引き返すつもりもないだろう」

「もちろんです。中村春吉という男は、困難であればあるほど、それに挑戦したくなりましてな」

「わしもだよ。ダフールの男は、これしきのことでは引き下がらんよ」

「では、進みましょう」

「うむ」

トクソム老人が、うなずいた。

「どうやら、たいまつも焚けたようですな」

わが輩が、カラマツ林のすきまから、ちらちらと見える明かりを確認していった。

「明日の朝は、少しぐらい遅くてもかまわん。ゆっくり寝よう。なんでもそうじゃが、寝不足は体力を消耗する。シャギニャン夫人が、だいぶ疲れておるようだ。まあ、オロチョンの女ならともかく、都会の女で、あの歳になったら、大興安嶺の旅は辛いよ」

テントにもどると、トクソム老人は、荷物を、なにやら、ごそごそやっていたが、紙袋から植物の葉を煎《い》ったものを取り出した。

「これは、ダフール族の独特の薬茶でな。からだの芯から疲れを取ってくれる。少し、飲みにくいかもしれんが、これに、シャギニャン夫人の睡眠薬を混ぜて、今夜はゆっくり寝よう。夫人、薬は、まだ、あるのじゃろう？」

「ええ、あります」

シャギニャン夫人が答えた。

「では、志保さん。この茶を煎《せん》じてくれんか」

「はい」

志保がテントの中の囲炉裏に、薬茶の入ったアルミの薬罐《やかん》をかけた。

「それにしても、狼に襲われるとはなあ。しかし、まあ、狼や熊が出てこんと探検にはならんわい」

トクソム老人が、強がりをいう。熊の時も狼の時も、まかりまちがえば死人が出るかもしれないところだったのに、老人がいうと、冒険小説でも読んでいるような調子だから、救われる。

「とにかく、今夜はぐっすり寝よう。とくにシャギニャン夫人は少し、疲れているようじゃから、薬茶を多目に飲みなされ」

「はい。なんとか、みなさんに迷惑をかけないようにしなければ」

シャギニャン夫人がいった。

「夫人、そんなことを気にすると、精神的に疲れます。ぼくたちは、同志になったのですから、気を使わないようにしてください」

石峰君がいった。

「まったく、その通りだ。夫人、よけいなことは考える必要はありませんぞ」

わが輩がいった。

「わしが、疲れの取れる、按摩《あんま》を知っておるのじゃが、それには下着になってもらわんとならんのでなあ。いざとなったら、やってあげよう」

トクソム老人がいった。

「ありがとうございます。みなさんの、ご親切、決して忘れません」

シャギニャン夫人が、ちょっと涙ぐんだ。

「ほれほれ、それがいかん。もっと明るくいこう、明るく」

トクソム老人が笑った。

全員が眠りについたのは、午前二時ごろだった。薬茶と睡眠薬のおかげで、ぐっすり眠った。

8

翌日も、天気はよかった。トクソム老人の薬茶が効いたのか、目覚めの気分は、すこぶる爽快《そうかい》だ。みんな、同じことをいっておる。

「どうだ。よく効いただろう」

トクソム老人は得意顔だ。

「さすが老人、年寄りには勝てんですな」

わが輩が、わざといった。

「こら、また年寄りという。そう年寄り、年寄りというな！」

老人が笑った。

カラマツ林のすきまから見えるオーコリドイは、頂上が朝日に輝いている。

例によって志保とシャギニャン夫人の作ってくれる料理で、朝飯をすませる。この朝は粟飯に、コンビーフの缶詰を開けた。いよいよオーコリドイの奥に進んでいくのだから、滋養を取らねばならんし、荷物も軽くしたい。缶詰などは、なるべく減らしたほうがいいのだ。

「さて、いま、わが輩らがおるところは、三合目付近と思われるが、今日は六合目ぐらいまでは登りたい。ただ、ここではっきりしておきたいのは、わが輩らは、不可思議な電波の出どころを調べるのが、まず第一で、次が宝探しということになる。もちろん、その両方が関係しておれば、こんなありがたいことはないが、電波を出す宝というのも聞いたことがない。なあ、石峰君」

食事をしながら、わが輩がいった。

「そうですね」

石峰君が答える。

「そこで、どうすれば、不可思議な電波の出どころを知ることができるか……。シャギニャン夫人、露西亜秘密調査隊では、なにか特別な機械を持っておるのですか？」

わが輩がいった。

「はい。新式の電波受信機を」

シャギニャン夫人がいった。

「それを運ぶために、人数が多いのです。大きな機械ですから」

「そうか。となると、わが輩らは、どうも不利だな。電波が出ているかどうかを見極める道具を、なにひとつ持っていない。だが、いまから負けを宣言しておったのでは情けない。で、わが輩らはオーコリドイを、いま東側から登っておるわけだが、これからは山を巡るように、螺旋状《らせんじょう》に登らねばならんだろう。それから、赤い大きな岩に注意して欲しい。これが電波はともかく、宝には関係があると思われる」

わが輩がいった。

「前にも赤い岩が、どうのといっておったね、石峰君がオロチョンに聞いたとか」

トクソム老人が質問した。

「実は、いままでトクソム老人とシャギニャン夫人にはいわなかったが、ナーラチ・オロチョンの村とケーラチ・ソロンの村で、不思議な書付と絵図面を手に入れたのだ。ふたりとも、気を悪くせんでくれ。隠すつもりはなく、話がわかりやすいように、オーコリドイに入ってから説明するつもりでいた」

わが輩のことばに、石峰君がポケットから例の三枚の半紙を取り出した。そして、入手のいきさつを説明した。

「そんなものが……」

老人がいった。だが、抗議はしなかった。

「これなんだがね。この書付によれば、いまから五十年ほど前に、日本の北海道の松前藩というところから、何人かの武士が、このオーコリドイに宝物を探しにきているらしい。もともと松前藩は、探検意欲旺盛《おうせい》な藩であったし、このころには領地が幕府直轄だったので、藩の財源を確保するつもりで、オーコリドイまで探検にきたのだろう。と、わが輩、偉そうにいっておるが、これは石峰君と志保さんの話の受け売りだ」

わが輩がいう。

「どこで、オーコリドイの宝の話を知ったのだろうな」

老人がいった。

「それは、わからんが……」

「この書付には、なんと書いてあるのですか……」

シャギニャン夫人が質問した。

「オーコリドイは神の山だ。黄金の神像はあるが、宝物かどうかは疑わしい」

「神像はあるが疑わしい？　だとすれば、なんなのじゃ」

老人がいう。

「それは、空に満月がふたつ出た時、わかると書いてある」

「空に満月がふたつじゃと。いつ出るのだ？」

「四十八年後と書かれているが、いつから四十八年後かは、日付がないので不明だ。石峰君によると、明後日の夜が満月だそうだが……。それと飛天球というから、空を飛ぶ玉だと思うが、その玉から怪しい光が出て、仲間が惚けてしまったとある。これを書いた侍は、なぜか惚けなかった。その理由も不明だ」

「惚けてしまったというのは、あのドイツ人たちに、あてはまりますね」

シャギニャン夫人がいった。

「そうですな」

「白い守護神のことは？」

トクソム老人がたずねた。

「白き大なる守護神ありとあるが、それから先は、字が滲んでしまって読めん」

「ふーむ。不思議な書付じゃ。神像はあるが宝物かどうか疑わしいか……」

老人は石峰君と同じで、宝物にこだわっている。

「絵図面のほうは、このように、赤い岩が描かれておる。たぶん、これはその神像に関係あるのだろう。それと、この小さな赤い点もわからん。もう一枚のほうは、線だけで字にはなっておらん。なにを意味しておるのか」

「ふーむ。こんなものがあったのか。そして、ナーラチ・オロチョンの村で死んだ侍というのは、オーコリドイに宝探しにいった連中だったのか。わしも、なんで日本の侍が大興安嶺に迷い込んだのか、不思議に思ってはおったが。迷い込んだのではなく、探しにいったのだな」

トクソム老人が、首をひねる。

「いや、そうは書いていない。それは想像だ。が、たぶん、その想像は当たっているだろう」

「なるほど。じゃが、わからんなあ、この絵図面は……。道々、考えてみよう」

トクソム老人が、しきりに、あごをなでた。

テントを片づけて、進軍を開始したのは、午前十一時だった。ずいぶん、のんびりした探検隊だが、この休息で、みんな元気が出た。シャギニャン夫人も、前日とは見違えるように元気になった。

馬もイソツツジの葉を食べて元気だ。オーコリドイは千五百メートルばかりの山だから、前日、三合目付近まで登ったとすれば、四、五百メートルはきている。残りは、わずか千メートルにすぎない。樹林が多いとはいえ、もう湿地帯はない。問題は雪原だが、これも、そう深そうには見えなかった。

それに、謎の電波が頂上から出ているとはかぎらない。ひょっとすると、あと二、三百メートルのところから出ている可能性もある。わが輩らは、そんな話をしながら登り始めたので、歩調は極めて軽かった。

カラマツの樹林は、途中からハイマツに変わった。それから上にはカラマツは生えていないようだ。ハイマツも、それほど繁ってはおらず、歩きにくいこともなかった。

「中村さん。山を螺旋状に登るよりも、急な斜面ではないのだから、まず、このまま真っ直《す》ぐに頂上に登り、そこから全体を見渡したほうが、いいんじゃないかね」

トクソム老人がいった。

「なるほど。そのほうが、効率がいいかもしれん」

わが輩、トクソム老人の考えに賛成した。みんなも、それがいいという。なにはともあれ、ここまで登ってきたのだから、電波の謎や神像のことは別として、頂上を極めたいという。

「よし。では、真《ま》っ直《す》ぐ登ろう。先頭がトクソム老人、殿《しんがり》がわが輩だ」

二時間ほど登ると、突然、ハイマツの海も切れて、広い小石の原に変わった。下から双眼鏡で見た時、灰色に見えた部分だ。それにしても、鹿皮の長靴は登りやすい。下が湿地帯であれ、草原であれ、石ころの原であれ、水がしみ込んだり、足の裏が痛くなるということがない。小石の原は、オーコリドイの六合目あたりだった。

「これだと、今日中に頂上に登れますね」

石峰君がいった。

「どうだろうな。白夜で十時ごろまでは明るいから、時間的には問題ない。疲れだけが気になるが、この山は、登りやすい山だ。いままで、歩いてきた道のほうが、よほど、大変だった。まあ、なりゆきということにしよう」

　わが輩がいった。

「などと、あなどっていると、どこに落とし穴があるかわからんよ。ソロンやオロチョンが、この山を聖なる神の山として、入山を禁止しているのは、それなりに理由があるからだろう」

　トクソム老人が、頂上を見あげながらいった。

「そうですな。気を抜かぬように登ろう」

　わが輩がいった。しかし、事件はなにも起こらなかった。さらに二時間、七合目までできた時、昼食を取った。それから先は、ところどころに残雪があったが、これも登山には、なんの支障も与えなかった。七合目から上は、すばらしい色に満ちていた。小石の原全体が、ハイマツと種々の地衣類で、一面に埋めつくされている。小石の原にもでこぼこはあるが、せいぜい直径四、五メートルの岩が転がっている程度だ。

　青緑、紫、薄桃、黄、茶の地衣類が、山肌に隙間なく生えている。およそ色彩になど知識もなければ、興味もない、わが輩の目から見ても、美しい光景だった。志保やシャギニャン夫人などは、ちょっと変わった地衣類が出てくると、その都度しゃがんで鑑賞するほどだった。地衣類は靴に踏まれても、足を進めるとバネのように跳ね返って、なんの足跡も残さなかった。

　後ろを振り返ると高原山やノゾミ山が見え、前方右手には南望山が見える。わが輩はロシア秘密調査隊やシューマン曲馬団の連中がいないかと双眼鏡で、あたりを見回したが、人影は見えない。石峰君は石峰君で、必死で赤い岩を探しておる。

「どうかね、石峰君。赤い岩は見えるかね？」

わが輩がいった。

「いや、残念ですが、なにも見えませんね。山の反対側なのかもしれません」

石峰君がいう。

「いまは、電波は出ていないのでしょうか」

志保がいった。

「わたしたちの情報では、電波が出るのは、毎晩、決まって夜中の十二時ということでしたが」

シャギニャン夫人がいった。

「毎晩、十二時！　それは聞いておらなかったな」

わが輩が、石峰君と志保に確認した。

「それにしても、日本軍や露西亜軍が受信するだけの強い電波が出ているとすれば、かなり高い発信柱が必要と思うが、いまのところ、それも見当たりませんね」

石峰君がいった。

「うむ。わが輩は、どうも、そういった科学のことは、わからんのだが……」

わが輩、頭をかく。実際、どうにも電波のことなどわからんのだ。

「わたしたちの情報では、電波が捕らえられはじめたのは、前にもいいましたが、約三か月半前からだそうです」

シャギニャン夫人がいった。

「それは神谷書記生もいっていました。ということは、三か月半前にオーコリドイに発信柱を立てた人間がいるということですね」

石峰君がいった。

「だれが、なにを、どこへ通信しておるのだろうか？　いまのところ、特別、変わった山でもないがなあ」

「やはり、どこかの国が、宝のありかを発見して、それを取りにこいといっているのではありませんか？」

「それなら、もっと、秘密裡にやるだろう。電波通信などしたら、ほかのものにばれてしまう。現に、わが輩たちや露西亜が、それをかぎつけた」

わが輩がいった。

「ともかく、頂上に登って見てみよう。それに、その電波が、ぜったいにオーコリドイから出ているというわけでもないのじゃろう」

トクソム老人がいった。

「そういうことですな」

「なら、頂上に登れば、あたりを見渡すことができるよ」

「いきましょう。ここまできたのですから、一気に頂上まで登ってしまいましょう。いま六時だから、九時には登頂できるんじゃないですか」

石峰君がいう。

「だが、志保さん、シャギニャン夫人、登れますかな？」

「はい。わたしは」

志保がいった。

「わたしも、だいじょうぶですよ」

シャギニャン夫人も、うなずく。

「しかし、そうなると、頂上で夜を迎えることになる。頂上にテントを張るのか？」

トクソム老人がいった。

「それも、おもしろいではありませんか」

「うむ。おもしろいといえば、おもしろいが、探検はおもしろいだけではできんぞ」

「わかっています。けれど、シャギニャン夫人の話のように、午前零時になると、電波が出るというのなら、その時間にあたりを見回せば、なにか発見できるかもしれません」

石峰君は、あくまでも登頂説を唱える。

「よし、では、ここは少し苦しいかもしれんが、ひと息に登ってしまおう」

わが輩がいった。

「うむ」

「はい」

みんなが、賛同した。ふたたび、歩きはじめる。徐々に眺めが開けてきた。前方のビストラヤ大縦谷をへだてて、ジン山脈が、せりあがってくる。大興安嶺には珍しい、延々と連なる美しい山脈だった。北にある山の、丸い頂きが低くなっていく。ハイマツの密生した頂上に散らばっている地衣類が模様のように見える。

このあたりでオーコリドイは、ハイマツの海と地衣原の割合が逆転しつつあった。ハイマツの部分が、低く少なくなり、地衣原にもハナゴケが減って、イワタケやチズゴケが増えてきた。小石の原も目立って小さくなり、白色から黒褐色へと変化してきた。

「もう、あと一歩じゃぞ」

トクソム老人が、はっぱをかける。夕食の時間を惜しんで、全員、カンパンを食べながら、頂上を目指した。太陽の光のかげんで、どこまでも続いているように見えた斜面は、あんがい短くて、まもなく傾斜がゆるまったなと思ったとたん、わが輩らは頂上に到着していた。時に、明治四十年六月二日、午後八時十五分。

「着いたぞ!!」

わが輩が、感極まって、怒鳴るようにいった。時刻は予定よりも一時間も早かった。

「ついに、登りましたね」

石峰君の顔が、輝いている。トクソム老人、志保、シャギニャン夫人も、いかにも満足げだ。

頂上は、せいぜい三十〜四十平方メートルの広さで、黒い細かい石の平坦面だ。その小石が、例によって、とりどりの地衣で、まだらに染まっているが、それ以外は、木はもちろん、一本の草もない。まだ、しばらくは沈まない太陽が照っておる。周囲、数十キロの半径の中にはオーコリドイと肩を並べるような山は、ひとつもない。独立峯《どくりつほう》の頂きにたち、その感慨はひとしおだった。

湿気を含んだ日本の空の青さとちがって、この空は青みが薄く、浅黄色をしている。下を見れば、黒ずんだカラマツの樹林が、そこここにある。その樹林を歩いてきたのかと思うと、気分は最高だった。

三百六十度の地平線が、みんな同じような山並みでありながら、よく見ると、それぞれに個性を持っている。西南の空はるかにピラミッド型の山があった。ナプタルダイらしかった。シベリヤから吹いてくる風は冷たいが、気持ちはいい。

「やあ、痛快、痛快、痛快‼」

わが輩、背嚢に入れてあった日の丸の旗を取り出し、シャギニャン夫人が杖《つえ》代わりに使っていた白樺の枝に結びつけて、頂上にたてた。そして石峰君とふたりで、万歳三唱だ。トクソム老人とシャギニャン夫人は、それを、おもしろそうに見ている。

「露西亜秘密調査隊は、やはり、まだきておらんようだし、独逸人が登ったようすもない。われわれが一番のようだ」

わが輩がいった。

石峰君がいう。

「すると、あの独逸人たちも、頂上には登らなかったのですね」

「そのようだな。しかし、登頂に成功したはいいが、問題はこれからだ。謎の電波の出どころを調べねばならん」

「それに、宝物」

石峰君は、どこまでも、宝物にこだわっている。

「中村さん。例の武士の地図ですがね。三枚目をくれたソロン族は、笹りんどうの印籠から、取り出したといいましたね。もしや、源《みなもとの》義経《よしつね》のゆかりの宝の地図じゃないでしょうか。義経が衣川《ころもがわ》で死なずに、北海道から大陸に渡って、ジンギスカンになったという伝説があるでしょう」

「なるほど。そんな説は、聞いたことはあるが……。印籠というのは、義経の時代からあったものなのかい」

　わが輩がいった。

「ああ、そうか。でも、松前藩の村井進之丞という人は、源氏の末裔《まつえい》だったのかもしれませんよ。それで、先祖の宝を探しにきたのかも……」

「宝が見つかるといいがのう」

　トクソム老人が、口をはさんだ。

「きっと、見つかりますよ。それには、なにしろ、赤い岩を見つけることですね。疑問はあると書いてあるけれども、宝物を否定はしていないし、神像はたしかにあると記されている」

「その侍は神像を見たのかな。なんにしても、それより先に、謎の電波だ。今夜は、ここにテントを張って、午前零時になにが起こるか見届けよう。腹も減った。志保さん、シャギニャン夫人、食事の用意をしてくれんですか。われわれはテントを張る」

「わかりました。場所が場所でなければ、お赤飯でも炊くところですが……」

　志保が、残念そうな顔をした。

「なに、粟飯でけっこう。ここは燃やすものがないので、あの高野豆腐の爆裂弾を燃料にしたらいいだろう」

「はい」

　志保が答えた。男三人は、馬の背からテントを降ろし、てきぱきと作業をした。

「ゴンべ。おまえも、よくがんばってくれたな」

わが輩、テントを張り終えると馬の頭をなでた。ハイラルで手に入れた時から、結局、名前がなく、いつのまにか、みんながゴンベと呼ぶようになった蒙古馬は、トクソム老人が選んだだけに、病気もせず、苦しい旅を、よく全《まっと》うしてくれた。ナーラチ・オロチョンの村で、もう一頭のナナシと離れてしまってからも、しっかりした足取りで、がんばってくれた。わが輩、ポケットから氷砂糖を出してゴンベにやると、美味そうに食べる。

栗飯に熊肉汁の夕食は、いつにも増して、美味かった。みんな、同じ気持ちだったようだ。食事が終わったのは、九時半。

「十二時までには、まだ時間があるな。なんとか、電波が、どこから出ているのか、わからんかね？」

わが輩が、石峰君にいった。

「これぱかりは、受信機がありませんとねえ……」

石峰君が、腕を組む。

「そうか。わからんか。まあ、しかたがない。とにかく、十二時になったら、外に出てみよう。露西亜秘密調査隊は、電波の出どころをつきとめただろうか？」

「受信機の性能にも、よるでしょう」

「電波が出ているのは、オーコリドイの付近というだけで、オーコリドイと決まったわけではないのだから、別の場所から出ていて、それを捕らえておったら、わが輩らの負けだな」

わが輩がいった。

「中村さん、そんな弱気なことをいってはいかん。せっかく、オーコリドイの頂上に登りながら。勝負はこれからじゃよ」

トクソム老人がいう。

「そうですとも」

石峰君も、うなずく。

「いや、これは、わが輩が悪かった。中村春吉ともあろうものが、泣きごとをいっては情けない。いかなる困難を乗り越えても、わが輩らで電波の出所をつきとめよう！」

「そうですよ。それでなくては、中村さんじゃない」

石峰君が、笑顔でいった。

宝物の話、電波の話、これまでの探検での武勇伝などをしゃべっておるうちに、十一時半になった。

「そろそろ、出てみよう」

わが輩がたちあがると、あとの四人も続く。さすがに、外は寒かった。だが、空気は、いかにも、すがすがしい。もっとも山の天気は変わりやすいの譬《たと》えどおり、昼間の晴天は消えて空には雲がかかり、星も月も見えない。

「雨は降りそうもないが、曇っておるな」

トクソム老人が、空を見あげていった。あたりは、怖いような真の闇だ。オーコリドイの周辺には、いくつかのオロチョン、ソロンの村があるが、その明かりも見えない。村は樹林の中にあるので、かがり火を焚いていても、外に洩《も》れてこないのだ。

「ここには、熊や狼は出てこないでしょうね？」

石峰君が、発電式探見電灯で、あちこちを照らしていった。

「オーコリドイのてっぺんまでは、こないだろう。もっとも、その熊や狼も宝探しをしていれば別だが」

わが輩が、冗談をいった。

「じゃが、昨日のこともあるからのう。あんなところに、狼は出んものだが」

トクソム老人が、昨夜の話を蒸し返した。

「気をつけるにこしたことはないが、まず心配ないだろう」

わが輩がいった。

「それから、石峰君。探見電灯を照らさんように。もし露西亜秘密調査隊や独逸人たちが、近くにきていたら、われわれが頂上にいることを知られてしまうぞ」

「あっ、そうでしたね。うっかりしました」

石峰君が、探見電灯を消す。また、真っ暗闇だ。

「しかし、これでは、電波もなにもないな。電波に色でもついているというのなら、ともかく……」

わが輩、からだを、少しずつ回転させながら、見えないオーコリドイの周囲を見回した。

「そろそろ、十二時ですね」

石峰君が、探見電灯の光を隠すようにして、腕時計を見た。

「そうか」

わが輩が、答えた時だった。志保がいった。

「あれ、なんでしょう？」

「なに？」

石峰君がいった。

「上です。空です。弱い光線のようなものが……」

志保のことばに、全員が空を見あげた。わが輩たちのたっているところの真上、雲の中から、ちょっと見た目では気がつかないほどの薄紫色の光線が、オーコリドイの西側斜面のほうに伸びていた。

「なんだろう？　たしかに光線のように見えるが」

わが輩がいった。

「西側ですね。光が消えないうちに、あの方向をたしかめておきましょう」

石峰君は、四、五メートル離れたところから、例の日の丸の旗のついた白樺の木の枝を取ってきて、光線の当たっている方向に、その先を向け、動かないように拳ほどの石を五、六個拾って枝の上に置いた。志保が光線を確認してから、一分経《た》っているかいないかのあいだの行動だった。

「これでよし」

石峰君がいった。その声が、終わると同時に光線が消えた。

「消えてしまいましたわ」

シャギニャン夫人がいう。

「いまの光線が、電波と関係あるのだろうか」

わが輩がいった。

「なんとも、いえませんね。ただ、奇妙なのは、いまの光線は、地上から空に向かって伸びていたのではなく、空から地上に向かっていたように思いますが」

石峰君がいった。

「うん。わが輩にも、そう見えた。極光の一種かもしれんな」

「いや、極光はもっと高いところに出るものですよ。それに、雲があっては見えないし、地上まで伸びてくるとは思えません」

「では、なんだ。こんな時間に虹は出んし、だいたい虹の色ではなかったな」

「なんでしょうね。自然現象には、わからないことが、いろいろ、ありますからね。……待てよ。あれが書付の飛天球の怪しき光というやつかもしれない！」

「しかし、その飛天球なるものは見えなかったぞ」

わが輩がいった。

「曇っていますから、雲の中か、雲の上にあったのかもしれません」

石峰君がいった。

「はああ。そういうことか」

「いや、これは、ぼくの、かもしれないという話です。音もしませんでしたね。とにかく、明日になったら、光線の当たっていたところにいってみましょう。あれは、七合目ぐらいだったでしょうか？」

「そう。六、七合目のようじゃったね」

トクソム老人がいった。

「もう一度、出ないでしょうか？」

シャギニャン夫人は、しきりに空を見あげているが、もう、なにも見えない。

「露西亜秘密調査隊も、見ておっただろうか？」

わが輩がいった。

「どこにいるのかわかりませんが、たぶん見ていたでしょうね」

石峰君がいった。

「電波が出ていたのだろうか……」
わが輩が、また、いってもしかたのないことをいった。

9

その晩は、不思議な光線の話で終始し、午前一時ごろ、眠りについた。翌朝は六時に起床した。ところが起きると同時に、石峰君が方向を示しておいた白樺の枝を調べにいくと、その枝が見当たらないのだ。夜は風が強かったわけでもないし、たとえ少しの風があっても、石で押さえておいたから、動くとは思えないのに消えている。

「おかしいなあ？」

石峰君は、首をひねる。みんなで周辺を探してみたが、どうしても、枝は見当たらなかった。だが、方向はわかった。志保が、前夜、石峰君が方向を確認している時に、方位磁石を見ていたのだ。わが輩らもドジで、前夜は怪光線に興奮して、石峰君の行動だけで安心してしまっていたのだが、志保だけは、冷静に場所の確認をしていた。それによると、西北西ということだ。

「よし、降りてみよう」

わが輩、先頭になって、オーコリドイの頂上に別れを告げた。下りの道は楽だ。精神的にも、気が張り詰めているから、元気が出る。

「あと三百メートルも下だろうか？」

わが輩がいって、双眼鏡で光の当たっていた場所と思われる一帯を覗いて、びっくりした。その周辺に、点々と、なにか、よくわからないものが転がっているように見えるので、目を凝らすと、人間ではないか！　仰向けに、あるいはうつ伏せに、岩山のそこここに倒れている。十人前後いそうだ。

「人が倒れているぞ!!」

「本当だ！」

石峰君も、双眼鏡で確認していった。

「急ごう！」

わが輩らは、山を駆け下りた。オーコリドイの西側斜面は、東側より、ずっと大きな岩が多く、地形も複雑になっておる。それでも、三百メートルを三十分足らずで駆け下りた。倒れている最初の人物を見て、蒙古服は着ているが、すぐにロシア秘密調査隊員だということがわかった。

「ララオノフ！」

シャギニャン夫人が、仰向けに倒れている、その隊員に声をかけた。が、隊員の反応はない。シャギニャン夫人は、すぐに手首の脈を取った。

「死んでいるのか！」

わが輩がいう。

「いいえ、生きています」

シャギニャン夫人が答えた。

「そうか」

わが輩も、その男の顔を覗き込み、やや乱暴に両頬を手の平で叩いた。と、男が目を開いた。

「ララオノフ、なにがあったの!?」

シャギニャン夫人が、ほっとしたような表情をしながらも、厳しい声で質問した。けれども、そのララオノフという隊員は、ぼんやりと目を開けたまま、わが輩らの顔をゆっくりと見まわしているだけだ。

「ララオノフ、わたしよ。シャギニャンよ！」

シャギニャン夫人が、また声をかける。

「ああ、シャギニャンさん。ここは、どこだ。おれは、なにをしている？」

シャギニャン夫人に、上半身を起こされながら、ララオノフが反対に質問した。

「ここはオーコリドイじゃないの。あなたは、ここに倒れていたのよ」

シャギニャン夫人が説明した。

「オーコリドイ？　いつ、こんなところにきたのだ。ハイラルのホテルを出たところまでは覚えているが……」

ララオノフは、わが輩たちの顔を見て、不思議そうにいう。

「シューマン曲馬団の連中と、同じだ」

石峰君がいった。

「例の記憶忘失か！」

わが輩がいった。

「そのようです」

石峰君が答える。

「ともかく、ほかの者も起こそう！」

「はい」

わが輩のことばに、みんながうなずき、次々と倒れているロシア秘密調査隊の隊員たちのそばに寄っていった。よく見ると、大きな岩の蔭にテントがふたつ張ってあり、そのテントを中心にして、半径十五メートルぐらいの範囲に十人が倒れていた。みんなが、手分けして、正気を取りもどさせる。

その時、ひとつのテントから、五十歳ぐらいの品のいい初老の男が出てきた。鼻の下に髭を蓄えている。見覚えのある顔だった。考古学者のポズナンスキー博士だ。

「博士、なにがあったのです！」

シャギニャン夫人が、博士に駆け寄った。

「おお、シャギニャン夫人か。それが、よくわからんのだよ。昨日の夜、十二時のことだ。例の電波……」

そこまでいって、博士がわが輩らを見て、ことばをとめた。

「博士、この人たちは味方です。ご心配なく」

シャギニャン夫人がいう。

「そうか。……その電波を観測しようとしておったところ、空から薄い紫色の光線が、このあたり一帯に照射された。とたんに、みんな倒れてしまった。わけがわからん。いくら、起こそうとしても、だれひとりとして、目を開けん。仮死の状態になっているのだ。わたしは、テントに逃げ帰り、身をすくめていたが、いつのまにか眠ってしまった。あんたたちの声で、目が覚めたようなわけだ」

ポズナンスキー博士が、英語で説明した。そして続けた。

「きみたちは、日本の調査隊だな。シャギニャン夫人、あんたは、なぜ、この日本の人たちと？」

「話せば長くなりますから、あとで説明しますが、二度も命を助けられ、一緒に行動しているのです。それで博士、あの電波を出しているのは、日本ではありません」

「やはり、そうか。わたしも、そうではないかと思っていたのだ」

博士が、なっとく顔をした。

「わが輩らは、露西亜軍が電波を出していると思っておった」

わが輩がいった。

「では、おたがい、相手を怪しんでいたわけだ」

博士がいった。

「で、実際、電波を出しているのは、だれなのですか？」

わが輩が質問した。

「それが、まだ、わからんのです」

博士が答えた。そのうち、助け起こされたロシア秘密調査隊員たちが、全員、わが輩らのそばに集まってきた。まだ、足元がふらついている者もある。

「博士、われわれは、いつ、このオーコリドイに到着したのです？」

隊長らしい、精悍な顔つきの男が質問した。

「昨日ではないか。覚えていないのか、エリツォク君？」

「ええ。ハイラルを出発したところまでは、覚えていますが、それ以後のことは、まったく……。全員、そうなのです」

ほかの隊員も、いっせいにうなずく。

「どうなっているのだろう。わたしには、さっぱり、わからない」

博士が、首を横に振った。

「シャギニャン夫人。われわれは、日本人に助けられたのか？」

その隊長らしき男が、質問した。

「その通りよ、エリツォク隊長。わたしも助けられたの。あなたたちと立場はちがうけれど。中村さん、隊長のセミヨン・エリツォクです」

シャギニャン夫人が、男を紹介した。

「中村春吉です」

わが輩、手を差しのべて握手をした。石峰君、志保、トクソム老人も挨拶をし、ロシアの隊員たちも、全員、名を名乗った。

「博士は記憶は、はっきりしておるのですか？」

わが輩がたずねる。

「うむ。わたしは、ハイラルを出発したところから、昨晩の事件まで、すべて覚えている」

博士が答えた。

「わからん。なぜ、おれには、ここへきた記憶がないのだ!?」

エリツォクが、いらだった表情でいった。

「わたしは、たぶん、あの光線が関係しているのではないかと思う」

博士がいった。

「光線？」

エリツォクが、額にしわを寄せる。

「そうだ。薄紫色の光線だ」

博士が、わが輩らに説明したのと同じことを、エリツォクはじめ隊員たちに説明した。

「しかし、どうして博士だけは、記憶を忘失していないのです？」

隊員のひとりが、詰問するようにいう。

「それは、わたしにもわからん」

博士が、小さく、首を横に振った。

「あなたがたと、まったく同じ症状のドイツ人たちにも会いましたよ。シューマン曲馬団の人たちです」

シャギニャン夫人がいった。

「シューマン曲馬団？　連中も、このオーコリドイに？」

エリツォクが、けげんそうな顔をした。

「そうです。なにしろ、満洲里以後の記憶がないというので、なんの目的でオーコリドイにきたのかわかりませんが、わたしたちやあなたがたより先に、ここに登り、記憶忘失したようです」

シャギニャン夫人がいった。

「やつらの目的は、なんなのだろう？　それにしてもシャギニャン夫人。あんたと一緒だった隊員は、どうしたのだ？　なぜ、日本人と歩いている。……いろいろと話を聞きたい。テントのほうにいこう」

エリツォクが、明らかに、わが輩らには知られたくない話をする目的で、シャギニャン夫人にいった。

「そうですね。わたしも聞きたいこと、話したいことが、たくさんあります。中村さん、石峰さん、しばらく時間をください。これから、共同で仕事ができるように相談します」

「よろしく、頼みますよ」

わが輩がいった。シャギニャン夫人はエリツォクや博士たちと、テントのひとつに入っていく。

「それにしても、奇妙な話だ」

ロシア人たちの、後ろ姿を見送りながら、わが輩がいった。

「ちょっと、このあたりを調べてみましょうか？」

石峰君がいう。

「そうだな、歩いてみよう」

わが輩も賛成し、四人は、その近辺を調べて回った。大きな岩がでこぼこしている。その岩に緑色や灰色の地衣類が、びっしり生えている。五分も歩き回った時、石峰君がいった。

「中村さん、こっちへ!!」

「なんだ?」

わが輩らが、石峰君のほうに足早に近づくと、高さ二メートルほどの岩の蔭に、明らかに電波受信装置とわかる機械が設置されていた。大きさは、ミカン箱を二まわりぐらい大きくしたような直方体で、なにやら、わが輩には、見当のつかない計器とレシーバーがあった。物干し竿のような金属性の柱は、横に寝かされている。

「これが、露西亜の電波受信装置ですよ」

石峰君がいった。

「こいつを、人間の手で運んできたのか。大変だったじゃろうなあ」

トクソム老人が、肩をすくめた。

「アンテナがたっていないということは、これを設置している時、光を浴びて倒れたということでしょうかね」

石峰君がいう。

「かもしれんな」

わが輩、無線のことは、よくわからんので、あいまいな返事をした。

「それにしても、なぜ、ポズナンスキー博士だけは、記憶忘失しておらんのだろう」

「なぜでしょうね」

石峰君も、首をひねる。その時、左手の岩の、さらに、ごつごつした方向を見ていた志保がいった。

「石峰さん、あれを見てください。赤い大きな岩があります」

「えっ!?」

わが輩らが、志保の指差す方向に目をやると、五十メートルほど離れたところに、たしかに赤い岩が見えた。さっそく、双眼鏡で覗く。直径が十メートルほどもありそうな、お碗型の岩が見える。色が赤いのは、その表面に赤い地衣類が、びっしり生えているせいだ。

「あれが、絵図面に出ていた岩かもしれん」

トクソム老人がいった。

「いってみましょう!」

石峰君が目を輝かし、ロシア秘密調査隊のテントのほうに視線をやった。そこからは、いくつかの大きな岩がじゃまになって、テントは見えなかったが、ロシア人の影もない。

「よし、いってみよう」

わが輩らは、ほとんど真横に北の方向に歩き出した。いや、その歩きにくいこと。大小の岩が重なりあって、波状になっている。その岩に、地衣類が密生しているので、さすがの鹿革靴も滑る。たった五十メートルほど移動するのに三十分以上もかかった。

「これは、宝を隠すには、絶好の場所だわい」

トクソム老人も、すっかり、その気になっておる。オロチョン族やソロン族は、聖なる山として、オーコリドイには登らないが、もし登る者があっても、わざわざ、こんな岩場を登る者はいないだろう。オーコリドイでも、そこは、特別、登りにくい岩場で、歩きやすい斜面はいくらでもあるのだから、そちらを歩くに決まっている。

赤い岩が、目の前、五メートルほどの距離に近づいた時、石峰君が、がまんしきれなくなったのか、岩に向かって走り出した。そして、二、三歩、進んだところで、大きな声を出し、左足の脛《すね》のあたりを押さえて、撥《は》ね跳ぶように尻餅をついた。

「どうした!?」

わが輩、びっくりして、石峰君のところに走り寄った。

「わかりません。ここまできたら、足が感電したように、いきなり痺《しび》れて」

石峰君は尻餅をついたまま、しかめ面をして、左足の脛をさすっている。ズボンは破れたり、焦げたりしたようすはない。

「どれ？」

わが輩、石峰君が進もうとしたあたりに、そっと右足を伸ばした。その瞬間だった。石峰君のことば通り、強烈な電流が走るように、脛から膝のあたりに、びりびりと痺れが襲った。

「わっ!!　なんだ、こりゃ!?」

わが輩も石峰君の隣に、尻から倒れ込んだ。

「中村さん!!」

「いったい、どうしたんじゃ？」

志保とトクソム老人が、叫んだ。

「わからん。だが、ここには、なにかある。危険だ。近づかんように！」

わが輩がいった。足は、まだ、びりびりとして、痛いというより、感覚が麻痺《まひ》したようだ。

「なんなんじゃ？」

トクソム老人が、腰の蒙古刀を鞘ごと抜いて、そうっと、わが輩たちが、足を痺れさせた、なにもない空間に差し出した。

「あっ！」

トクソム老人が、叫び声をあげるのと同時に、蒙古刀が手から、はじきとばされて、足元に落ちた。

「なんじゃ、これは!?」

トクソム老人は、刀を拾うのも忘れて、なにもない空間を眺めている。

「目に見えない、電流の壁のようなものがあるようですね」

やっと、たちあがった石峰君がいった。

「そんなものが……」

わが輩、這いずったまま、もう一度、前に進もうとした。

「中村さん。よしたほうがいい！」

石峰君が、わが輩の腰にすがりついた。

「そうか」

わが輩は、石峰君のことばにしたがって、先に進むのをやめた。そして、ズボンをめくって、痺れている部分を調べた。見た目は、まったく、なんともなっていない。けれど痺れは、かなりひどく、まだ、びりびりとしておる。石峰君もズボンをめくっているが、傷はないようだ。

「不思議じゃなあ」

トクソム老人は、しきりに首をひねりながら、はじき飛ばされた蒙古刀を拾って、腰に差した。

「これが、あの絵図面にあった赤い岩だとすれば……」

石峰君は、図面をポケットから取り出した。

「わからんなあ」

最初に赤黒い丸の描いてあるほう、次に黒い線の図面を見て、唇を噛む。わが輩にも、さっぱり、わからん。

「中村さーん。石峰さーん！」

その時、シャギニャン夫人のかすかな声が聞こえた。どうやら、エリツォクたちとの話が終わって、わが輩らを探しておるようだ。

「ここで、返事をせんほうがいい」

トクソム老人が、小声でいった。わが輩も、そう思っていた。

「うむ。ここのことは、内緒にしておこう。シャギニャン夫人は信用できるが、露西亜秘密調査隊の連中には教えんほうがいい」

わが輩がいった。そして返事をしないで、なるべく音をたてないように、遠まわりしながら、ロシア人のテントのほうに、もどっていった。シャギニャン夫人は、しきりに、わが輩らを呼んでいる。

「ほーい。なにごとかね、シャギニャン夫人！」

もう、よかろうという場所まできて、わが輩がいった。岩をひとつ、迂回するとテントが見えた。シャギニャン夫人をはじめ、全員がテントの外に出ておる。

「ここにおるよ。ちょっと、あたりを調べておったのだが、なにも変わったことはないですなあ」

わが輩がいった。足は、まだ少し痺れておるが、知らん顔をしてテントに近づいた。石峰君も、軽く足を引きずっておる。とにかく電流だとすれば、非常に強力なものだ。死ななかったのが、もうけものといえるかもしれない。

「話がまとまりました。わたしたちは、中村さんたちと共同で調査をしようということになりました。エリツォク隊長をはじめ、数人は反対もしましたが、博士とわたしの説得でなんとか……」

シャギニャン夫人がいった。

「そうなると、宝物の分け前が減ってしまうな」

トクソム老人が、半分冗談、半分本気のような口調でいう。

「それについては、わたしが、勝手に日本とロシアで半分ずつと提案しましたが、いかがでしょう」

「共同で探すからには、当然でしょうな。なあ、石峰君」

「それで、けっこうですよ。ぼくは、それでも持ちきれないほど宝があるのではないかと睨んでいますから」

石峰君が笑う。

「それで、隊員のかたたちは、やはり、まったく記憶がないのですか？」

志保が質問した。

「それが、本当に奇妙でして、ハイラルを出たところまでは覚えているけれども、それから先の記憶がなく、しかも、ハイラルを出たことはわかっていながら、なんで自分たちがハイラルにきたのか、その目的も記憶にないというのです。博士とわたしで説明をして、やっと自分たちが、秘密の任務を負ってきたということを理解しました。博士以外は、全員、同じです。ドイツ人たちも、そうでしたが、集団で同じように、記憶忘失するなんてことは、わたしも聞いたことがありません」

「しかし、汽車の中での記憶はあるわけでしょう？」

石峰君がいった。

「ええ。それは、あるのです。けれども、質問しますと、そういえば、われわれは、なんでペテルブルクから汽車に乗ったのだろうと、首をひねるばかりです」

「奇妙な話ですなあ。とにかく、なかよく調査をしよう。オロチョンの村を襲撃した件については、あとで話しあいましょう」

わが輩がいった。

「そうですね」

シャギニャン夫人が、うなずいた。

昼食をすまし、ロシア隊は電波受信機の設置に取りかかった。博士の説明では、昨夜は組みたてが終わらないうちに、夜になってしまい、そこへ怪光線が照射されて、みんな倒れてしまったのだという。

わが輩たちも、ロシア隊から五メートルほど離れたところに、テントを張った。

「ところで、謎の電波の調査隊に、なぜ博士が同行されておるのですか？」

わが輩は、わが輩らのテントを訪ねてきたポズナンスキー博士に質問した。

「それが、なんとも、心もとない話なのですが、軍が謎の電波を受信したことを皇帝に伝えたところ、それなら、ついでに宝を探してこいと、わたしに勅命が下ったのです。まったくといっていいほど、根拠らしい根拠はないのですが、皇帝は、このあたりにジンギスカンの宝があるらしいという情報を持っていました」

博士が答えた。

「やはり、ジンギスカンの宝ですか！」

石峰君が、大きな声を出した。

「皇帝は、どこから、そんな情報を？」

わが輩がいった。

「それが、なんでも、いまから五十年ほど前、あなたの国の武士が、蒙古人に話したのを、シベリヤのロシア人が聞いて、それがのちに皇太子であった皇帝の耳に届いたというのです。わたしは、考古学者ですから、宝物になど興味はないのですが、考古学的見地から調査をしろと、白羽の矢をたてられましてね」

博士が苦笑した。

「皇帝が聞いたのは、あの松前藩の侍たちの口から、漏れた情報かもしれませんね」

石峰君がいった。

「あなたがたは、宝物について、なにか情報を持っておられますか？」

「いや、博士と同じようなものです。ただ、あるオロチョンの村で、その宝というのは、黄金の神像で金剛石のちりばめられた台座に寝ているると聞きました。それから、白い巨大な守護神がいると……」

石峰君がいった。もちろん、秘文書の書付、絵図面のことには触れない。

「黄金の神像ということは聞いておりましたが、白い巨大な守護神というのは、初耳ですな。いったい、なんでしょう、それは？」

博士が、興味深げに、わが輩らの顔を見た。

「わが輩らにも、見当がつかんのです。日本には、義経＝ジンギスカン説といって、源義経という、兄に憎まれた悲劇の武将が、この大陸に渡ってジンギスカンになったという伝説がありましてね。その義経の隠した宝かもしれないと話してはおったのですが、白い守護神なるものは、まるで想像もつかんのです」

「ほう、それは、おもしろい伝説ですね。日本の武将が、ジンギスカンになったとは……。しかし、おたがい、妙なことに関わりましたなあ。それはそれとして、わからないのは、昨晩、なぜ、わたしだけが記憶忘失しなかったかということです。隊員たちが、ばたばたと倒れていくので、十字架を握りしめて神に祈っていたのですが、幸運にも倒れずにすみました。あの光線は、なんだったのでしょう？」

「見たこともない光線でしたな」

「オロチョン族やソロン族には、オーコリドイは神の住む聖なる山といわれているそうですが、あんな目に会うと、本気で神罰ではないかという気さえしますよ」

博士が、あごをひねった。

「あの光は、謎の電波と関係あるのでしょうか？」

志保がいった。

「さっきもいいましたように、わかりません。ただし、わたしの個人的見解では、あるように思えます。受信機は、今晩は使えるでしょうから、なにかわかるでしょう」

博士が答えた。

「ですが、今晩、また怪光線が出たら、われわれや、隊員が記憶忘失になる可能性もありますね」

石峰君がいった。

「そうだ。それを忘れておった。かといって、逃げておったら、なにかわかることも、わからんかもしれん」

わが輩がいった。

「そうじゃよ。ここは、逃げるわけにはいかんぞ」

トクソム老人も、闘志を燃やす。

「だが、全滅してしまっては、なんのための調査か、わからなくなってしまう。トクソム老人だけでも、ここから離れてもらったほうが……」

「馬鹿をいってはいかん！　ダフールの男は、そんな弱虫ではないわい!!」

わが輩のことばに、トクソム老人が大声で、いい返した。

「では、志保さん」

「嫌です。わたしは、みなさんと一緒にいます」

志保も、断固たる口調でいう。

「わたしも、今度は倒れないという保証はありませんからね」

博士がいった。

「まあ、まだ、夜までには時間がある。それに、必ず、今度も怪光線が出るとはかぎらん。対策を考える時間は、充分にある」

「そうですな。あとでシャギニャン夫人や隊長とも、相談してみましょう」

「光線の当たった範囲は、どれくらいでしたか？」

石峰君がたずねた。

「そう。なにしろ昨晩は、あわててしまったので、はっきりとはしませんが、だいたい、われわれのテントを中心にして、半径百メートルぐらいではなかったでしょうか」

「なるほど。かなり、広い範囲ですね」

「記憶忘失にならんことを、祈るばかりだ」

わが輩がいった。

10

事件が起こったのは、ポズナンスキー博士がロシア隊のテントにもどって、一時間ぐらいたった時だった。午後四時ごろのことだ。わが輩らは、シャギニャン夫人にも博士にも話さなかった、あの赤い岩の近くでぶつかった、見えない電流の壁の話をしておった。さすがに、わが輩も石峰君も、もう足の痺れは消えていたが、なにしろ、不思議なできごとで、首をひねり続けておった。

と、そこへシャギニャン夫人が、駆け込んできたのだ。

「中村さん、大変ですよ！」

「どうしました!?」

「はっきりしませんが、オロチョン族かソロン族が、五十人ほど、わたしたちのほうに向かって、山を登ってきます！」

「えっ!?」

わが輩、びっくりして、テントの外に飛び出した。石峰君と志保、トクソム老人も続く。

外に出ると、ロシア隊の隊員たちが、仕事の手をとめて、山裾《やますそ》のほうを見ている。双眼鏡を覗いている者もある。わが輩も、急いで、双眼鏡を覗いた。

たしかに、オロチョンかソロン族と思える集団が、一団となって登ってくる。四合目あたりのようだ。トクソム老人も、双眼鏡を覗いた。

「オロチョン族のようだが、かれらがオーコリドイに登ってくるというのは、考えられない」

「われわれや、露西亜隊が登ってきたのを知って、追ってきたのではないですか？」

石峰君がいった。

「考えられるとすれば、それだけだが、オロチョンたちは、それでもオーコリドイには足は踏み入れないはずじゃ」

トクソム老人が、しきりに首をひねる。

「山に登る前とか、せいぜい一合目あたりなら、阻止しにくるかもしれんが、こんなところまでくるとは……」

「みんな、銃を携帯しておけ！」

エリツォク隊長が、隊員たちに命令を下した。

「よっぽどのことがないかぎり、撃たんでくれ。わしたちを攻撃しにきたとは、かぎらんからな」

トクソム老人が、エリツォクにロシア語でいった。

「その通りだ。ここで、現地民と争うのはまずいよ」

ポズナンスキー博士もいう。

「わかりました。みんな、わたしが命令を下すまでは、撃ってはいかんぞ」

エリツォクがいった。

「はい」

隊員たちが答える。

「われわれのところにくるつもりかどうかもわからんから、受信機の組みたては続行しろ。ステバノフとアンドレフスキーは、やつらの動向を見守れ！」

「はい！」

ふたたび、隊員たちが声をそろえて返事をし、それぞれの持場に散った。

「武器は、持っておらんようじゃ。もちろん短剣だけは腰に差しておるがな。われわれのじゃまをする気なら、銃を持ってこないというのは考えられんが……」

トクソム老人が、双眼鏡を覗きながらいう。

「では、われわれを追ってきたのではないのか？」

わが輩がいった。

「それは、わからん。しかし、五十人も登ってくるというのは、ふつうではない。それに、あの登りかた、少し、おかしいぞ？」

「おかしい？　どんなふうに？」

「全員が足並をそろえて、同じ歩調で登ってくる。あれでは、軍隊のようではないか。オロチョンたちが、あんな規律の取れた登りかたをするとは思えん」

「なるほどなあ」

わが輩がうなずいた。

「なにか、儀式のようなものでしょうか？」

志保がいった。

「いや、儀式ではない。大興安嶺のオロチョンやソロンは、よほどのはぐれ者でもないかぎり、いかなる理由があっても、オーコリドイに登ることはない」

トクソム老人が、はっきりと、いいきった。

「とにかく、ようすを見るしかないようだ」

わが輩がいった。

「めんどうなことにならなければ、いいですがね」

石峰君がいった。

「うむ。わが輩も、それを祈っておる」

わが輩、ふうっと、ため息をついた。

だが、めんどうは起きた。一時間半ほどで、オロチョンの集団は、わが輩たちのテント設営地から、百メートルほどのところまで登ってきた。やはり、わが輩らを目標にしているようだ。双眼鏡で覗くと、登ってくるのは、ソロン族と戦った、ウェルフネ・オロチョンたちで、先頭にたっているのが、あの好人物の首長のジャムスルンだった。

　シャギニャン夫人の報告があった時から、まったく休まずに、ひたすら、前方を見つめ、無表情で登ってくる。

「よし、わしが話をしにいってみよう」

　トクソム老人がいった。

「だいじょうぶかね、ひとりで」

　わが輩がいう。

「ようすがおかしいので、なんともいえんが、わしの身になにかあったら、出てきてくれ」

「わかった」

　ロシアの隊員たちも、息を殺して状況を見守っている。

「おーい、ジャムスルン首長！」

　トクソム老人が、岩の蔭から手を振って、オロチョンたちの前に走り出た。だが、顔見知りであるはずの首長も村人たちも、にこりともしなかった。

「どうしたんだ、首長！　わしじゃ、トクソムじゃよ」

　トクソム老人は、笑顔で近寄っていく。トクソム老人が、首長の目の前、三メートルほどのところまでいくと、首長の足がとまり、計算したように、後ろの村人たちの足もとまった。だが、だれひとりとして、笑う者もない。トクソム老人が、さらに数歩、ジャムスルンに近づいた。その時、思わぬ事態が出来《しゅったい》した。

いきなり、首長がトクソム老人に殴りかかったのだ。わが輩の目から見たところ、それは、たいして強い力ではなかったようだが、ふいをつかれたトクソム老人は、右頬を殴られて思わず、よろめき、その場に倒れ込んだ。それを見て、村の若者たちが、なんだか操り人形のような動作で、トクソム老人に飛びかかっていく。

「いかん！　老人を助けねば‼」

わが輩は、怒鳴りながら、岩蔭から飛び出した。石峰君も続く。わが輩、トクソム老人に馬乗りになっている、ひとりの若者の襟がみを摑むと、満身の力を込めて、引きはがし、投げ飛ばした。だが若者は、うんとも、すんともいわない。

そもそも最初にトクソム老人を殴った首長も、ひとことも声を発しないのだ。若者たちも同じで、無言だ。こういう、もつれあいの時には、たいてい「この野郎」とか「糞《くそ》っ！」とか、ことばともいえないことばがあるものだが、オロチョンたちは、なにもいわない。目を見ると、なにか焦点があっていない感じで、不気味もいいところだ。

老人に飛びかかってきたのは三人だったが、そのほかのものは足をとめ、ただ、わが輩らと仲間の揉《も》みあいを、無表情で眺めているだけだ。応援をしようといったそぶりも、まるで見せない。若者たち全員が助っ人にきたら、とても勝ち目はないから、わが輩らとしては、ありがたいが、気味が悪い。

わが輩と石峰君は、オロチョンたちを、投げ飛ばし引きはがして、トクソム老人を抱き起こすと、退却を始めた。それでも、オロチョンたちの動作は、変化がない。投げ飛ばされた若者たちも、なにごともなかったかのように起きあがり、元の位置にもどって、歩き出す。まるで、催眠術にでもかかっているようだ。

わが輩らが、走るようにテントのほうに逃げ出しても、特別、急ぎ足で追ってこようともしない。ただ黙々と、それまでと同じ歩調で進んでくる。しかし確実に目標は、わが輩らやロシア隊のようだ。ロシア隊は、短銃を構えた。

「おかしい。あれは、どう見ても、ふつうの状態ではない。ナーラチ・オロチョンは別として、オロチョンは、怒らせれば怖いが、決して攻撃的な種族ではないし、あの動きかたは、人間らしくない」

トクソム老人が、息をはずませながら説明する。

「どういうことなんだ!?」

わが輩がいった。

「わからん。こんな体験をしたのは、はじめてだ」

トクソム老人が、首を横に振った。オロチョンたちと、わが輩らの距離は、もう三十メートルもない。わが輩、しかたなくポケットから短銃を取り出すと、威嚇のために空に向かって一発、弾を発射した。けれど、これも、なんの効果もなかった。オロチョンたちは、たじろぐようすもなく、ざっざっと足音をたてて、わが輩らのほうに向かってくる。岩があれば、左右に二手に分かれ迂回し、また合流する。

「全員、臨戦態勢を取れ！」

エリツォク隊長が、命令した。隊員たちが、そこここの岩の蔭に隠れて、銃や短銃を構える。オロチョンたちは、やはり銃は持っていない。

「シャギニャン夫人、隊長に、向こうが蒙古刀でも抜いたならともかく、そうでないなら、決して銃は発射しないようにいってください」

わが輩がいった。シャギニャン夫人が通訳する。

「向こうは五十人ほどいるが、こちらも男は十四人。博士は別としても、ひとり三、四人ずつ、投げ飛ばせばすみます。もし殺したら、どういう事態になるか予測がつかない」

ふたたび、わが輩のことばをシャギニャン夫人が通訳すると、隊長は隊員たちに短銃をしまうように命令した。そして、素手で闘えと命じたようだ。それにしても、ことばを、ひとことも発せずに、黙々と前進してくるようすは、表現しがたい気持ち悪さだ。

「何者かに、操られているとしか思えませんね」

石峰君がいった。そして続けた。

「せっかく、組みたてた電波受信機を壊されたら大変です。こちらから、飛び出して、迎え討ったほうがいいのではないですか」

「そうだな」

シャギニャン夫人が通訳する。隊長も博士も賛成の意を表した。

「よし、全体、横一列にならんで、やつらを阻止しろ！　抵抗したら、殴り飛ばしても、投げ飛ばしてもかまわん。しかし、こちらの命に危険が及ばんかぎりは、ぜったいに殺すな!!」

エリツォク隊長が号令をかけた。隊員たちが、岩蔭から姿を現し、オロチョンたちを阻止する構えを取った。わが輩と石峰君、トクソム老人も、その列に加わった。それでも、オロチョンたちは、ただひたすら、前進してくる。両者の距離は五メートルほどになった。

「向こうがくるのを、待つことはない。かかれ!!」

隊長がいった。

「はい!!」

隊員たちが、声をそろえて答え、オロチョンの集団に突撃した。そこで、はじめてオロチョンたちが、たちどまり、迎撃の態勢を取った。両手を伸ばして、闘う構えを見せる。わが輩が、まず組み合ったのは、あのソロン族の襲撃事件の時、シャギニャン夫人を助けるためにわが輩らをソロンの村に案内した青年だった。懐かしさが心の隅をよぎったが、手を差しのべる場面ではない。

わが輩、柔術は、それほど得意ではないが、多少の心得はあるので、両手を前に突き出して向かってくる若者の右手を取った。

「ええいっ!!」

自分でいうのもおかしいが、みごとな一本背負いが決まった。若者は、背中から小石の大地に叩きつけられた。それでも、声をたてない。気絶はしていないようだ。しかし、それを確認している余裕はなかった。次の若者が向かってきた。けれど、オロチョンたちには武術の心得があるわけではなく、それも、催眠術にでもかかったように、動作もゆっくりとしているから、すきだらけだ。

わが輩、あまり体力を消耗してはまずいと、今度はみぞおちのあたりに、右手で鉄拳を食らわした。わが輩、なにが自信があるといって、鉄拳ほど自信のあるものはない。黒豹を殴り殺したこともあるのだ。それを、お見舞いしたのだから、若者はたまらない。さすがに
「ぐへぇ!」という呻《うめ》き声を出して、前のめりに崩れ落ちた。

横を見ると、石峰君もがんばっておる。ロシア隊の連中も、もともと近衛軍団の選抜精鋭兵士だから、体格は立派だし強い。オロチョンたちには気の毒でならないが、若者たちは、ばたばたと倒されていく。それに対して、味方は、まったく無傷だった。トクソム老人も、今度はやられない。昨年、蒙古相撲で優勝したといっていたが、本当のようだ。次々と、若者を投げ飛ばしている。

ただ、倒されたオロチョンたちも、それで引き下がらない。ふたたび起き上がると、向かってくる。腕か足の一本も、へし折ってやれば、攻撃をやめるかもしれないが、投げつけたぐらいでは、懲りないようだ。腹に鉄拳を食らった者だけが、動けないでいる。

「石峰君、腹だ。腹に拳骨《げんこつ》を食らわしてやれ！　これが一番、効果がある！」

わが輩がいった。

「はい！」

石峰君が答えた。わが輩の指示は、エリツォク隊長にも伝えられた。わが輩らの戦法が変わった。ロシア人たちも、投げ飛ばすのをやめて、腹に拳を叩き込む。隊員の中に、拳闘という西洋唐手をやる者が、ふたりほどおって、このふたりと、わが輩の鉄拳が、みるみる効果をあげていった。武術は心得のある者とない者では、比較にならない。オロチョンの若者は、へどを吐いて失神する者もいる。

わが輩、延べ十人は、若者を気絶させただろうか。そここに、オロチョンたちが倒れている。もう残りは、三人ほどだ。これを拳闘のできるロシアの隊員が、軽く叩きのめした。約五十人のオロチョンたちが、すべて倒れた。二十分ほどの、奇妙な闘いだった。ほとんどが失神し、残りの者は、腹を押さえて呻いている。わが輩も、少しは息があがったが、なんだか子供と喧嘩したようで、威張る気にもなれない。

「終わった……」

わが輩がいった。

「この連中を、どうしたらいいだろう?」

エリツォク隊長が、わが輩にいった。

「さて、どうしよう?」

わが輩にも、名案は浮かばない。

「手足を縛って、動けないようにしますか?」

石峰君がいった。

「この人数だからな。あのようすでは、目を覚まさせて、いって聞かしても、おとなしく村に帰るとは思えんし……」

わが輩がいった。

「気の毒だとは思いますけれど、わたしたちが仕事をなし遂げるまで、あのシャギニャン夫人の眠り薬で眠ってもらったら、どうでしょうか?」

志保がいった。

「うん。それはいいかもしれない。あの薬は効果抜群のようだからね」

石峰君がいった。そして、それをシャギニャン夫人と博士に話した。シャギニャン夫人はエリツォク隊長も交えて、話しあいをしていたが、どうやら、話がついたようだった。

「博士も、隊長も、賛成だそうです」

シャギニャン夫人がいった。

「そうですか。では、そうしてもらおう。けれど、薬は五十人分もありますか？」

わが輩が質問した。

「ええ、これは、わたしだけでなく、隊員たちも持っていますし、ほんの少しの量で、効き目がありますから」

シャギニャン夫人がいった。

「よし。それでは、みんなで手分けして、眠らせてしまおう」

わが輩がいうと、エリツォク隊長が、隊員たちに命令して、すぐに、その作業を開始した。

そして倒れているひとりひとりを、近くの、いくつかの岩蔭に、上体を起こした形で寄りかからせた。全部の作業が終わるのに、一時間以上を費やした。時刻は六時になっていた。

とにかく、奇妙な闘いというより、オロチョンたちの行動に、わが輩らは首をひねりながら夕食をすませる。

「あのオロチョンの若者たちは、本当に、わたしたちの行動をとめにきたのでしょうか？」

志保がいった。

「なにしろ、ひとことも口をきかんから、ぜったいとはいえんが、それは、まちがいなかろう」

トクソム老人が答える。

「だけど、われわれと闘うつもりなら、銃を持ってくるはずだが、持ってこなかったし、殴りあいになっても、短剣を抜こうとはしなかった。あれじゃ、ただ、殴られにきたようなものだ。変ですね」

石峰君がいう。

「それに、あの歩きかたや、動きかただな。わが輩は、催眠術にかかっていたのではないかと思えてならん」

わが輩がいった。

「集団催眠術というものがあるという話は、聞いておりますがね」

石峰君がうなずく。

「もし、集団催眠術でしたら、だれがかけたのでしょうか?」

志保が三人の顔を、見まわしながらいった。

「そうだなあ。あのシューマン曲馬団の連中がもどってきて、わが輩らの宝探しをじゃましようとしたのかもしれん。曲馬団の連中なら、催眠術のできる者もおるだろう」

わが輩がいった。

「たしかに、それは考えられますね。オロチョンの村で会ったふたりは、記憶忘失していたけれど、シャギニャン夫人に眠らされた三人は、記憶は失っていないわけですから、可能性はあります」

石峰君がいった。

「だが、それにしては、行動が早すぎやせんか？　三人を助けて、ウェルフネ・オロチョンの村にもどるとしても、こんなに早くは、もどれんだろう」

わが輩、腕を組んだ。

「まさか、露西亜隊の狂言ではないでしょうね。両方を襲わせるふりをして、実は、われわれだけを、やっつけさせようとしたとか……」

石峰君が、声をひそめていった。

「いや、わしは、昨日もいったが、ドイツ人でもロシア人たちでもなく、だれかほかの人間が、糸を引いておるような気がしてならん」

トクソム老人が、真剣な表情でいった。

「だれか、ほかの人間？」

わが輩が、聞き返す。

「うむ。オーコリドイに登り始めてから、妙なことが多い。まず、三合目で狼に襲われたことじゃが、あの時もいったように、わしの知るかぎり、このあたりに狼はおらんはずなのだ」

「すると、だれかが、狼を連れてきて、けしかけた」

「ないとはいえん。それから、昨晩、石峰君が怪光線の方向を印しておいた、木の枝が今朝、消えておった。あれだけ探しても見つからんというのは、どうにも、おかしい。そして、ロシア人たちが記憶忘失し、さらに、あのオロチョンたちの、説明のつかない行動じゃ」

「なるほど。いわれてみると、おかしなことばかりですな。けれど、どれも、かんたんに、できることではないですぞ。まあ、オロチョンは集団催眠術だとしても、わざわざ、狼をどこからか連れてきて、わが輩たちを襲わせるというのは、むずかしい。木の枝にいたっては、わが輩らが寝ているあいだに、だれかが、オーコリドイの頂上まで登ってきて、持ち去ったということになる。そんなことのできる人間が、このへんにおるとは、考えにくい。老人は、だれがやったと思うのかね？」

「わしは、笑わんでもらいたいが、それこそ、オロチョンたちのいう、オーコリドイの神ではないかと思うのだ」

「オーコリドイの神!?」

「いや、わしも、まさかとは思う。思うが、こう不可思議なことが続けて起こるとな……」

トクソム老人が、ことばの語尾を濁した。

「ということは、聖なる山に登った神罰ということですか？」

石峰君がいった。

「そうとはいいきれんが、なにかが、われわれを山から、追い返そうとしておるような気がする」

「あの、見えない電流の壁というのも、関係があるかもしれない」

「たしかに、いわれると、神はともかくとして、第三番目のだれかのしわざということは、ありえん話ではないな」

「ただ、そのだれかは、わたしたちを殺そうという意志はないようですね。オロチョンたちもそうでしたし、もし、殺すつもりなら、狼だって、たった三頭ではなく、もっと、けしかければよかったのですから」

志保がいった。

「ふむ。いよいよ謎だな。第三番目のだれかとはだれか？　シヤアロック・ホルムズ探偵にでも調べてもらいたいものだ」

「じゃが、こうなると、今夜の十二時には、なにが起こるか、わからんね」

トクソム老人がいった。

「もし、怪光線を照らしたのが、いまいったような、さまざまなことをしたのと、同じ人物であったとすれば、飛行船ということは考えられませんか？　飛行船なら、狼を運ぶこともできます。飛天球というのも、飛行船と解釈できませんか」

石峰君がいう。

「飛行船を球というのは、むりがありませんか。気球なら、わかりませんが」

志保がいった。

「でも、気球は、雲の上まではあがらないだろう」

石峰君が否定した。

「それに、五十年も前に、気球はなかったと思うが。それとも、仏蘭西あたりにはあったかな」

わが輩がいった。

「いや、たしかに、そうです。五十年前には気球はないですね。飛行船もそうだ」

石峰君がうなずいた。

「万一、飛行船だとしても、飛行船なら、推進機の音がしそうなもんだが、なんの音もしなかった。わが輩は、科学のことはわからんが、音のしない飛行船などあるものだろうか。それはあったとしても、人間の記憶を忘失させる光線というのも聞いたことがない」

わが輩がいった。

「独逸や米国では、人を殺す光線を研究している科学者がいるとは聞きますが、記憶を忘失する光線というのは、聞いたことはないですね」

「露西亜隊も、怪光線、オロチョンのほかに、なにか妨害を受けておるのだろうか。聞いてみるか」

「いや、よしましょう。あまり人を疑いたくはないですが、露西亜隊を信用しすぎても、まずいですよ」

石峰君がいった。

「わしも、そう思う」

トクソム老人も、うなずいた。

「まあ、シャギニャン夫人とポズナンスキー博士は信用してもいいが、あとはな」

「博士には、見えない電流の壁のことを話してみたいですが、ほかの隊員がいますからね」

「まだ、十二時までには、だいぶ時間がある。もう一度、あの赤い岩のところにいってみるか」

わが輩がいった。

「いまは、よしたほうがいい。あれが、まちがいなく、絵図面に描かれた岩で、あの近くに宝があるとしたら、ロシア人たちは、わしたちを生かしてはおくまい。ぜったいに、ひとりじめしようとするに決まっておる。それよりも、こちらが、うまくロシア人たちを利用して、とにもかくにも、電波の秘密を知ることじゃ」

トクソム老人がいった。老人は、ロシア人を、まったく信用していないようだ。わが輩も、老人の意見に賛成だった。それにしても心配なのは、ロシア人たちが、あの赤い岩のほうにいきやしないか、そして、わが輩たちと同じように、見えない電流の壁にぶつかって、調査をはじめないかということだったが、受信機の調整に万全を期しているらしく、また、地形が非常に悪いので、赤い岩のほうにいく者はいないようだった。

「それにしても、この赤い岩が、絵図面の赤い岩だとして、この二枚は、なにを表すのでしょうね」

石峰君が、ポケットから、例の三枚の半紙を取り出し、床に並べて、じっと見つめた。

「わからんなあ。せめて、この文字の滲んだ部分が読み取れればなあ」

わが輩も、覗き込む。

「あの赤い岩が、これだとしたら、どこか近くに、白い大きな守護神というのが、ありそうじゃが、さっき、見たかぎりでは、白い岩はなかったのう」

トクソム老人がいう。

「ぼくも、白い守護神というのは、白い岩ではないかと思うのです。宝の隠されている場所が、どこであるにしろ、そこは人の目につかないように、岩かなにかで擬装されている。で、それを不用意に動かすと、頭の上から巨大な岩が落ちてきて、侵入者を押し潰す仕掛けではないでしょうか？」

石峰君がいった。

「なるほどなあ。さすがは宝探しの権威だ。おもしろいことを考える」

わが輩がいった。

「いえ、これは、ぼくが考えたのではなく、以前に読んだ、冒険小説にあったような気がします。ハッガード卿の『大宝窟』だったかな？　はっきりと覚えてはいませんが」

石峰君がいう。

「なんにしても、ありそうな話だ。宇都宮《うつのみや》吊り天井みたいなもんかもしれん」

「とにかく、あの赤い岩は怪しい。いや、岩は怪しくないかもしれんが、あの電流は、いかにも怪しい」

トクソム老人がいった。

「あれは、自然の現象なのでしょうか？」

志保がいう。

「不可思議な自然の現象は、いくらでもあるからなんともいえないけれど、ぼくは、だれかが、侵入者を阻止するために造ったものではないかという気がする」

「だが、機械らしいものはなかったぞ。日露戦役の時に、露西亜軍が二百三高地に張り巡らした、電流の流れた有刺鉄線ならわかるが、目に見えん電流の壁などというものが造れるものだろうか？　信じられん。しかも、米国や独逸というのならともかく、この大興安嶺の山奥に、だれが、そんなものを造るのだ」

わが輩がいった。

「そのだれかというのが、謎の電波や怪光線を照射し、露西亜隊を記憶忘失にし、オロチョンたちに奇妙な行動を取らせた人物と同じだとは考えられないでしょうか」

志保がいった。

「謎の、すべては同じ人間か。ないこととはいえんな」

「だとすると、強力な敵だ」

話は、いつまでもつきない。

「何時かね？」

わが輩がいった。

「八時です」

石峰君が答えた。

「あと四時間で、怪電波が出るか。受信装置の組みたては終わったのだろうか？」

「露西亜の連中は、あの装置に、われわれを近づかせませんからね」

「昨晩と同じように、怪光線が出て、われわれも記憶忘失にさせられてしまったら、どうするかだな」

「そうですね。もし、そうなった時のために、手帳に、これまでのいきさつを、かんたんに書いておきましょう。そうすれば、記憶が消えても、ぼくたちが、なにをしようとしていたのかが、わかります」

石峰君がいった。

「トクソム老人か志保さんの、どちらかが、ここから離れて、ようすを見ていてくれればいいのだがな」

わが輩がいった。

「嫌じゃ。ダフールの勇士は、逃げるなどできん！」

トクソム老人が、今度も断固たる口調でいった。

「わたしも嫌です！」

志保も、同じように首を振る。

「しかたない。今度も、なりゆきにまかせるか。全員が記憶忘失になってしまった時は、また、その時だな」

わが輩がいった。

11

電波受信機も組みたてあがり、あとは十二時の謎の電波を受信するだけだと、シャギニャン夫人が知らせにきたのは、午後九時すぎのことだった。前夜とどうよう、曇りで青空も太陽も見えなかったが、完全に日が暮れるまでには、まだ一時間もあり、テントの外は昼間のように明るかった。もう、大興安嶺に入って二十日近くも経つので、白夜には、からだは慣れたが、どうも、どこかに、なっとくのいかない部分が残っている。

「午後九時といったら、もう少し、暗くなってもらいたいものだね」

わが輩が、石峰君にいった。

「そうですね。この明るさでは、灯籠流しや盆踊りをしようという気にはなれませんね」

石峰君も、笑いながらいう。

「これで、冬には一日のほとんどが暗いわけだろう。ぶっそうでいかんよ。しかし、冬なら、昼間から盆踊りができるぞ」

「あら、中村さん。冬にお盆はありませんわ」

志保が、笑いながらいった。

「ああ、そうか。冬は正月だな。外にかがり火を焚いて、羽根つきや凧《たこ》あげをするというのも、わけがわからんな」

わが輩がいった。みんなで笑っておると、シャギニャン夫人が、呼びにきた。

「夜食に、ありあわせの材料で、ボルシチを作りましたから、一緒にいただきませんか」

「やあ、それは、ごちそうですな。日本には、腹が減っては戦はできぬ、という、ことわざがありましてね。これから戦うわけではないけれども、元気がでますな」

わが輩らは、大いによろこんで、ロシア隊の隊員たちが、大きな鍋で煮ておる、ボルシチをアルミの食器に受けた。わが輩、食いものには好き嫌いのない人間だが、いや、そのボルシチの美味いこと。図々しくも、三杯もお替わりをしてしまった。シャギニャン夫人の料理の腕を褒めておると、エリツォク隊長が近寄ってきた。

「いや、すっかり、ごちそうになりました。ところで隊長、わが輩たちは、もし今夜も怪光線が出たら、どうしようかと検討しておったのですが、露西亜隊は、どうするつもりです？　また、博士以外が記憶忘失になったら困りませんか？」

わが輩がいった。

「それなのです。われわれも、それを、どうしようかと。わたしは隊長として、指揮を取らねばなりませんから、受信機のそばを離れるわけにはいかないし、そうかといって、昨晩のように、わたしが記憶忘失して倒れてしまっては、調査にならない。困っておるのです。博士も、今夜もまた、ぶじという保証はありませんからね」

隊長が、あごをなでながらいった。

「まったくです。わが輩らも、だれかひとり、怪光線が出ても、その照射を受けない場所に避難させたいと思ったのですが、みんな、嫌だといいましてね」

「こちらも、同じですよ。シャギニャン夫人、どうです、考え直して、どういう事態が起こるか、見守っていてくれませんか？」

隊長が、シャギニャン夫人にいった。

「そんな、わたしばかり、除《の》け者にして……」

シャギニャン夫人がいう。

「いや、そうじゃないですぞ、夫人。万一の時、だれか被害を受けない人間がおらんと、なにが起こったのか、国に知らせる人もないではないですか」

わが輩がいう。

「それはそうですが、わたしひとりというのは……」

シャギニャン夫人は、不満顔だ。すると、トクソム老人が一歩前に進み出た。

「よろしい。不本意ではあるが、シャギニャン夫人が、その役を引き受けるというのなら、わしも一緒に、その仕事をしよう。夫人ひとりでは心細いじゃろうし、もしもの場合、婆さん、ひとりでは大変だ」

「まあ、またしても、婆さんとはなんですか、失礼な！　自分のほうが爺さんのくせに!!」

シャギニャン夫人が、眉毛を吊りあげた。

「まあまあ、喧嘩はせんで……。わが輩から見ると、どちらも、まだ、お若い」

「どうですか、シャギニャン夫人。トクソムさんと、この仕事を引き受けてくれませんか？」

隊長がいった。

「それは、命令ですか？」

シャギニャン夫人がいう。

「命令なら、したがってくれますか？」

「しかたありませんね」

「では、命令です」

「わかりました。トクソムさんのような年寄りと一緒は気にいらないけれども、やりましょう」

　シャギニャン夫人がいった。

「わしも気にいらんが、やろう」

　トクソム老人がいった。

「それは、ありがたい。夫人、トクソムさん、われわれに、もしものことがあった時は、国に連絡を頼みます」

　隊長が、ほっとしたようにいった。

「心得た。このトクソム、責任を持って連絡する」

「ところで、エリツォク隊長。組みたて終わった電波受信機というのを見せてもらえんですか?」

　わが輩がいった。テントから十メートルばかり離れた岩蔭から、金属の竿のようなものが見えておる。それが、アンテナであることは、わが輩にもわかった。電波受信機は、朝、そのあたりを歩きまわった時に、完全に組みたての終わっていないものは、すでに見てはおるが、完成したものは、いったい、どんな機械なのか興味があった。

「いや、それは申しわけないが、軍の機密に属することなので、お見せすることはできません」

　隊長が答えた。予想通りのことばだ。

「そうですか。軍の機密では、しかたありませんな」

わが輩がいった。シャギニャン夫人が、申しわけなさそうな顔をする。

「それにしても、受信装置を、ここまで運んでくるのは、大変だったでしょうな」

わが輩がいった。

「それが、記憶忘失をしてしまったので、どうだったか、わからないのです。ですが考えてみると、組みたてかたまで、忘失していないで助かりました」

隊長が本音をいった。

「まったくですな。それを忘れてしまったら、なんのために、ここまできたかわからんですからな」

「それにしても、今夜はなにが起こるのか……。電波を出しているのが日本軍ではないとすると、見当がつきません」

「われわれもですよ」

わが輩がいった。それから、わが輩らは、眠り薬で眠っておるオロチョンたちのようすを見たが、それこそ、死んだように昏々《こんこん》と眠っておる。村から、第二の部隊がくるようすもない。もっとも村に残っているのは、老人や女、子供ばかりだろうから、もし、やってきても戦力になるとは思えなかった。

十時になると、太陽も沈んだらしく、あたりは、薄暗くなってきた。十一時は、もう真っ暗だった。だが、わが輩らもロシア隊も、この夜は、その場所にいることを相手に知られないように注意する必要はないので、三か所ほどに、かがり火を焚いた。

　ポズナンスキー博士の話によると、前夜の怪光線は半径百メートルほどを照らしたというので、この夜は、注意に注意を払って、シャギニャン夫人とトクソム老人には、テントから百五十メートル以上離れてもらうことにした。

　少し早かったが、前夜と、まったく状況が同じとはいえないので、わが輩はシャギニャン夫人とトクソム老人を、明るいうちに目をつけておいた、岩が傘のように飛び出しているところに送っていった。テントの東側に当たる場所だ。

「ふたりとも、もし怪光線が出たら、それが消えてから、もう安全とわかるまでは、ここを動かんでくださいよ」

　わが輩がいった。

「はい」

シャギニャン夫人が答える。

「では、わが輩らが、記憶忘失してしまった時は、くれぐれも、よろしく頼みますぞ」

わが輩は、シャギニャン夫人、トクソム老人の手をしっかりと握った。

「まかせておけ。ダフールの男は、頼まれたことは命をかけてもなし遂げる」

　トクソム老人がいう。

「もし、シャギニャン夫人に危険が及んだら……」

「みなまでいうな。それも、わしが命をかけても守るわい！」

トクソム老人が、どんと胸を叩いた。

「では、わが輩はもどる」

「中村さんも、気をつけて」

シャギニャン夫人が、ちょっと、涙声でいった。

「なに、心配はいりません。だいじょうぶです。くどいようですが、なにかあった場合は、ふたりとも、わが輩らのことよりも、とにかく本国へ連絡することを優先してください」

そういうと、わが輩は探見電灯で足元を照らしながら、テントのほうにもどった。テントの近くでは、石峰君と志保が、わが輩の帰りを待っておった。ロシア隊の連中の姿は、ひとりも見えん。

「連中は？」

わが輩が質問した。

「それが、全員、電波受信機のほうにいってしまい、われわれに見せられないと、置いてきぼりです。博士は、いいではないかと口添えしてくれたのですが、隊長が、がんとして首を縦に振りませんでね」

石峰君が苦笑した。

「まったく、あくまでも、日本人には見せんというのは、露西亜の兵隊らしい」

わが輩も苦笑せざるを得なかった。

「しかたない。わが輩らは、ここで時を待つしかないな。あと十分か」

「電波はともかく、あの怪光線は、今夜も出るでしょうかね？」

石峰君が、もう何度か繰り返したことをいう。

「わからんなあ。出んことを望むが、これは賭けだな。ぜったいとはいいきれんが、光線が出れば、わが輩らは記憶忘失してしまうのだろう。怖いな」

わが輩がいった。

「中村さんでも怖いですか。それで安心しました。さっき、志保さんとも怖いと話していたんです」

「それは怖いよ。記憶を忘失するというのも怖いし、今夜は、それではすまんかもしれんのだ」

「死ぬかもしれないというのですか？」

「ないとはいえんだろう。ないことを祈るがね」

「志保さん、まだ時間はある。シャギニャン夫人たちのところへいってはどうです？」

石峰君がいった。

「いいえ。わたしの命は中村さんに助けていただいたのですから、もし、死ぬことがあっても、中村さんと一緒にいます」

志保が、微塵《みじん》の迷いもないという口調でいった。

「石峰君、志保さんはきみと離れたくないんだよ」

わが輩がいった。

「そんな……」

ふたりが同時に否定したが、口調は強くなかった。

「あと二分だ」

わが輩がいう。十メートルほど離れた岩蔭で聞こえていた、ロシア隊の連中の声も消えた。わが輩たちも、無言で空を見あげた。なにも見えない。あたりを静寂が支配する。めったなことでは緊張せんわが輩も、自分の心臓の脈打つ音が、耳に伝わってくる。

時計に目をやろうとした瞬間だった。わが輩らの見あげている空、すなわちオーコリドイの真上の雲が、ぼんやりと明るくなった。前夜と同じだ。わが輩、思わず、ごくりと唾を飲み込んだ。その明るくなった雲の中央から、薄い紫色の光線が、すっと地上に伸びてきた。そして、その光線は、わが輩らを、すっぽりと包んだ。ロシア隊のほうでも、ざわめきが起こった。

「きましたね。だが、まだ記憶は無くならない」

石峰君が、興奮を押さえきれないように、声を震わせていった。その声が終わるか終わらないうちに、胸から腹のあたりにかけて、なにか重いものを押しつけられるような感じがした。

「石峰君、腹が押されるような感じはしないか！」

わが輩がいった。

「します。ずんといった感じです」

石峰君が答えた。

「志保さんは？」

志保がいった。

「同じです。胃のあたりを、押さえつけられたような……」

「なんなんだ、これは？」

わが輩、空を見あげたままいう。照射された光線は、本当に弱く、その中心部におっても、わずかに明るくなったというくらいで、探見電灯の光にもおよばない。光線が照射されて、おそらく一分ぐらいが過ぎた。

「また、みんな倒れた!!」

ロシア隊のいる岩蔭のほうから、ポズナンスキー博士の、叫ぶような声が聞こえた。

「いこう!!」

わが輩がいった。と、同時に足は、もうロシア隊のほうに向いていた。四、五歩、駆け出した時、薄紫色の光が消えた。

「光が消えました」

走りながら、石峰君がいった。

「うん」

わが輩が答え、続けた。胃のあたりへの圧迫感もなくなった。

「博士、だいじょうぶですか!?」

「わたしは、だいじょうぶだ。だが、昨晩と同じように、隊員たちが、みんな倒れてしまった」

博士が、英語で叫ぶ。

「いま、そっちへいきます」

「きみたちは、だいじょうぶなのか？」

「ええ。この通り、三人とも元気です」

わが輩がいった。岩蔭から、博士が飛び出してきた。

「こっちへきてくれ！　昨日の夜と、まったく同じだ……」

わが輩らは、博士のあとに続いた。エリツォク隊長が隠した電波受信機のところへいく。

そばには、かがり火が焚かれていて明るい。

「あっ!!」

思わず志保が、小さな声をあげた。わが輩と石峰君もたちすくんだ。それもそのはずだ。ロシア隊の隊員たちが、おそらく、任務についたままの状態と思われるかっこうで、二坪ばかりの範囲内に、仰向けになり、うつ伏せになりして、倒れていた。その朝、わが輩らがロシア隊のテントを訪ねた時と、ほとんど同じ光景だった。

ちがうのは、岩蔭に置かれた電波受信機に、覆いかぶさるように、レシーバーを耳に当てたままの隊員が倒れているぐらいだ。隊長も受信機に、寄りかかるようにして、気を失っている。

「あの怪光線が照射されて、三十秒もたたないうちに、全員これだ。今夜も、また、わたしだけが助かった。なぜだか、わからんが……」

博士が肩をすくめた。

「博士、怪光線が照射された時、お腹のあたりに、強い圧迫感がありませんでしたか？」

石峰君がいった。

「うむ。わたしは胸のあたりだ。昨夜もそうだった。ちょうど、首から下げている十字架のあたりだ」

博士が、服の上から胸に手を当てた。

「十字架ですか。ぼくは、あの山梨中佐にいただいた、お守りの懐剣のあたりでした」

石峰君が、わが輩の顔を見た。

「そうだ。わが輩も、まさに、あの懐剣のところだ！」

「わたしもですわ」

志保もいった。

「すると、お守りが効いたということですか？」

石峰君がいう。

「いや、それなら、わたし以外の隊員たちも、全員、十字架は持っているはずだ」

博士が、眉根にしわを寄せる。

「不可思議なことですな……。それで、電波は受信できたのですか？」

わが輩が、レシーバーを耳にしたまま倒れている隊員を見ていった。

「受信したようです。この隊員は、『たしかに、なにかの暗号のような電波が入ってくる』と、隊長に報告して、倒れてしまったので、わたしにも詳しいことはわかりませんが」

博士がいった。石峰君が、失神している隊員の頭からレシーバーをはずして、自分の耳に当てた。

「いまは、なにも聞こえませんね」

石峰君が、首を横に振った。

「ということは、あの怪光線と謎の電波は、やはり関係があるということだろう。たぶん、光が消えると同時に、電波も消えたのではなかろうか。いや、わが輩には、よくわからんが」

　わが輩がいった。

「わたしも、そう思うね」

　博士もうなずいた。

「だが、なぜ、ぼくたちだけが……」

　石峰君が話を蒸し返した。

「それよりも、倒れているかたたちを起こさなければ」

　志保がいった。

「いや、それは、たぶん、だめだと思う。昨晩も気絶した隊員たちを、なんとか目覚めさせようとしたが、朝、きみたちがくるまで、どうしても起きなかった。……エリツォク君、エリツォク君!!」

　博士は、そういって、受信機にもたれかかって気絶しているエリツォク隊長を揺さぶったり、頰を叩いたりしたが、目覚める気配は感じられなかった。

「なるほど。ぴくりともしませんな。仮死状態というやつですか」

　わが輩がいった。その時、わが輩の前方の暗闇の中に、探見電灯の明かりがふたつ見えた。トクソム老人とシャギニャン夫人だった。

「おお、ぶじだったか!!」

「よかった！」

わが輩たちの姿を見て、ふたりが、ほっとしたような表情を見せた。

「どうやら、わが輩らは気絶せんですんだが、露西亜隊の連中は、また博士を除いて、昨晩と同じだ」

「まあ、なんということ……」

シャギニャン夫人が、そこここに倒れている隊員たちの姿を見て、口に手を当てた。事情を、志保が説明する。

「では、そのお守り刀が、あなたがたを救ってくれたのかしら……」

「そうとしか思えませんが、しかし……。待ってくださいよ。博士、博士の十字架は、なにか特別な仕掛けがしてありますか？」

石峰君が質問した。

「特別な仕掛けはしていないが、これは、以前、日本人にもらった小刀を、鍛冶屋《かじや》に頼んで十字架に作り直したものなのです。なんとかという名匠が打った名刀で、隕鉄、つまり隕石に含まれている鉄が入っているというような話も聞いてはいるが」

博士がいった。

「それだ!!」

話を聞いた石峰君が、叫んだ。

「なにが、それなんだ？」

わが輩が質問する。と、石峰君はふところに手を入れて、黒漆塗りの懐剣を取り出し、鞘を払っていった。

「覚えていませんか、中村さん。山梨中佐が、これをくれた時、これは正宗が打った業物で、隕鉄が混じっているという話もあると……」

「おお、そういえば、たしかに聞いたな。すると、博士の十字架も、元は正宗の名刀で、隕鉄が入っていたのかもしれない。だが、なぜ、隕鉄を持っておると、気絶せんのだ？」

「そこまでは、ぼくにもわかりませんが……」

石峰君は、懐剣をふたたび鞘に納め、ふところにしまった。

「うーむ」

「それにしても、あの怪光線は、なんなのじゃろう。シャギニャン夫人と双眼鏡で観察したが、雲の中から照射されておるようだという以外、どうにも、わからん。空が晴れておればなあ」

トクソム老人が、悔しそうな顔をする。

「ともかく、この露西亜人たちを、テントの中に運ぼう。昼間はオロチョンたち、夜は露西亜人、今日は、こんなことばかりやっておるな」

わが輩が笑った。

12

それから、わが輩らは何度かテントに運んだロシア人たちを目覚めさせようとしたが、ひとりとして目を覚ます者はいなかった。シャギニャン夫人とポズナンスキー博士は、死んだように眠っている隊員たちと同じテントは嫌だと、わが輩らのテントにやってきた。せまいテントだが、なんとか場所を作ることはできた。

全員が寝る準備に入ったのは、午前一時半だ。三時には、もう夜が明ける。石峰君など、眠らずに事件を分析しようといったが、わが輩は、あくまで反対した。謎の電波の出どころは、空からだということはわかったが、それ以外はなにもわかっていない。それに宝物のこともある。

まだ、しばらくは山を下りることはないだろう。むりは禁物だ。トクソム老人、ポズナンスキー博士も、わが輩の意見に賛成で、結局、またシャギニャン夫人の睡眠薬のやっかいになることになった。

翌朝は五時に起きた。空はすっきり晴れて気分がいい。

「さて、露西亜の連中を、どうしよう？　おそらく、昨日の伝からいけば、かれらは、また記憶忘失をしておるだろう。シャギニャン夫人、ポズナンスキー博士、かれらを起こして、また全員に、一から、かれらの使命を説明しますか？」

わが輩がいった。

「どうしましょう？」

シャギニャン夫人がポズナンスキー博士の顔を見る。

「かれらには悪いが、実にめんどうなことではありますな」

博士がいった。シャギニャン夫人もうなずく。

「放っておくと、どのくらい気絶をしているのかわからんが、かれらが自分で目覚めるまで、あのまま寝かしておくというのは、まずいですかな」

わが輩がいった。

「自然に起き出したら、エリツォク隊長に説明をする……。それで、いいかもしれんですね」

博士がうなずいた。

「とにかく、わが輩らは、最低、もう一晩は、ここで過ごすことになるでしょう。今夜は満月です。なにかが起こるような気がする」

わが輩がいった。

「というのは？」

博士が、からだを乗り出した。

「博士、実は、わが輩らは、オーコリドイの宝物に関係のあるにちがいない、秘密の情報を持っておるのです」

「中村さん！」

石峰君が、ちょっと、あわてたようにいった。

「いや、石峰君、博士には、話をしよう。みんな、同志として行動することになったのだ。いつまでも、隠しておくのは、いさぎよくない」

わが輩がいった。

「わかりました」

石峰君が、うなずく。

「で、その情報というのは？」

博士が、再度、質問する。

「日本の武士が五十年ほど前に残した、奇妙な書付と絵図面があるのです」

わが輩は、それを入手したいきさつを説明した。

「なるほど」

博士がうなずく。石峰君は、二枚の絵図面と一枚の書付を、ポケットから取り出した。

「ここには、仲間の日本人が飛天球、おそらく空を飛んできた球の怪光線で腑《ふ》抜《ぬ》けになったと書いてあります。露西亜隊と同じように、あの光線を浴びたのでしょう」

石峰君が説明した。

「飛天球とは、なんですかね？」

「それが、わからんのですよ。わが輩らも気球であるとか、飛行船であるとか考えたのですが、どうも、そうではなさそうだ。では、なにかといわれると見当がつかない。しかし、おそらく、昨晩の怪光線は、その飛天球の照射したものでしょう」

「ふむ。で、その武士だけが、腑抜けにならなかったのは、やはり隕鉄ですか」

博士が質問した。

「そのことは書いてありませんが、たぶんそうでしょう」

「隕鉄が混じっていたかどうかはわかりませんが、あの刀は銘は入っていませんでしたが、すばらしい業物でした」

実際に刀を手に取り、剣舞を舞った志保がいった。

「そして、ここには、はっきりと、黄金の神像は存在すると書いてあります。ただし、それが宝物であるかどうかは疑問だとも……」

「それは奇妙ですな。黄金の神像であれば、どう見ても、宝物ではありませんか。それとも、宝物ではない黄金などというものが存在するのでしょうかね？」

博士が、首をひねった。

「なにしろ、五十年も前に書かれたものですからね。そして、白い巨大な守護神もあると書いてあるのですが、その先が字が滲んで読めません」

石峰君が、いかにも残念そうにいった。

「どちらにしても、その武士は、黄金神像は持ち帰らなかったのですね」

「そのようです。そして、四十八年後の満月がふたつ出る時に、黄金神像の謎が解けると……。今夜は満月です。果たして、今夜が、その四十八年後の満月の夜かどうかは、まったく、わかりません。ですが、謎の電波や怪光線のことを考えると、その可能性もあるような気がするのですよ」

「満月がふたつ。どういう意味ですかな？」

「ぼくたちにも、わかりません。ですから、それを、今夜、たしかめたいのです。空が晴れてくれればいいのだが……」

石峰君がいう。

「それと、こちらの絵図面だが、これによると、赤い岩が手がかりになりそうでね。それらしい岩は、実は昨日の昼間、わが輩らは、ここから西北西に五十メートルほどのところに見つけたのです。あの岩がごろごろした、いかにも歩きにくいところです。あちらには、露西亜隊の人たちもいっておらんでしょう。宝があるとでもわかっていなければ、わざわざ、あんなところを歩く者はない」

「それで、宝物はあったのですか？」

「いや。赤い岩を見つけて、近寄ろうとしたところ、近寄れなかったのです」

わが輩、石峰君がいうところの、見えない電流の壁の説明をした。

「そんなものが？」

「たしかにある。わしも、刀をはじき飛ばされた」

トクソム老人がいった。

「岩は、その見えない電流の壁なるもので、ぐるりと囲まれているのですか？」

博士がいう。

「それは、わかりません。昨日は時間がなく、そこまで調べることができませんでした」

石峰君がいった。

「ふむ。わたしは考古学者だから、電気のことはわからないが、自然現象として、そんなものがあるとは思えませんね」

「しかし、人工的なものだとしても、こんな場所では考えられんでしょう」

わが輩がいった。

「たしかに……」

博士が腕を組んだ。

「この二枚の絵図面も、よくわからんね。この赤い岩が、あの岩だとして、この、五つの赤い点と数字、もう一枚の黒い線、なにを意味しておるんじゃろう」

トクソム老人も、首をかしげる。

「これから、われわれで、もう一度、あの岩を調べにいってみませんか？」

石峰君がいった。

「ぜひ、いってみたい」

ポズナンスキー博士が、賛同の意を表した。

「では、かんたんな食事をすませて、すぐにでも出かけましょう。われわれの隊のカンパンにコーヒーでも飲んで。湯は沸いているはずだから、コーヒーとカンパンを取ってきましょう」

博士がたちあがった。

「では、わたしも」

シャギニャン夫人がいう。

「わたしも、いってまいります」

志保もたちあがり、三人はテントの外に出た。と、十秒もしないうちに、志保が、外から呼んだ。

「中村さん、石峰さん！」

「なんだ？」

わが輩たちが、テントから飛び出す。

「あれ！」

志保が、山の四合目あたりを指差したが、示されなくても、すぐに、わが輩らも、それが目に入った。前日、襲いかかるというほどではないが、わが輩らの行動を阻止しようとしたウェルフネ・オロチョンの男たちが、いつのまにか目を覚まし、登ってきた時と同じように、ぎくしゃくした歩きかたをしながら、山を下っていくのが見えたのだ。博士と夫人も、たちどまって、見つめている。

「あの連中の行動も謎ですなあ」

わが輩が、だれにいうとなくいった。

「たしかに、だれかに操られているとしか思えんが……」

オロチョンに詳しい、トクソム老人が、ため息をついた。

「昨日、飲ませた量の薬ですと、ふつうは、まだ目覚めないはずですが……」

シャギニャン夫人が、博士に同意を求めるようにいった。

「そうだね」

ポズナンスキー博士がうなずく。

「また、新手がくるのでなければいいのだが……」

わが輩がいった。

「とにかく、村にもどってくれるのは、ありがたいことですよ」

博士がいった。カンパンとコーヒーの食事を終えると、わが輩らは、昨日いった赤い岩を、ふたたび目指した。とにかく、歩きにくい。シャギニャン夫人とポズナンスキー博士の手を取って、わが輩らは、四十分もかかって五十メートルの距離を進んだ。

「あれです」

石峰君が、赤い岩を指差した。

「ふむ。たしかに、赤い地衣類に覆われて赤いですな」

博士がいう。

「それで、その見えない電流というのは？」

「このあたりです」

石峰君が、赤い岩の五メートルほど手前で、たちどまった。そして、途中で拾ってきた、一メートルほどの長さの枯木の枝を、前日、足に衝撃を受けたあたりに伸ばした。その瞬間、枝の先端から二十センチほどの部分が、ばしっと音をたてて折れた。火花のようなものは出ない。

「ほう！」

博士が目を丸くし、直径三センチほどの小石を拾って投げた。石は壁にでも当たったかのように、はじき返された。

「これは、実に奇妙な現象だ。裏側にまわってみましょう」

博士は、その現象に大いに興味があるらしく、石峰君の持っている木の枝を受け取ると、なにもない空間に伸ばしてみた。やはり、岩から五メートルほど離れたところで、枝がはじき返される。その反応を試しながら、わが輩らは、赤い岩を一周した。その結果、赤い岩を中心に、岩に近いところでは三メートル、離れたところでは七メートルほどの範囲に、見えない壁が存在することが判明した。

「これは、明らかに、この赤い岩を保護しているとしか思えませんな」

博士がいった。

「上は、どうなっているのだろう」

博士が、また、岩の真上に小石を投げた。石ははね返される。

「すっぽりと、見えない、お碗のようなもので覆われているようだ」

わが輩がいった。石峰君は、絵図面を出して、岩と見比べておる。

「どうも、この位置から描かれたもののようですね」

石峰君が、真南の方向から、赤い岩を見ていった。

「だとすると、この壱と書かれた岩が、これに当たるわけだ」

石峰君は、絵図面と実際の地形を照らしあわせて、一個の直径二メートルほどの岩を、指差した。青黒い苔《こけ》に覆われた岩だ。博士が、その岩を木の枝で触ってみた。なにごとも起こらなかった。

「弐の岩がこれだ」

石峰君のことばに従って、わが輩らは、その絵図面の岩をひとつひとつたしかめながら、ふたたび、赤い岩を一周した。石峰君は、絵図面に壱と書かれた岩を動かそうとしてみたが、とても、三人や四人の力では動くものではない。

「わからん……」

わが輩は大きく息を吐いて、しゃがみこんだ。

「しかし、これだけ、厳重に見えない電流で囲まれているということは、ここに宝物があると考えて、まちがいではないだろう」

トクソム老人がいう。

「わたしも、そう思うね。その武士は宝物かどうか疑問だと書いておるが、宝物でないものを、そんなに厳重に守る必要もないと思われる」

博士が同感だという顔をした。

「こっちの黒い線だけの絵図面は、なにを意味しているのだろう?」

石峰君は図面を手に、しきりに首をひねっておる。

「それにしても、このあたりに宝物があるということと、あの電波と関係があるのだろうか?」

博士がいった。

「あるよ。きっと、ある。どうしてといわれても困るが、わしの勘は当たるんじゃ」

トクソム老人がいった。

「わが輩も、そう思うが……。この岩の、どこかに、なにか仕掛けがあるのだろうか」

「それが、夜になるとわかるのではないでしょうか。ふたつの満月というのが、手がかりのような気がいたします」

志保がいった。

「夜まで待つしかないか。いま十二時だ。あと十二時間、待たねばならんな。露西亜隊の連中は、放っておいたら、どうなるのだろう？　自然に目が覚めるのか、それとも仮死状態のままなのか？」

わが輩がいった。

「どうなのでしょう……」

シャギニャン夫人も、答えようがないという表情をした。

「あとでエリツォクは怒るかもしれないが、放っておこう。あの男は、昨晩も電波受信機を、きみたちに見せようとしなかったように、任務には忠実だが、いまひとつ融通の利かないところがある。ここに宝物があることが知れたら、ひと騒動、起こりそうだ」

ポズナンスキー博士がいった。

「わたしも、そう思います」

シャギニャン夫人がうなずいた。

「よし、では露西亜隊には内緒にして、調査を進めよう。といっても、これ以上、赤い岩に近づけないのでは、なんのしようもないがね」

わが輩がいう。

「あの岩のどこかに、扉のような場所でもあって、中に入れるようになっているのでしょうか。その中に、黄金神像が祀られているとか……」

石峰君がいった。

「わからんねえ」

ポズナンスキー博士も、首をひねる。

「ともかく、ここにいても、もう、わかることはなにもないだろう。一度、テントにもどったほうがいいのではないかね」

わが輩がいった。

「そうですね」

石峰君が答えた。石峰君は、まだ赤い岩に未練が残っているようだったが、なにしろ、岩に六、七メートルから三メートル以上、近づけないのだから、どうしようもない。わが輩らは、きた時と同じ順路を通って、テントにもどった。露西亜隊のテントを覗いてみると、あいかわらず、エリツォク隊長はじめ隊員たちは仮死状態のままだ。

昼食をすませて、六人は、これまでのできごとを、いろいろ話しあった。ポズナンスキー博士の話によると、オーコリドイに登る前日、たしかに、つないであった馬四頭が、夜のうちに姿を消してしまった事件があったという。また自分をも含めて、山を登り始めてから、極めてつまらない理由で隊員間にもめごとが起こり、一時は作戦の遂行が危ぶまれたりもしたそうだ。

「ただ、どちらの事件も、わたしの思うところでは、起こる必然性のないところで起こっている。かりにも学者が、こんなことをいってはいけないのだが、なにか、見えない力が作為的に操作しているように思えてしかたなかった」

博士がいった。

「あの怪光線もありますからな」

わが輩がいった。

「オロチョンたちの行動も、まったく説明がつきません」

石峰君がいう。

「オロチョン族やソロン族が、オーコリドイを神聖化して、決して山に登らないのは、そういう状況が起こることを知ってのことかもしれませんね」

シャギニャン夫人がいった。

「実に不思議な山だ。……それにしても、今日ほど、夜になるのが、待ち遠しい日も珍しい」

わが輩がいった。

13

午後九時、まだ白夜で、あたりは明るい。が、この日は、幸いにして空は晴れており、太陽が北の地平線に近いところに輝いている。この夜も、怪光線が出現するかどうか、わが輩らには予想がつかなかった。わが輩ら六人の中には、電波技術のわかる者はいない。そこで、全員、午前零時には赤い岩の前にいくことにした。

怪光線が照射された場合、問題になるのは、シャギニャン夫人とトクソム老人だが、これは前夜の経験から、わが輩らと一緒に、あの隕鉄で作られた懐剣を握っていれば、仮死状態には陥らずにすむのではないかという希望を持って、行動を共にすることになった。ふたりとも、倒れた時は、自分たちには気を遣わず、調査を続けてくれという。非常に危険な賭けではあったが、わが輩らもサイコロの目が吉と出ることを確信していた。

また四十分かかって、五十メートル離れた岩山の中央の赤い岩のところに辿りついた。さっそく見えない電流の壁を調べたが、やはり、岩に近づくことはできない。太陽は北の地平線に沈んだ。石峰君は、なにか手がかりはないものかと、例の書付と絵図面を、探見電灯で照らしながら見直している。

「この文字の滲んだ部分が、読めればなあ」

わが輩は、書付を手にして見たが、水に濡れたらしい文字は、どうしても読めん。その時、志保がいった。

「石峰さん。その絵図面ですが、二枚重ねてみてくれませんか」

「二枚重ねる？」

石峰君は、けげんな表情で、赤い岩の印されているほうを上にして重ねた。

「こうかい？」

「はい」

志保が答え、探見電灯を重なった二枚の絵図面の裏側から照らした。

「あっ‼」

石峰君が、大きな声を出した。わが輩も、息を飲んだ。というのは、二枚を重ねたところ、赤い岩を囲んだ五つの小さな赤い点が、下の絵図面の黒い線で、ぴたりと結ばれたのだ。それは、いびつではあったが、中央の赤い岩を中心にして、星の形になった。

「星の形になりましたわ」

シャギニャン夫人がいった。

「わかったぞ、石峰君！　この黒い線は、道筋にちがいない。この黒い線に沿って、番号の書かれた岩から岩を歩くんだ。おそらく、それによって、あの見えない電流の壁の内側に入れる‼」

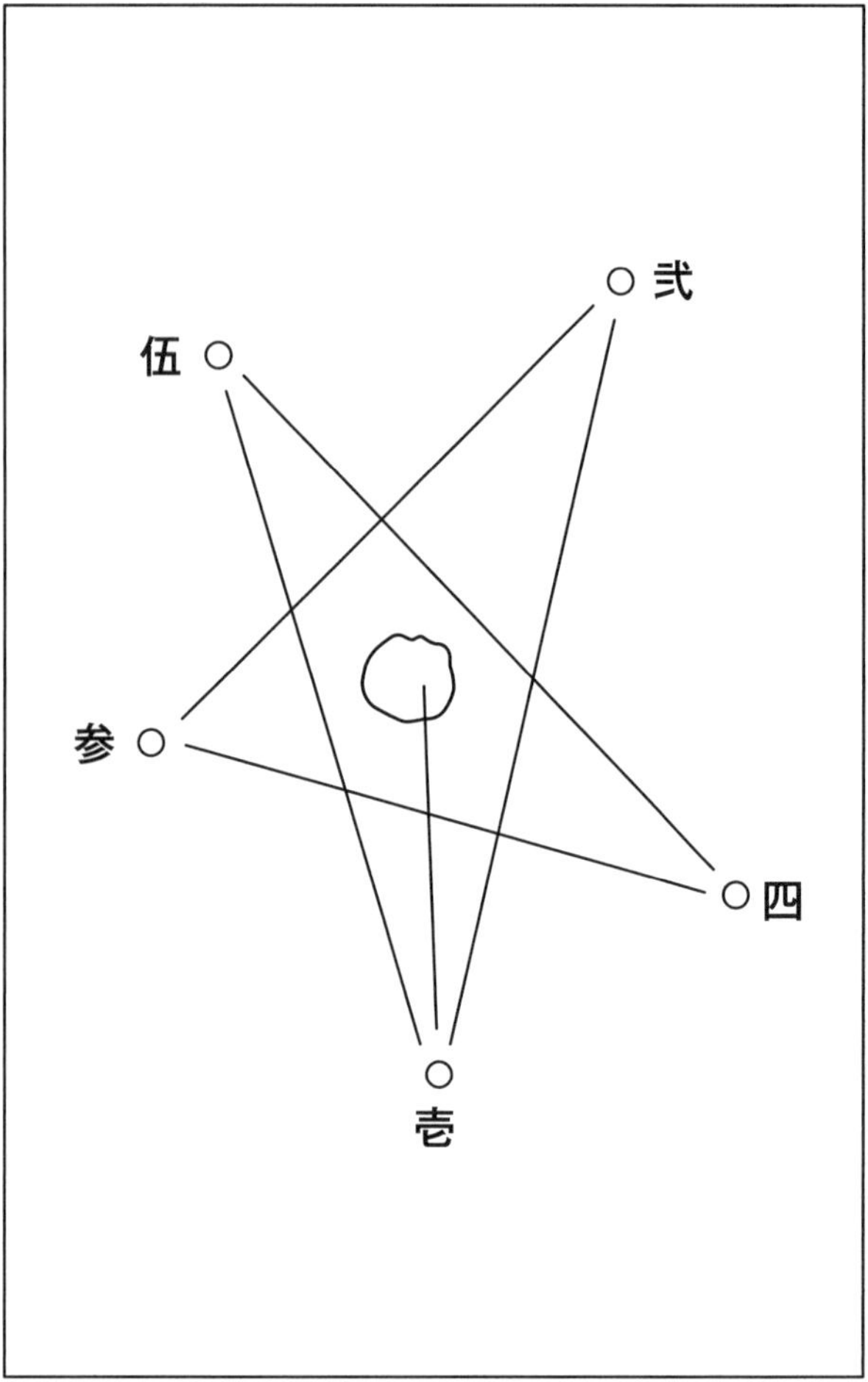
弐
伍
参
四
壱

わが輩がいった。

「なるほど。それは、当たっているかもしれない」

博士もいう。

「やってみよう」

トクソム老人がいった。

「ぼくが、最初にいきます」

石峰君がいった。

「いや、それはいかん。もしものことがあったら、まずい。わしは雇われの身だ。危険なことは、まず、わしがやる」

そういうと、トクソム老人は絵図面に壱と書かれた、直径二メートルほどの青黒い岩の前に出て、弐と書かれている岩に向かって、注意深く足を踏み出し、そろりそろりと歩きはじめた。残りの五人は、息を飲んで見守っている。見えない電流の壁のあるあたりまで進んだトクソム老人は、そのまま弐の岩に目標を定め、ぐいとからだを前に出した。なにごとも起こらなかった。電流の壁を突き抜けたのだ。老人が振り返って、笑顔で軽く手をあげた。

それを見て、石峰君があとに続いた。志保、シャギニャン夫人、ポズナンスキー博士も一列になって進む。だが、わが輩は動かなかった。まだ、赤い岩に確実に到着できるとはかぎらない。罠《わな》の可能性もないわけではない。万一のことを考えたのだ。

「だいじょうぶかね？」

わが輩、すでに参の岩に向かっているトクソム老人に声をかけた。

「ああ、いまのところ、なんにも起こらん」

老人が答えた。見えない電流の囲いの外と中でも、ことばはふつうに通じる。

「あんまり、安心しないで、頼むよ」

「うむ」

老人はうなずき、四の岩に向かい始めた。参から四の岩にいくには、ちょうど、わが輩の前を横切る形になるので、老人がにこにこしながら、わが輩を見る。石峰君たちも、早足で老人に近づいてきたので、五人が同間隔で一列になった。

「中村さん。どうやら、赤い岩に辿りつけそうです」

石峰君が笑顔でいう。

「そいつはいい」

わが輩が答えた。それにしても、知らない人間が見たら、いったい、なにをやっておるのかと思うだろう光景だ。これで縄でも持っておれば、大人の電車ごっこだ。先頭のトクソム老人が伍の岩までいった時は、わが輩も、もう安心した。伍から壱の岩にもどって、今度は中央の赤い岩に向かう。赤い岩までは、あと五メートルだ。

「最後に、なにか仕掛けがあるかもしれんので、気をつけて！」

「わあっ‼」

わが輩のことばが、終わるか終わらないうちに、トクソム老人が叫び声をあげた。同時に、赤い岩の手前二メートルほどのところで、老人のからだが、すーっと沈んだ。地面に足を吸い込まれたのだ。

「危ない‼」

石峰君が瞬間的に老人のからだを、両脇の下に手を入れて支えた。シャギニャン夫人と志保も駆け寄ろうとする。

「志保さん、シャギニャン夫人、列を乱してはいかん‼」

わが輩が、怒鳴った。ふたりが、はっとして動きをとめた。石峰君のほうはと見ると、どうやらトクソム老人が穴というより、蟻地獄《ありじごく》のような砂地に、吸い込まれるのを防ぐのに成功したようだ。

「いや、すまん。つい油断をした。助かった」

トクソム老人がいった。そして、小石を三つ、四つ拾って、ひとつをすり鉢状の穴の中に投げ入れた。石は、たちまち吸い込まれて見えなくなった。底無しのようになっているらしい。続いて穴から赤い岩に近いところに、石を投げた。なにごとも起こらない。

「だいじょうぶらしい」

老人は、直径七、八十センチのすり鉢の穴を跨《また》いだ。今度はぶじだった。四人も穴を跨いだ。そして、慎重に赤い岩を取りまくように移動した。

「着きましたよ、中村さん!!」

石峰君が、うれしそうな声を出す。

「まだ、安心してはいかんぞ。よく探見電灯で岩を調べてから触ったほうがいい!」

わが輩がいった。

「わかりました」

石峰君が答えて、探見電灯を岩に近づける。わが輩は、見えない電流の壁に、足下に落ちていた木の小枝を差し出してみた。なんの抵抗もなかった。二度、三度と場所を変えてやってみたが、なにごともない。

「石峰君、電流の壁が消えたみたいだぞ!」

「本当ですか」

「うむ。だが、わが輩は、ここで待っていよう。もし全員が閉じ込められたら、動きが取れん。で、どうだ。その岩には、なにかありそうか?」

「わかりません。なにしろ、びっしりと苔が生えていますので……。はがしてみましょうか?」

「いや、よせ。下手に触るな。触るなら、志保さんとシャギニャン夫人は、こちらに退避していたほうがいい」

「はい」

「じゃ、わたしたちは、そちらに、もどりましょう」

シャギニャン夫人がいった。そして、岩に近づいた時と同じように、すり鉢状の穴を跨いで、第壱の岩、すなわち、わが輩のたっているほうにもどってきた。それを確認して、石峰君がいった。

「では、苔をはがしてみます」

石峰君は、そっと赤い岩に手を触れ、その指先で、赤い苔をそぎ落とした。トクソム老人も、同じことをやる。

「下は花崗岩《かこうがん》のようですね」

石峰君がいった。

「そうか。どこかに、穴のようなものはないか。黄金神像は、その中にあるのかもしれん」

わが輩がいった。

「あるいは、岩のどこかに埋め込んであるのかもしれんぞ」

トクソム老人がいった。

「とにかく、気をつけてくれ。白い巨大な守護神というのも、まだ、わからんし……」

わが輩がいった。その時だった。

「どこにいってしまったのかと思ったら、こんなところにいたのか。それが、宝物のありかだな」

わが輩の背後の岩蔭から、男の声がした。英語だった。それは、エリツォク隊長だった。

「エリツォクさん！」

シャギニャン夫人がいった。

「なぜ、われわれを起こしてくれなかったのだね、シャギニャン夫人、ポズナンスキー博士。記憶が消えてしまったので、はっきりしたことはわからないが、昨日のことを報告書に記載しておいたので、おおまかなことはわかる。われわれは、ニコライ皇帝の密命により、このオーコリドイに謎の電波と、黄金神像を探しにきたのですな。われわれは、一昨日も怪光線を浴びて、記憶を忘失したようだが、なんにしてもシャギニャン夫人とポズナンスキー博士は、われわれの仲間ではないですかな。それを同じ目的を持った敵である日本人と一緒に、行動しているとは、どういうことです？」

エリツォクがいった。その後ろから、部下たちも、三人、四人と顔を出す。

「まさか、皇帝を裏切って、その日本人たちと、宝物を山分けするつもりではないでしょうね」

「あなたがたは仮死状態になっていて、いくら起こしても、目を覚まさないので、しかたなく、わたしたちだけで、調査をしていたのです」

「その通りだよ」

シャギニャン夫人とポズナンスキー博士がいった。

「そうですか。それなら、われわれも、もう目が覚めたので、自分たちで調査をしましょう。日本人も、あなたがたも、そこを離れていただこう。黄金神像は、われわれが探す」

エリツォクが、厳しい口調でいった。

「なにをいうか‼　ここは、わが輩らが、第一に発見したのだ」

わが輩がいった。

「そのことに対しては、お礼を申します。ですが、あなたがたの用事は、これですんだのです。おい、ここの全員をテントのほうに連れていけ！」

エリツォクが叫んだ。

「はい！」

ふたりの機関銃を持った隊員が、岩蔭から飛び出してきた。

「エリツォク君、馬鹿なまねはやめたまえ。きみは記憶を失っておるからわからんだろうが、この調査は日本とロシア、両国で協力してやることになったのだよ」

ポズナンスキー博士がいった。

「それは、昨日までの話ですな。宝のありかがわかれば、協力の必要などない。それに、どう行動するかを決めるのは博士ではなく、隊長である自分の仕事だ」

エリツォクは、それだけいうと、ずかずかと岩のほうに近づいていった。隊員たちは、機関銃や短銃で、わが輩らを狙っている。

「しかたがない。石峰君、ポズナンスキー博士、こっちへ」

わが輩がいった。

「糞っ!!」

石峰君は悔しそうに、それでも足下に気をつけながら、わが輩のほうにもどってくる。トクソム老人とポズナンスキー博士も同じだ。

「けっこう。きみたちが抵抗しなければ、われわれはなにもしない。それで博士、黄金神像はどこにあるのです?」

エリツォクがいった。

「わからんよ。いま、それを調べておったところだ」

博士がいった。

「博士、隠すと、ためになりませんよ」

「エリツォク君、なんで、わたしが隠さねばならんのだ。わたしは、隊員のひとりだぞ」

「しかし、日本人と手を組んだ」

「だから、それは昨日、きみも含めて約束したことではないか。それを、きみは再度、記憶忘失しておるだけのことだ」

「まあ、よろしい。では、ブリボージコ、ステバノフ、パルミン、一緒にこい」

エリツォクがいった。

「はい」

名前を呼ばれた隊員たちが、答えてエリツォクのそばに寄る。

「この岩のどこかに、なにか仕掛けがあると思われる。手分けをして探せ」

「はい」

エリツォクは、絵図面に描かれた通路を無視して、赤い岩に向かって歩き出した。見えない電流の壁は、やはり消えておる。だが、わが輩は無防備に岩に近づくのは危険だと思った。けれども、この暴君の隊長に注意してやる必要もない。そこで、ふたりの隊員の機関銃に狙われながら、なりゆきを見守っておった。

と、エリツォクが五、六歩、進んだ時、いきなり、からだがぐっと沈んだ。トクソム老人の時と同じだった。一見、ふつうの小石の地面に見える部分が、砂の蟻地獄のようになっておるのだ。

「わっ!!」

エリツォクが叫んだ。足が、膝まで砂の中にもぐり込んでいる。

「助けてくれ!!」

エリツォクが、なおも叫ぶ。ところが、後ろを歩いていた三人の隊員たちは、おろおろしてしまって、エリツォクのそばに近寄る者がない。みるみるうちに、エリツォクのからだは砂に吸い込まれていく。

「危ない！」

わが輩、叫んで近寄ろうとした。それを、機関銃を持ったふたりが制した。

「動くな!!」

自分たちの隊長の命が危ないというのに、融通の利かないこと、おびただしい。

「助けないと！」

シャギニャン夫人も、大きな声を出す。だが、その時は、もう遅かった。

「早く!!」

エリツォクが、手をばたばたさせてわめいた時は、もう首まで砂にもぐっていた。やっと、三人の隊員が状況を理解して、エリツォクに駆け寄った。だが、間にあわなかった。

「わあっ!!」

エリツォクは叫び声をあげて、完全に砂の中にもぐってしまった。その時間の早かったこと。十秒もなかったと思える。トクソム老人は、本当に幸運だったのだ。駆け寄った三人は穴の縁にしゃがみ込み、砂の中に手を入れて、エリツォクに触れようとしたが、むだな行動だった。

「だから、協力して行動しようといっておったのに」

博士がいった。突然、隊長を失った隊員たちは、ただ呆然《ぼうぜん》としているばかりだ。ここにも、記憶忘失の影響があることは、たしかだった。いくら融通の利かないロシア隊とはいえ、事情が飲み込めていれば、もう少し、だれかが迅速《じんそく》な行動を取ることができたはずだ。

「なんてことなの……」

シャギニャン夫人は、両手で顔を覆った。それでも残りの隊員たちは、まだ事態をはっきり把握していないようだ。

「あなたたちが、一方的に、日本の人たちとの約束を破るから、こんなことになるのよ！　隊長は死んだんですよ」

シャギニャン夫人がいった。

「しかし、自分は隊長の命令を……」

わが輩らを機関銃で、脅かしている隊員のひとりがいった。

「あなたたちは、二度も記憶を忘失しているの。ここは、ポズナンスキー博士の指揮にしたがいなさい」

シャギニャン夫人が、毅然とした口調でいった。隊員たちは、それぞれグループを作って、ぼそぼそとしゃべっている。だが、その余裕もなかった。ゴーッという、からだ全体に響くような地鳴りが足下でした。

「なんだ!?」

わが輩が、石峰君にいった。

「地震でしょうか?」

石峰君のことばが、終わらないうちに、直径十メートルもある赤い岩が、ぶるぶると震動した。そして、いきなり、本当に、いきなり、中央から、真っぷたつに割れると、エリツォクについていった三人と、その後ろに待機していたふたりの隊員のほうに、ごろんと半回転した。「ずーん」という大きな響きとともに、直径十メートルの岩が、ふたつに割れて、瞬間的に倒れかかってきたのだから、避けようもなかった。絶叫とともに、五人が岩の下敷きになった。暗闇の中に、ほこりが舞いあがる。

「なんてことだ!」

博士が、両手で髪の毛をかきむしった。ふたりの隊員も、わが輩らに向けていた機関銃の銃口を下に向け、なにが起こったのかわからないという表情をしている。

「あの岩のまわりに、いくつかの蟻地獄があり、それに人間が落ちると、岩が割れる仕掛けになっていたんだ!」

石峰君がいった。

「そのようだ。われわれも、危ないところだった」

わが輩、背筋に冷たいものを感じながらいった。

「きみ、こっちにきたまえ」

ポズナンスキー博士が、ちょっとたっていた場所がずれていたので、難を逃れた隊員にいった。その隊員は、真っ青な顔をし、無言で、博士のことばにしたがった。

「もう、ひとりは？」

博士がいった。

「エステルは、電波受信機のところにいます」

隊員のひとりがいった。

「われわれは、三十秒で六人の隊員を失った。それも、みんなエリツォク隊長が、わたしたちのいうことを聞いてくれなかったからだ。きみたちは、どこまで話がわかっているのだね？」

博士がいった。

「はっきりしているのは、ハイラル駅で汽車を下りたところまでです。それ以後は、隊長に説明を受けました。謎の電波の出どころと、黄金神像を探すのだと……。ですが、実際、自分たちは、なぜ、こんな場所にいるのか、わからないのです」

ひとりの隊員がいうと、残りのふたりもうなずいた。

「では、もう一度、説明しよう」

ポズナンスキー博士が、隊員たちに説明をはじめる。わが輩と石峰君と志保は、割れた赤い岩に近寄った。トクソム老人もついてくる。足下に気をつけながら、ふたつに割れた岩を調べると、まるで刃物で切ったかのように、その断面は凹凸がなく、すべすべしていた。花崗岩特有の模様があったが、その割れた面の、ほぼ中央と思われるところに、自然にできたとも、人為的に描かれたとも、どちらとも判断のできない、直径三センチほどの白い丸い模様があった。

「この岩の中には、黄金神像はないようですね」

石峰君が、その白い模様を、注意深く探見電灯で照らし、指で触れながらいった。

「うむ。その神像の大きさにもよるが……」

わが輩がいった。

「ソロン族は、金剛石のちりばめられた台の上に寝ているといっていたな」

トクソム老人が、口をはさむ。

「ですが、この岩が神像に関係あるのは、もう、まちがいないでしょう。これだけの仕掛けがしてあるのですから」

石峰君がいった。

「それにしても、この岩に見えない電流だの、蟻地獄だの、ふたつにわれるようにだの、さまざまな仕掛けをしたのは、何者なのだ」

わが輩がいった。

「その神像を隠した者でしょう」

石峰君がいう。

「ジンギスカンだか、義経だかの家来か？」

わが輩が、首をひねる。

「それは、なんともいえませんが……」

石峰君がいった。

「今夜の十二時に、全部がわかるのでしょうか」

志保がいった。

「どうなのだろう。できれば、わかって欲しいものだ。電波の謎も、怪光線も、宝物も……。さすがのわが輩も、いささか疲れたよ。それに、今度の探検では、イキリ・オロチョンの村から始まって、人の死を見すぎてきた。いまの場合など、露西亜隊の自業自得としか思えんが、それにしても気持ちのいいものではない。もっとも、これでイキリ・オロチョンたちとの約束も果たしたことになるだろう。六人も死ねば、仇を取ったことになると思う。わが輩としては、殺すつもりはなかったが、結果的には、こういうことになってしまった」

わが輩がいった。志保もシャギニャン夫人もうつむいている。

「いま十一時半ですね。あと三十分だ」

石峰君は、そういって南方向に目をやった。なだらかな連山の向こう側の地平線から、わずかのところに満月が出ている。高いところから見下ろす形になるので、地平線から一メートルぐらいのところにあるような感じだ。

「あの書付には、満月がふたつになった時と書いてあったが、いまのところ、まだ、ひとつしかないな。今夜の満月ではないのかもしれん。満月は、毎月一度あるわけだから、実際、いつのことかわからんわけだ。ただ、気持ちとしては、今夜だと思いたいがね」

わが輩がいった。

「それと、さっぱりわからんのは、白い巨大な守護神というやつだな。これも、いまだ、まったく見当がつかん」

「白い巨大な守護神のう。なんじゃろうな？」

トクソム老人も、腕を組む。

「なんにしても、これまでのことを考えると、よほど注意せんといかんだろう」

わが輩がいった。

そうこうするうちに、ポズナンスキー博士の、生き残ったロシア隊員への説明は終わったようだった。わが輩たちは、また、注意しながら博士たちのほうへもどる。

「よく、いって聞かせた。隊長も死んでしまったいま、ここにいる全員に、あなたたちと協力して、調査を進めることを再確認させましたよ」

ポズナンスキー博士がいった。

「それが、第一です。なにしろ、これだけの人数しかおらんのですから、これで仲間割れをしておったのでは、話にならん。万一、宝物が見つかった時は、それはそれで考えましょう」

わが輩がいった。

「そこで、ぼくたちと博士は、問題ないことがわかりましたが、残りの隊員の人たちは、これから、どうします？　もし、また怪光線が出た場合、仮死状態になってしまいますよ」

石峰君がいった。

「そのことも、説明しました。それでも、かれらは、われわれと一緒にいるといっています」

博士がいう。

「それでは、こうしたらどうでしょう。わたしたち四人は、お守りの力で気絶せずにすむわけですから、残りの人たちも、わたしたちの、お守りを一緒に握っていては……。それで、ぜったい安全ということはありませんが、うまくいくのではないでしょうか」

志保が提案した。

「うむ。それは、わが輩も考えておったのだ」

わが輩がうなずいた。

「電波受信を担当している者は、いまからでは、どうにもなりませんな」

博士がいった。

「そうですね。ここからでは、連絡のしようもない。照明通信も、途中に大きな岩や丘があるので、届かんですね」

わが輩がいった。

「昨晩の謎の電波受信で、電波が空から出ていることはわかっていますし、日本もロシアもおたがい、どちらの国の発信でもないということですから、それはそれでいいでしょう」

博士がいった。そして、時計に目をやった。

「あと五分で、十二時です」

「少し、離れた場所にいたほうがいいかもしれませんね」

石峰君がいった。

「うむ。では、あのあたりはどうだ。岩蔭になるし、この場所は、よく見える」

わが輩、麓に向かって赤い岩の左手にある、直径三メートルほどの緑色の苔に覆われた岩を指差した。

「いいですな」

博士がうなずいた。同時に、全員が移動をはじめる。

「月が!!」

最初に声をあげたのは、志保だった。が、月に目をやったのは、全員、ほぼ同時だった。移動の方向の関係から、自然に目に入っていた満月が、一瞬、目の錯覚かと思われるように揺れて、二重に見えたかと思うと、次の瞬間、向かって右側に、もうひとつ月が出現した。というより、手品かなにかのように、それまで、ふたつ重なっていた手前の月が、横にずれたような状態だった。ずれて新たに出現した月のほうが、わずかに銀色を帯びている。あの書付の文句通り、満月がふたつになったのだ。

「四十八年後の満月というのは、やはり、今夜のことだったのだ‼」

石峰君の声は、興奮に震えている。

「とにかく、隠れよう。なにが起こるかわからん！」

わが輩らは、あわてて岩蔭に身を隠した。そして、双眼鏡を持っている者は、それを目にあて、ふたつ目の満月を観察した。もちろん、わが輩も覗く。目の前にあるように拡大されたそれは、あばた面の月とはちがって、金属のようだった。表面が、すべすべした感じだ。隣の月と見比べると、はるかに小さい。ちょうど距離の関係で、同じような大きさに見えていただけだ。昔の武士が、月がふたつになったと見誤ったのも、むりからぬ話だ。

「一分前です！」

シャギニャン夫人が、緊張にやや震える声でいった。わが輩らは急いで、お守りの懐剣を取り出し、ポズナンスキー博士も、十字架を首からはずした。わが輩の懐剣をトクソム老人、志保の懐剣をシャギニャン夫人、石峰君の懐剣をひとりのロシア隊員、ポズナンスキー博士の十字架をふたりの隊員が、それぞれに握った。当然、わが輩らも握っておる。

「しっかり握っておるのですぞ」

わが輩がいいながら、ふたたび、双眼鏡を目にあてようとした。が、その必要はなかった。その丸い金属製と思える丸い玉が、本物の月の隣から、ぐーんと、わが輩らのほうというか、オーコリドイのほうに向かって飛んできたのだ。その速度たるや、口ではいい表せないほどの速さだった。遠くから見たら、流れ星のように見えたかもしれない。ソロンの若者が、最近、よく大興安嶺に流れ星が飛ぶといっていたのは、このことだったのかもしれない。

全員が、その光る丸い玉に視線をやった。

「中村さん。これが飛天球にちがいありませんよ！」

石峰君がいう。

「なるほど。空を飛ぶ球——飛天球だな」

わが輩が答える。

その球は、オーコリドイの頂上の真上にとまった。どのくらいの距離があるのかは、ちょっと見当がつかない。五十メートルぐらいだろうか。しかし、その大きさは、かなりのものだった。距離もわからず、そばに比較するものもないから、まったくの勘にすぎんが、わが輩には直径が三十メートルほどあるように見えた。これが書付の飛天球であるなら、前々夜、前夜と怪光線を照射したのは、この物体にちがいない。

「十二時だ。怪光線がくるかもしれない！」

ポズナンスキー博士がいった。全員、握っているお守りに力を入れた。けれど、二晩にわたって発射された薄い紫色の光線は、出てこなかった。

「今夜は光線は出ませんね」

石峰君がいった。石峰君も、これを光線を出した物体と決めておるようだ。

「うむ、ああ……」

わが輩が、返事にならぬ返事をした時だった。薄い紫色ではなく青い光が、それも前夜のような太い光ではなく、細い直径三センチほどの光が、わが輩らにではなく、あのふたつに割れた赤い岩の、たっているほうの半分の白い模様のところに、突き刺さるように照射された。全員、息を飲む。わが輩の懐剣を握る手は、汗でぐっしょりだった。わが輩、無意識に懐剣から手を離した。そして、ズボンの膝で汗をぬぐった。

「中村さん。手を離してだいじょうぶなのか？」

トクソム老人がいった。

「……ん？　ああ、だいじょうぶのようだ。忘れて、つい手を離してしまった」

わが輩、トクソム老人にいわれて、やっと、自分の手が懐剣から離れているのに気がついた。わが輩の声を聞いて、ほかの者も懐剣や十字架から、そっと手を離した。なにごとも起こらない。そのあいだも、赤い岩から、目を離すことはなかった。青い光は、岩の白い模様を照射し続けている。その時間は二分ぐらいだっただろうか。

突然、白い模様のところから、岩の表面、四方八方に亀裂が走った。たとえようもないほどの速さだった。そして、次の瞬間、その亀裂のところから、岩がはじけるように飛び散った。だが、その飛び散りかたは、それほど激しくはなく、わが輩らのところまでは破片は飛んでこなかった。岩の飛散は、すぐにおさまり、そのあとに、ぽっかりと大きな穴が開いた。高さ、幅ともに七、八メートルほどの、かまぼこ型というか、トンネル型の穴だった。

穴が開くと、青い光線が消えた。わが輩らは、しばらく固唾《かたず》を飲んで、その状況を見ていた。銀色の丸い金属の玉――飛天球は、空中に浮かんだままだ。三分ほど、じっとしていたが、わが輩、ついにがまんができなくなり、ポズナンスキー博士たちにいった。

「ちょっと調べてくる」

「では、わたしも、一緒にいきましょう」

博士がいった。

「ぼくも、いきます」

石峰君がいった。

「よし。では、とりあえず、三人でようすを見てくる。もし、なにかあったら、掩護《えんご》を頼む」

わが輩が、トクソム老人にいった。

「心得た」

老人がうなずいた。三人は、左手で探見電灯を照らし、右手に短銃を構えながら、岩蔭を出ると、赤い岩に、そろりそろりと近づいた。幸いにして、なにごとも起こらず、岩の前に到達した。ぽっかりと開いた穴の中を照らし、覗きこんだ。と、その穴は、わが輩の予想に反した形態になっておった。わが輩は、岩に穴が開いただけだと思ったのだが、探見電灯で照らしてみると、穴はゆるやかな傾斜になって、地面の奥に続いているのだ。深さはわからない。けれども、かなり深く見える。

「どうします？」

わが輩が、ポズナンスキー博士にいった。

「先に進んでみましょう。しかし、これまでの例からいって、なにが起こるか……」

博士がいった。

「それは、覚悟の上ですから、わが輩はかまわんですが」

「もちろん、ぼくもです」

わが輩と石峰君がいう。

「なら、進みましょう」

「では、博士は、わが輩のあとをついてきてください。わが輩は、無学で研究の役にはたたんが、博士と石峰君なら、もし、わが輩が倒れても調査が進む」

わが輩、そういって進む順番を入れ変わった。穴の大きさは、入口のところから、ほとんど同じだった。よくある鍾乳洞《しょうにゅうどう》などとちがって、穴の一部が狭くなっていたり、曲がりくねっていたりはしていない。

「人工的な洞窟のように見えますな」

わが輩がいった。

「たしかに、これは自然にできた穴とは思えない」

博士が、探見電灯で穴の壁や天井などを照らしていった。

「宝物がありそうな雰囲気ですね」

石峰君が、はずんだ声でいう。

「どうかね。あればいいのだが……」

わが輩がいった。

五十メートルほど進んだ時、前方に明かりが見えた。思わず三人は、顔を見合わせた。満月の夜とはいえ、穴の反対側が見えたとは思えない。穴は確実に地下に向かって傾斜しているのだし、月の光より、はるかに明るい光だった。青白い光だ。さらに十メートル進むと、穴が急に広くなった。天井の高さは変わらないが、横が十二、三メートルはある。まちがいなく、そこは、ひとつの部屋になっていた。そして青白い光は、その部屋から出ていたというより、部屋全体、床にあたる土の部分を除いて壁、天井から光が発せられているのだ。

わが輩、以前、どこだかで、光苔《ひかりごけ》の明かりを見たことがあるが、それなど問題にならない明るさだった。ランプとか電灯の明かりがあるわけではない。壁そのものが、明るく輝いているのだ。それも、まぶしいというほどではなく、昼間の外ほどではないにしろ、目にちょうどいい明るさだった。

「こんな明かりを見るのは初めてだ。光源がないのに、どうして輝いているのだ。信じられん」

ポズナンスキー博士が、驚愕《きょうがく》の眼差《まなざ》しで、部屋の中を見回している。穴は、そこでいきどまりではなく、さらに奥に続いていたが、そちらは、また暗くなっている。わが輩も、部屋の入口で目を見張っていると、石峰君が部屋の中央の地面に目をやっていった。

「あそこに、なにかありますよ」

「なにかとは？」

わが輩は、石峰君の指差すほうを見た。たしかに、その部分だけ光が、きらきらと反射している。三人は、その光の反射している部分に近寄った。そして、同時に声にならない声をあげた。

「黄金神像だ！」

一拍おいて石峰君がいった。たしかに、金色の人間の形をしたようなものがあった。地面に、表現は悪いが金属製の棺桶《かんおけ》のようなものが埋められており、上にガラス状の透明の蓋がはめられている。金属製の箱の中には、部屋の明かりより、さらに明るい銀色の光が満ちている。底の一部が、少し高く台のようになっていて、その上に全長一メートルほどの、全身金色の神像が仰向けに寝かされていた。

どこかの寺で見た、弥勒菩薩《みろくぼさつ》のような表情をした、いかにも優しい表情の神像だ。その神像には、手が左右に二本ずつあった。こんな仏像を、どこかの寺で見た覚えがある。けれど、ソロンの若者がいっていた、金剛石をちりばめた台座というのは、どこにも見当たらない。それは、いつのまにかできた、伝説なのだろう。

博士と石峰君は、しゃがみ込んで、その黄金神像に見入っている。

「伝説の黄金神像とは、これだったのか……」

博士が、感極まった声でいった。

「いや、伝説ではなかったんですよ」

石峰君の声も、うわずっている。

「今度こそ、本当に宝物を見つけたんだ！」

「どうやって、蓋を開けるのですかな？」

わが輩がいった。その地中に埋まった金属の箱のガラスの蓋の部分には、どこにも、とっかかりのようなものが見えなかったからだ。

「まず、箱を掘り出さなければならんでしょうが……」

博士が、ことばを濁した。理由は、わが輩にもわかった。とにかく、まだ、おそらくオーコリドイの上空にあると思われる飛天球と、この部屋を見れば、これが、いつの時代の人間にしろ、数千年も昔に、埋められたもののようには思えない。なにか、わが輩らには思いもつかない力が、この黄金神像には秘められていることは、疑いがない。掘り出すといっても、それが、かんたんにできるとは、わが輩には、とうてい思えなかった。その点では、珍しく、わが輩のほうが石峰君より冷静だった。

石峰君は、どこかに蓋を開ける手がかりはないかと、しゃがみこんで、箱の周囲を点検している。その時だった。洞窟の入口側から、ばたばたと足音が聞こえた。わが輩ら、三人は足音のほうに視線をやった。

先頭にトクソム老人がいた。続いて、志保とシャギニャン夫人。その後ろに四人の男がいた。ひとりの男が、機関銃を構え、残りの三人の男は手に短銃を構えている。その銃口は、トクソム老人たち三人に向けられている。

「なにごとだ!?」

わが輩がいった。

「すまん。わしが油断をした。ロシア隊員が、全員、殺された」

トクソム老人がいった。

「なんですと？」

ポズナンスキー博士が、神像を見た時とはちがう、驚愕の声を出す。

「あなたがたも、短銃を捨てていただこう」

男のひとりがいった。

「あっ、きみたちは、シューマン曲馬団の……」

石峰君がいった。

「そう。どうにか、間にあった！」

男のひとりが、英語でいった。それは、ソロンの村からウェルフネ・オロチョンの村に連れてきたチルクス・シューマン曲馬団の男のひとり、空中ブランコ芸人のフランクだった。仲間に、自分たちの使命を教えられて思い出したのだろう。

「さあ、早く。短銃を」

フランクは、にこりともせずにいった。わが輩、しかたなく短銃を捨てた。石峰君とポズナンスキー博士も、地面に投げる。後ろから、別の男が前に進み出て、その三丁の短銃を拾い集め、ポケットにしまった。トランプ手品師のハインツだ。

「なるほど。これが、黄金神像か」

フランクが、埋まった箱の中に横たわっている神像を見ていった。ほかのドイツ人たちも、トクソム老人や志保たちに短銃を突きつけたまま部屋の中央に進み、神像を覗き込んだ。

「なにがあったのだ？」

わが輩が、日本語で質問した。

「あの飛天球を観察しながら、中村さんたちを待っていると、いきなり岩蔭から、この人たちが飛び出してきて、話しあいもなにもなく、露西亜隊の人たちを短銃で撃ったのです。とめるひまもありませんでした。そして、わたしたちを人質にして……」

志保が、悲痛な表情でいった。

「なんてことを！」

石峰君がいう。

「やっぱり、おまえたちも、この神像を狙っていたのか」

わが輩が、英語でいった。

「だれしも、宝物は欲しいさ。だが、われわれは白い巨大な守護神のほうが、もっと欲しかった。その存在が事実で、手に入るなら、シューマン曲馬団は世界一の曲馬団になれる」

メルデンが無表情でいう。メルデンは、シャギニャン夫人がナーラチの近くのテントで眠らせてきた男だった。曲馬団では象と綱引きをして見せた、力持ち男で、立派な体格をしている。シューマン曲馬団の男たちは、白い巨大な守護神の正体を知っているらしい。

「だが、どうやら守護神というのは、伝説だけだったらしいな。どちらにしても、この黄金神像だけでも、大変な価値だ」

「白い巨大な守護神というのは……」

ポズナンスキー博士が質問しかけたが、メルデンは、そのことばをさえぎった。

「もう、きみたちの役目は終わった。あとは、われわれで、神像を運ぶ。馬はいただくよ。きみたちが、おとなしく、ここを立ち去ってくれるかぎりは、命まで取ろうとはいわない。ロシア隊の連中は機関銃を持っていたのでね、気の毒だが死んでもらったが、きみたちは、だまって山を下りてくれればいい。むろん、抵抗すれば容赦はしないがね」

「そんな馬鹿な!!」

石峰君が、いまにも男に摑みかからんばかりに、拳を震わせていった。

「では、死ぬかね。伝説の宝物を目の前に死ぬのも、本望かもしれないね」

メンデルの勝ち誇った声は、エリツォク隊長を思わせる冷徹さだ。本当に、石峰君を殺しかねん。

「石峰君、ここは我慢しろ。死んでは意味がない」

わが輩がいった。

「しかし、中村さん……」

「なに、まだ機会はあるさ。いう通りにしよう」

わが輩は石峰君には日本語でいい、それから英語で、ポズナンスキー博士にいった。

「そうしよう」

博士もうなずいた。

「おとなしく、いう通りにするかね?」

メンデルがいった。

「ああ、しかたないだろう」

わが輩がいった。

「いい選択ですよ、それは」

今度はフランクが、微笑しながらいう。

「ひと目だけ、黄金神像を見せていただけませんか？」

その時、志保がいった。

「いいだろう。せっかくベルリンから大興安嶺まできて、見つけた宝を見ずに帰るのも気の毒だ」

メンデルが答えた。志保とシャギニャン夫人が進み出て、神像の入った箱の埋まっている地面を覗き込む。

「なんと神々《こうごう》しい、お顔」

志保がいった。そして続けた。

「まるで、生きているみたい……」

「本当に」

シャギニャン夫人も、志保のことばにうなずいた。

「ここまで、きながら、糞ドイツ人の手に落ちるとは、癪《しゃく》じゃなあ」

トクソム老人が、拳を震わせていった。

「それで、白い巨大な守護神というのはあったのですか？」

今度は志保が、石峰君に質問した。

「いまのところ、そんなものはないんだよ」

石峰君が答えた。

「そうですの……」

志保が、うなずいた。

「もう見学はいいのかね、お嬢さん」

メルデンがいう。

「ええ、けっこうです」

「では、諸君。あとは、われわれにまかせて出ていってもらおう。おい、ベルナー。おまえは入口のところに、クランツがいるから一緒に、この連中の見張りをしていろ！」

「ああ」

機関銃を持った、ベルナーと呼ばれた男が、首を縦に振った。

「では、いこうか」

ベルナーがいったが、石峰君は、まだ悔しそうに黄金神像を眺めている。

「石峰君、これで終わったわけじゃない」

わが輩が、もう一度、日本語でいった。石峰君には、わが輩のことばの意味が通じたようだ。きっと、もう、ひと暴れできる時がくると、わが輩は信じていたのだ。

「……そうですね」

　そう答えて、石峰君も踵《きびす》を返した。その瞬間だった。「ヴォオオ〜!!」というような、ちょっと、口では表現しにくい咆哮《ほうこう》が、洞窟の奥でした。耳をつんざくような咆哮だ。わが輩たちは、足をとめ振り返った。ドイツ人たちも、声のほうに目をやる。

　そして、全員が目を見張った。洞窟の奥から、大きな白いものが、のっそりと姿を現した。一瞬、わが輩には、それがなんであるかわからなかったが、すぐに動物であることがわかった。肩の高さが五メートル、体長が七メートルほどもある象に似た動物だった。長い鼻に、長くて反り返った鋭い牙、頭の部分が象より高くでっぱり、全身が白い長毛に覆われていた。それは、大昔に絶滅したといわれるマンモスだった。その白い毛は、つやつやと光っている。

「毛長象だ。しかも白い!!」

　ポズナンスキー博士が、呻きとも叫びともいえない声をあげた。

「マンモスだ!!　白い巨大な守護神とは、これだったのだ。マンモスが生きているというだけでも驚異なのに、白いマンモスとは!!」

14

「そうか。白い巨大な守護神とは、白いマンモスだったのか。おれは象だと思っていたが。マンモスとなれば、象どころの話ではない。やったぞ、ベルナー、フランク。このマンモスを見てみろ‼　こいつを捕まえさえすれば……」

シューマン曲馬団の隊長格のメルデンが、歓喜の声をあげた。白いマンモスは、のそりのそりと、わが輩らのほうに向かってくる。ほんらいは優しいと思われる、その赤い目は、明らかに怒りに満ちていた。住居を冒された、怒りからだろうか。

「あっ、黄金神像の蓋が……」

志保がいった。マンモスから神像の箱のほうに目をやると、ガラスのような蓋から水蒸気みたいなものが、しゅうしゅうと音をたててあがっていた。蓋が煙のように溶けているのだ。それは、ほんの十秒ほどのあいだだった。石峰君が、神像のほうに駆け寄ろうとした。それを、わが輩が押さえる。

「おい、ハインツ。見てこい！」

メルデンがいった。

「おお」

ハインツが、顔を輝かせて神像のほうに近づいた。瞬間、左右の壁から、赤い光線が発射された。

光線はハインツのからだを、槍《やり》のように貫いた。

「うわあっ‼」

ハインツが絶叫して、その場に倒れた。ほかのドイツ人たちは、二、三歩、ハインツのほうに進みかけたが、足をとめた。白いマンモスが、神像のほうに近づいてきたのだ。赤い光線は消えたが、マンモスには向かってはいけない。

「どこまでも、危険な仕掛けがしてある」

わが輩がいった。その時、マンモスが、蓋の消えた黄金神像の置かれている箱に、長い鼻を差し入れた。そして、柔らかく静かな動作で、神像のからだをさするようなしぐさをした。

と、なんと、驚くべきことに神像が静かに目を開け、上半身を起こしたのだ。

「あの神像は、カラクリ人形のようになっているのでしょうか？」

石峰君が、びっくりした表情でいった。

「ちがいます。あれは生きているのですわ！」

志保が、珍しく語気、強くいった。

「あれは、神像ではなくて生物です」

「生物……。しかし……」

石峰君がいったが、そこで、ことばをとめた。そのあいだに、神像は白いマンモスに助けられ、箱から外に出た。身長は寝ている時、目測したように一メートルぐらいだ。右の胸の部分だけが、わずかに曇っている以外は、全身が、磨き抜かれたような金色に輝いている。

神像は、だまって、わが輩らを見つめている。

「生きているとなれば、こいつは神像どころの宝物じゃないぞ。手の四本ある黄金人間なんてものが、このほかに、どこにいるというんだ。こっちも、なにがなんでも捕まえよう」

　メルデンがいう。

「ベルナー、いけ！」

「だが、マンモスが……」

「マンモスはあとだ。とりあえず、神像だけ、ひっさらえばいい！」

　メルデンが怒ったように怒鳴った。

「こいつを持って帰ったら、団長から、いくらもらえるかわからないぞ！　もう曲馬団になどいなくていい。大金持ちになれる!!」

「よし！」

　メルデンのことばに、ベルナーが機関銃をフランクに渡し、神像に走り寄った。神像は動かない。だが白いマンモスは、そのからだには似合わない、素早い動きで、前に進み出ると、ふたたび咆哮し、近寄ってきたベルナーの胴を、その長い鼻に巻きつけた。と、同時に「べきっべきっ！」とベルナーのからだの骨の折れる音がした。

「ぐう」

　ベルナーが呻き、口から血を吐いた。鼻の穴からも血が吹き出している。

「糞っ！　撃て、撃ち殺せ!!」

　メルデンが、興奮して叫んだ。

「だが、マンモスは生け捕りにしなければ……」

機関銃を持ったフランクがいった。

「なに、生きた黄金神像があればいい。マンモスは毛皮だけで充分だ!!」

「わかった！」

フランクが、マンモスに向かって機関銃を構えた。

「馬鹿もん!!」

わが輩、メルデンに短銃で狙われているのを忘れて、フランクに跳びかかった。そして跳びかかるやいなや、手刀で機関銃を叩き落とし、力まかせに、さざえのような鉄拳を顔面に、お見舞いした。

「わあ！」

フランクが、一メートルも吹っ飛んだ。わが輩は、さらに、ふっ飛んだフランクに飛びかかり、みぞおちに拳骨を叩きこんだ。

「貴様、じゃまするか！」

メルデンが、わが輩目がけて短銃を発射した。一発目は、はずれた。けれど続けて撃った二発目の弾丸が、メルデンに飛びつこうとしたわが輩の右肩を貫いた。

「あっ!!」

さすがの、わが輩も、至近距離から短銃で撃たれてはかなわん。思わず右肩を左手で押さえて、しゃがみ込んだ。シャギニャン夫人が、わが輩に駆け寄る。

「いいか。おまえたち、動くな！　この黄金神像と白いマンモスは、おれたちのものだ。よけいな手出しをすると、容赦はせんぞ。貴様らも、捕まえるのを手伝うんだ!!」

興奮しているメルデンが、ポズナンスキー博士と石峰君、トクソム老人に対して、顔を真っ赤にしてわめく。

「おまえ、神像を取りにいけ!!」

メルデンが、石峰君にいった。わが輩に殴られたフランクが、のそのそと起きあがる。

「いかん、石峰君。いったら、マンモスに殺されるぞ!!」

わが輩が叫んだ。

「だまれ！　いくんだ。いかなければ、こいつらを殺す！」

メルデンが横を向いて、志保とシャギニャン夫人に短銃を向ける。ちょっと、メルデンにすきができた。わが輩、右肩には激痛が走っておったが、そんなことに構ってはおれん。しゃがんだ態勢から、メルデンの足に飛びついた。

「なにを、もたもた……」

いいかけたところで、メルデンが、わが輩に足をすくわれて、地面に倒れ込んだ。わが輩、肩を撃たれた怨みを込めて、メルデンの腹に鉄拳を、たて続けに三発ほどぶち込んだ。しかし、向こうも曲馬団で、象と力比べをやっていた男だ。筋骨隆々としていて、そのくらいでは参らない。オロチョンたちとは、わけがちがう。それに悔しいが、わが輩も怪我をしておるから、いつもの力が入らない。態勢が入れ替わって、メルデンに馬乗りになられた。そして、三、四発も顔面を殴られた。

石峰君が、背後からメルデンに組みついた。だが、右手のひと振りで、撥ね飛ばされた。トクソム老人が、起きあがったフランクを、もう一度、叩きのめして、メルデンに飛びかかった。が、これも、いともかんたんに、撥ね飛ばされた。ポズナンスキー博士が、機関銃を拾ってくれればいいのだが、マンモス目撃と大乱闘を前に呆然としてしまっているらしく、動いてくれない。わが輩、またもメルデンに、腹を二発ほど殴られた。

「やったな……」

わが輩、呻きながらもメルデンを撥ね飛ばそうとしたが、右肩が利かないので、どうにもならない。ふたたび起きあがったトクソム老人が、もう一度メルデンの背後から組みついた。メルデンのからだが、ちょっと後ろに反った。絶好の機会だ。わが輩、思いきり、右の膝で急所を蹴りあげた。膝は、みごとに命中した。

「ギャッ！」

メルデンが悲鳴をあげて、わが輩のからだから転げ落ち、急所を両手で押さえて、のたうちまわった。その瞬間だった。白いマンモスが、ぐいと前に進み出ると、メルデンを、その太い左脚で踏みつけた。「ぐしゃ」と嫌な音をたてて、メルデンが動かなくなった。

それを見て、ふらふらと起きあがったフランクが、機関銃を拾おうとした。それより、一瞬早く、石峰君が機関銃を拾いあげた。

「動くな!!」

「わかった。抵抗しない」

フランクが、両手をあげた。闘いは終わった。それにしても、わが輩らは幸運だった。これが、ロシア隊のように、厳しい訓練を受けた兵士たちだったら、わが輩らは全員、とっくの昔に撃ち殺されていただろう。だが、曲馬団の連中は、そういう意味では素人だから、一応、隊長格のメルデンのような男はいたものの、規律もとれず、わが輩を短銃で撃った以外、機関銃も撃てず、たちまちのうちに、仲間が三人も死に、おろおろしているところを、石峰君に機関銃でおどされ、あっさり降参となったのだった。

「だいじょうぶですか、中村さん?」

いままでとは逆に、フランクを機関銃でおどしつけながら石峰君がいった。

「実際、少し痛むが、なんのこれしきで参るような、わが輩ではない」

わが輩、少しばかり強がりをいった。

「とにかく、応急手当てをしなければ……。中村さん、上着を脱いでください」

志保がいった。

「いま、こんなところでか?」

わが輩がいう。五メートルほど前には、動く黄金神像と白い巨大なマンモスがいるのだ。

「出血が多いと、命にかかわります。傷口にハンカチだけでも、当てておいたほうがいいでしょう」

志保がいった。

「そうか」

わが輩は答えて、上着を脱いだ。ポズナンスキー博士は、あわてて、ポケットから手帳を取り出して、黄金神像と白いマンモスを写生しておる。マンモスは、黄金神像を守るように、ぴったりと寄り添っている。これが、伝説の白い巨大な守護神であることは、もう、まったく疑いがない。

わが輩が上着を脱ぐと、下着は真っ赤な血に染まっていた。かなり出血しているようだ。

「ひどい傷！」

志保が、顔をしかめた。そして、ポケットからハンカチを出して、傷口に当てようとした時だった。すすっと黄金神像が、わが輩のほうに進み出た。志保の手がとまる。神像は、わが輩の前、五十センチほどの距離のところまでくると、四本の手のうち、右の上の手を伸ばして、その掌《てのひら》を、わが輩の肩の傷口に当てた。暖かい手だった。志保のいう通り、これは人形ではない。血の通った生物の暖かみだ。

その掌が肌に触れたとたんに、わが輩は、傷口を中心にして、口ではいえない快い気分になった。心配そうに、石峰君が、わが輩の顔を見る。わが輩は、目で心配するなといった。石峰君はうなずき、それから穴の開くほど黄金神像を見つめた。神像は、表情を変えない。

それは、二分間ぐらいだっただろう。神像が、そっと掌をはずすと、なんとわが輩の傷口は、跡形もなく、きれいにふさがっていた。痛みも完全に消えている。わが輩、奇蹟《きせき》などというものは信じんほうだが、これは奇蹟としかいいようがなかった。人間の力では、短銃の弾が突き抜けたところを、わずか二分掌を触れて、跡形もなく治すことなどできるわけがない。

「これは神像などではない。本当の神だ」

ポズナンスキー博士が、信じられないという表情でいった。

「博士のいう通りじゃ。神だ。本物の神だよ」

トクソム老人の声も、感激に震えている。

「ありがとう。すっかり、傷は治った」

わが輩が、神像に向かっていった。だが、神像は、なにも答えなかった。

「あなたは、何者なのです？」

石峰君がいった。けれど神像は、やはり無言だ。

「本当に神なのですか……」

石峰君がふたたび質問した。だが、やはり神像はなにも答えない。そして、ゆっくりと、また白いマンモスの横にもどった。それから、マンモスの前脚に、そっと手を触れた。すると、マンモスが入口のほうに、静かに歩き出した。マンモスの動作には、もうドイツ人を叩きのめした時の、荒々しさはない。目が優しくなっている。

「出よう」

わが輩がいった。

「はい」

最初に答えたのは、志保だった。わが輩らは、フランクを機関銃でおどして、白いマンモスと黄金神像に先立って、洞窟を歩き出した。出口に向かって歩くあいだ、ひとりとして口を利く者はなかった。それぞれに思っていることはあるのだろうが、その場でことばを発してはいけないような気さえした。

そして洞窟の外に出ると、まず空を見あげた。予想していた通り、例の不可思議な空飛ぶ球――飛天球は、まだオーコリドイの頂上の上空に輝いている。

「あの飛天球と、黄金神像は、どういう関係にあるのだろうな。人が乗っておるのだろうか」

わが輩がいった。

「もし、乗っているのなら、やはり、あの黄金神像を狙っているのでしょうね。ぼくたちをはじめ、独逸人や露西亜人をじゃましてきたことから考えると、あの球の中に、何者が乗っているにしても、ほかに考えようがない。赤い岩の入口を開けたのも、かれらなのだから」

石峰君がいった。

「いや、石峰君。それは、どうかな。わが輩は、黄金神像を狙っているのではなく、なにか、あの飛天球と黄金神像には、深い関係があるように思えるのだが」

わが輩がいった。

「どう関係があるのです？」

石峰君が質問する。

「それは、わからんが……」

「まったく、不思議な球だ。どこの国の人間が作ったものだろうか。発明王のエジソンでも、あんなものは作ったという話はきかない」

ポズナンスキー博士が、首をかしげる。

「おい。ほかの者は、どうした!?」

わが輩らは忘れていたが、洞窟の入口で、機関銃を持って見張り番をしていたドイツ人――クランツが、岩蔭から姿を現して叫んだ。

「死んだよ。欲に目がくらんでな。この男以外は」

トクソム老人が、目でフランクを差していった。

「なんだと、死んだ？　ベルナーやメルデンたちがか？」

クランツが、目を剜《む》いた。

「その通りだ。殺《や》られた……」

フランクがいった。

「こいつらにか？」

クランツが機関銃を構えたまままいう。

「いや、ちがう。マンモスだ。白いマンモスがいたんだ」

フランクがいった。

「白いマンモスだと……」

クランツがいいかけた時、洞窟の入口から、その白いマンモスと黄金神像が、ゆっくりと出てきた。そして、マンモスが空に向かって雄叫びをあげた。

「あ、あいつか！　なんて怪物だ！」

クランツは機関銃を、白いマンモスに向けた。その巨大な白い姿を見て、気が動転してしまったらしい。まさに、引金を引こうとした瞬間だった。クランツの一番近くにいたトクソム老人が、飛びかかっていた。機関銃の弾が、空に向かって発射された。しかし、それは、すぐにとまった。トクソム老人の蒙古刀が、クランツの左胸に突き刺さったからだった。わが輩、トクソム老人のそばに走り寄った。老人は、蒙古刀の血をクランツの服で拭うと、鞘に納めた。

「だいじょうぶか？」

わが輩がいった。

「あたりまえじゃ。さっきは油断したが、わしは、ダフールの戦士じゃぞ」

老人が胸を張った。白いマンモスは、そばで騒ぎが起こっていることになど、少しも興味を示さず、洞窟の入口で、脇にいる黄金神像には、だれも一歩たりとも近寄らせないというように、鼻を左右に振りながら、空を見あげている。

「写真機を持ってくるべきだった。テントの中にはあるのにな！　わたしは動物学者ではないが、これは世界的な大発見だ！　写真が撮りたい」

ポズナンスキー博士が、残念そうにいった。マンモスは博士や、わが輩らには敵意を見せない。

「本当に、なんて、きれいな毛なのでしょう。白い守護神の名にふさわしい動物だわ」

シャギニャン夫人がいった。

「たしかに宝物といえば宝物かもしれないけれど、マンモスと、この黄金神像を、独逸に連れて帰るわけにはいきませんね」

石峰君が、ふうとため息をついた。

「まあ、そうだな。きみが連れて帰るといっても、わが輩は反対するよ。マンモスを連れていけるわけもないし、黄金神像は、わが輩の怪我を治してくれた恩人だ」

わが輩が、小さく笑いながらいった。それから、空を見あげた。

「……ん、なにかが起こりそうだ」

わが輩のことばと同時に、オーコリドイの頂上の真上にあった飛天球が、ゆっくりと、わが輩らの頭上に移動してきた。高さは十メートルほどしかない。全員が、飛天球に視線をやった。わが輩が見積もっておった通り、その直径は三十メートルほどもある。白いマンモスも、飛天球を見あげている。全員が見あげていると、突然、球の底にあたる部分から、緑色の光が地上に伸びた。

わが輩らの視線は、その光線の先に移った。白いマンモスの後ろ脚の横に、あの黄金神像があった。いや、いたというべきだろう。黄金神像は、ゆっくりとした動作をし、右の二本の手で、マンモスの脚をなでてやっていた。

「わたしは、世界一、幸運な学者だ」

あいかわらず、ポズナンスキー博士の声は、興奮に震えている。

「博士、あの神像の正体は、なんなのです？」

わが輩が質問した。

「わからん。わからんよ。いや、ひょっとしたらと考えておることもある。だが、いまここで、いいかげんな仮説はいいたくない。しかし、わたしたちは、現実に、この光景を見ている。これは、幻覚でもパノラマでもない」

博士がいった。黄金神像は、やがてマンモスのからだをなでる動作をやめると、頭上の光る球に向かって、静かに、万歳をするように四本の手をあげた。わが輩には、その神像の行動が、自分は安全である、あるいは元気であるという合図のように思えた。だれも、声を発しない。

神像は右の上の腕で、わずかに黒ずんでいる右の胸のあたりを、さすった。それは、怪我の治った痕《あと》のようにも見えた。

神像は金色に輝くからだを、白いマンモスの前脚のところまで移動させた。マンモスが神像の腰のあたりを鼻で、そっと巻いた。ドイツ人を巻きあげた時とはちがって、ずっと優しい動作だ。トクソム老人の、唾を飲み込む音が聞こえた。

光の幅が広がった。いままで神像のみを照らしていた緑色の光は、巨大な白いマンモスのからだ全体を包み込む大きさになった。マンモスのからだが、すっと、地面から離れ宙に浮かんだ。そして、その緑色の光線に導かれるように、飛天球のほうに浮かびあがっていく。なんといっていいかわからない、光景だった。神秘的でもあり、幽玄でもあった。

頭上の飛天球の底の部分に、ぽっかりと穴が開いた。それは、扉のようなものが開くというのではなく、まったく、なにもない球の表面に、突然、穴が開いたとしか表現のしようがなかった。黄金神像を鼻に巻いたマンモスのからだは、ゆったりと、その穴に吸い込まれていく。穴の奥は、まばゆい光の洪水で、なにも見えない。

三十秒ほどの、時間だっただろうか。マンモスと黄金神像のからだは、すっぽりと光の穴に吸い込まれた。照らされている緑色の光も、マンモスと一緒に、吸い込まれていく。光が吸い込まれると同時に、球の穴が消えた。わが輩は、まるで荘厳な神事を見ているような気がした。

「吸い込まれてしまった……」

石峰君が、夢でも見ているように呟いた。その瞬間、洞窟のあった岩が「どどっーん!!」という轟音《ごうおん》をたてて崩れ落ちた。

「せめて……」

ポズナンスキー博士が、洞窟の方向に目をやって、なにかいいかけたが、ことばをとめた。博士がいいたいことはわかった。だが、あえて、わが輩はいった。

「これでいいのではないですか」

博士が、無言でうなずいた。

「……飛んでいく」

石峰君がいった。その声に、ふたたび頭上を見やると、白いマンモスと黄金神像を吸い込んだ飛天球が、ぐらっと揺れたと思う間もなく、南の地平線から二メートルほどのところに浮かんでいる満月の方向を目ざして、飛んできた時と同じく、驚くような速さで飛び去った。たちまち飛天球は、月の光と合体して姿を消した。

また、周囲に沈黙が訪れた。だれも、ことばを発しない。ただ、飛天球の飛び去った方向を、無言で見つめているだけだ。なにごともなかったように、満月は大興安嶺の山々を照らしている。上気した顔のトクソム老人が、両膝を地面について、額が土につくほど深々と、満月に向かっておじぎをした。

「……わしは、もう、いつ死んでもいい。あれは神だ。オロチョンたちのいっていた聖なる神だ。大昔、オーコリドイに降臨した神が、天に帰っていった……。その神を、わしは、この目で見たのだ」

トクソム老人は、とぎれとぎれに、独《ひと》りごとのようにいい、恍惚《こうこつ》の表情で、飛天球の消えた満月を見つめた。

「謎の電波の調査が、こんな結果になるなんて……」

シャギニャン夫人も、本当にいいたいことばを見つけられないかのように、ぽつりという。

「あの黄金神像は、たしかに生物だったのかね？」

わが輩が、石峰君に質問した。

「わかりません。ですが、ぼくたちは、また、もうちょっとのところで、とてつもない宝物を手に入れそこなったことだけはたしかですね」

石峰君が、小さく笑った。

「わたしは、皇帝に、なんと報告すればいいのだろうな……」

ポズナンスキー博士が、困った顔で、わが輩を見た。

「わが輩らもですよ。このことを報告したら、山梨中佐は、なんというだろうね……。大興安嶺までいって、頭が変になってしまったとでも思うかもしれんな。……それにしても、今回の探検は、あまりにも、わからんことばかりだった。石峰君、あの電波はなんだったのだ。怪光線は？　飛天球は？　黄金神像は？　あれが生物だとしたら、いつから、なんのために洞窟にいたんだ。それを守る白いマンモスが、なんで、あんな洞窟の中で生きていられたのか。飛天球と神像は、どういう関係なんだ。地図を作った武士と、神像やマンモスは、どう関係していたのか……」

わが輩が、混乱した精神状態のまま、思いつくままに疑問を投げかけた。

「中村さん、そう、たて続けに質問しないでください。ぼくも、中村さんと同じようにわからないんです。あとで、ひとつひとつ考えてみましょう」

石峰君が、飛天球の消えた空を見ながら残念そうに、と同時に、なんとなく晴々《はればれ》としたような表情でいった。

「二十世紀は、科学の時代だというが、世の中には、科学では解明できないこともある……」

ポズナンスキー博士もいう。

「わが輩など、とくにわからんですよ。……ともかく、これ以上、ここにいても、もう、なにも起こるまい。テントにもどるとするか」

わが輩がいった。

「ええ。喉が渇いてしまいました。おいしいコーヒーが飲みたいですわ」

志保がうなずいた。

「わたしも、喉がからからです。コーヒーよりも、わたしが、特製のロシア紅茶を入れましょう。トクソム老人の薬茶に負けないような、疲れの取れるお茶です。トクソムさんも、ぜひ、飲んでみてください」

シャギニャン夫人がいった。トクソム老人が、たちあがった。

「もちろん、いただくよ。じゃが、テントに帰る前に、いま、わしに、ひとこと、いわしてくれんか。これは、一生、いわんつもりでおったのじゃが、神を見た、いまならいえる。そして、いましか、いえんことだ」

トクソム老人が、神妙な表情で、シャギニャン夫人の顔を見つめていった。全員、なにごとかと、トクソム老人を見る。

「シャギニャン夫人、一度しかいわんから、よく聞いてくれ」

「なにをです？」

シャギニャン夫人が、不思議そうな顔をした。

「婆さん。おねがいだ。わしの女房になってくれんかな……」

トクソム老人が、うつむきながら、蚊《か》の鳴くような声でいった。

「まあ、トクソムさん……、わたしのような者を……」

シャギニャン夫人は、そこで、ことばを切り、あらためて、はっきりした口調で続けた。

「いいですとも、トクソム爺さん。わたしは人助けは嫌いではありませんからね。その代わり、三日に一回は、必ず、お風呂に入ると約束してくれるのが条件ですよ」

「約束するよ。ありがとう、シャギニャン婆さん。わしゃ、もう死んでもいい」

トクソム老人が、満面に微笑をたたえていった。

「それは困りますよ。それじゃ、わたしは、また未亡人じゃありませんか」

シャギニャン夫人が、肩をすくめた。

「みんな、宝物を手に入れそこなったのに、トクソム爺さん、あんただけが、すばらしい宝を手に入れたな」

わが輩が笑った。

「それにしても、ダフールの戦士も、結婚の申し込みは、いささか声が小さかったぞ」

「中村さん、いじめんでくれ」

トクソム老人が、帽子を脱いで、ごりごりと頭をかいた。

「シャギニャン夫人、おめでとうございます」

志保がいった。

「ありがとう、志保さん」

シャギニャン夫人の声も、よろこびに、わずかに震えていた。

終章

松本少尉が、レシーバーをはずして、首を横に振った。

「やはり、なんの電波も入ってこんか？」

佐々木大尉がいった。

「はい。なにも聞こえてまいりません！」

少尉が答えた。

「なるほど。とすると、露西亜軍もわれわれが、無線通信を傍聴していることに気がついたのかもしれんな」

「そう思われます。極めて、残念であります」

「いや、そうでもないだろう。向こうは、暗号が解読されたと思って、やめたにちがいない。それはそれで、けっこうなことだ」

「大尉。あの電波は、たしかに露西亜軍の暗号だったのでしょうか？」

奥の机で、報告書を書いていた眼鏡の吉川中尉が、顔をあげていった。

「どういうことだ？」

「いえ、くだらん話ですが、昨晩、自分は夢を見ましてね。そこに、手の四本ある金色の肌の神が出てきたのですよ」

「ほう」

「それで、おまえたちを混乱させてすまなかった。二百年前に怪我した傷も癒えたので、もう大興安嶺をたち去ると、それだけいって消えてしまいました」

「それはまた、縁起のいい夢を見たな。黄金の神像に謝られたというのでは、近いうちに、きっと、いいことがあるだろう。だが、その二百年前の怪我とはなんだ。神様というのも、怪我をするものなのか？」

　大尉が笑った。

「さあ、自分にも、そこまでは。なにしろ、夢の話ですから……。さて、ぼちぼち、寝るとしますか」

「そうしよう。おれも、神様の夢でも見たいね。おれは、できれば弁天様のようなのがいいがな。まあ、出世させてくれて、金持ちにしてくれるなら、どんな神でも文句はいわん。なあ、少尉」

「はい。自分は大元帥陛下のお役にたてる人間にしていただけるのでしたら、どのような神様でもけっこうであります」

　松本少尉が、直立不動の姿勢でいった。そのことばを聞いて、中尉と大尉が、やれやれという表情で、肩をすくめた。

『大聖神』あとがき

　たいへん、お待たせしました。四年ぶりに『幻綺行《げんきこう》』に続く中村春吉《なかむらはるきち》秘境探検シリーズの第二弾『大聖神』をお贈りいたします。『幻綺行』は短篇集でしたが、今回は、お約束どおり長篇になりました。
　舞台は満蒙《まんもう》（現在は中国とモンゴルとロシア）国境に位置する大興安嶺《だいこうあんれい》山脈です。この地域は、戦後生まれであるにもかかわらず、山中峯太郎《やまなかみねたろう》の『大東の鉄人』に感激したぼくには思い入れの深いところで、ここで中村春吉に、思うぞんぶん活躍してもらうために書かれた物語が、この作品です。（『大東の鉄人』は、読み返してみたところ、大興安嶺山脈の描写もほとんどなく、ぼくの作品執筆には、まったく参考になりませんでした。にもかかわらず、やはり読んでおもしろいのは、作者の力量でしょう。頭が下がります）
『大聖神』は、お読みいただいたように、冒険ＳＦですが、シリーズの性格から冒険小説の要素の強いストーリーになっています。残された謎は読者のみなさんに、解決していただこうと思っております。
　また、このシリーズの傾向をご理解いただくためにも、『幻綺行』を未読のかたは、ぜひ、合わせてお読みいただければ、作者として、こんなうれしいことはありません。

　なお、戦前戦後を通じて、大興安嶺山脈に関する資料が極めて少ないため、この作品を執筆するにあたっては、今西錦司《いまにしきんじ》編著『大興安嶺探検』（講談社・昭和五十五年十一月）を全面的に参考資料として使用させていただき、一部には文章も引用させていただきました。笹《ささ》目秀和《めしゅうわ》『モンゴル神仙邂逅記《かいこうき》』（徳間書店・平成三年六月）にも参考にさせていただいた部分が少なくありません。ここに明記するとともに、お礼申しあげます。

　その他、戦前――とくに明治期の海外旅行記を数多く参考にし、その一部をエピソードとして取り入れている部分もあることを、お断りして、先人各位の多大なる業績に感謝するしだいです。

　次の中村春吉秘境探検記は、一連のシリーズとは別に番外長篇として、今度は比較的早く、お目にかけられるのではないかと思っております。あまり期待せず、お待ちいただければ幸いです。

　末筆になりましたが、『大興安嶺探検』を、快くご貸与下さいました講談社の唐木厚、気長に原稿の仕上がりを待って下さった編集担当の佐々木春樹の両氏に、心よりお礼申しあげます。そして、なによりも、この作品をお読み下さった読者諸氏に深謝いたします。ありがとうございました。

　平成六年八月吉日　　　　　　　　　　　　　　　　　　　横田順彌

自転車世界無銭旅行者

中村春吉

日本出発の旅装

大冒険旅行

日露戦争直前の明治三十四年から三十五年にかけて、波瀾万丈、冒険小説そこのけの自転車無銭世界旅行をした中村春吉の生涯は、痛快のひとことに尽きる。

中村春吉の幼少時代から、青年時代については資料により、かなり表記が異なっており正確なことがわからない。中村は明治四年三月、広島県豊田郡《とよたぐん》御手洗町《みたらいちょう》に生まれた。士族の家系で、父は重助、母はせい。兄に直吉がいた。

父は西南の役の際、西郷軍に加わり行方不明となったため、「賊の子、賊の子」と呼ばれ、学校にも行けなかったという。家は貧しく「竹の柱に茅《かや》の屋根、床も畳もなく、藁《わら》を敷いて起き伏をし、元結、縫針、縫糸を商って暮《くら》」した（『霊動の道』昭和四十三年六月）。

幼くして家を出、あちらこちら転々とした。その間、各種の武芸を修練したが、中でも馬術は熊本の相模という人に学び、相当な腕前だったようだ。

十八歳の時、横浜に出て、ドクトル・マクネスという人の知遇を得、その好意で二年間、アメリカに渡る。帰国後の明治二十六年、今度はハワイに行き、馬術にたけていたことと関係があるのだろうか、マカウエリ砂糖製造会社の調馬係のかたわら、英語を学ぶ。そして明治三十年春、帰国し下関《しものせき》に定住した。——と、これは雑誌〈輪友〉明治三十五年一月号に掲載された略歴だ。

ところが、前記『霊動の道』の略歴によると、明治二十五年春に父が没し、中村は広島県厳島《いつくしま》弥彦山《ひこやま》で修行（何の修行か不明）。二十六年五月、移民としてハワイに渡航。三十年三月帰国。三十三年インドに渡り、奥地の聖山巌窟でバラモン教の苦行修験を積む。三十四年帰国し上京となる。

あまりにも、ふたつの資料の内容が異なるので、おおよその年譜も作製できない。また、前者には具体的な人名、会社名などが出てくるので無視できないし、後者は後年、中村が開祖となった精神的健康医術（霊動法）の後継者のひとり、石川清浦の米寿記念本に掲載されたもので、こちらも資料としては貴重だ。

さらなる調査を進めることを約束し、ここでは両者を掲載しておくほかはなさそうだ。中村の少年時代についても、もう少し、詳しいことを知りたいのだが、これもまた資料が、ほとんどない。

中村の少年時代について、わずかに伝えている資料は、中村が口述した自転車世界無銭旅行の顚末《てんまつ》を、押川春浪《おしかわしゅんろう》が文章化した『中村春吉自転車　世界無銭旅行』（明治四十二年）だけで、これによれば、中村はこんな少年時代を送ったという。ちなみに、馬関《ばかん》は現在の山口県下関市だ。

　僕は少年時代から馬関に住所を移したが、年百年中旅行して居るから、留守宅は空家同様、盗人《ぬすっと》が這入《はい》っても、盗《ぬす》む物が有るか無いか、それも分らぬ程《ほど》です。

　三つ児の魂百までとは善《よ》く云《い》ったもので、僕は少年《こども》の時から冒険的に出来て居《お》ったものと見え、トンボ髷《まげ》を頭に載せ、近所の少年《こども》を集めては始終喧嘩《けんか》ばかりして居った、喧嘩が厭《いや》になると、青竹の太い棒を携《たずさ》え、狼《おおかみ》を退治するのだと云って、山の奥に乗込み、朝から晩まで、谷間《たにあい》だの、絶壁の下だのをブラ付くのが、無上の楽《たの》しみであった。

　たしか十二歳の時と覚えるが、僅《わず》か二銭銅貨一枚を握って家を飛出し、怪《あや》し気な漁船に乗せられ朝鮮に渡り、韓半島に無銭旅行を試みて、死ぬ目に遭《あ》った事もある。

後に世界無銭旅行をする人物が、十二歳で朝鮮に渡って、無銭旅行をしたなどというのは、あまりに出来すぎているような気もするが、成人してからの中村の行動を見れば、さもありなんと思われるところもあり、その信憑性《しんぴょうせい》は五分五分といったところだろうか。

学歴なども、まったく判明しないが、教育も相当に受けたという（ただし、資料によっては、ほとんど学歴らしいものはないとしているものもある）。

　また別の資料によると、日露戦争の始まったころというから明治三十七年と思われるが、このころ中村は徴兵検査を受け、甲種合格になりながら籤《くじ》ではねられたと書かれている。だが、先の資料によれば、その時期はハワイにいるはずなのだ。それに、明治三十七年では徴兵検査の年齢も合わないように思われる。

『世界無銭旅行』によると、明治三十年ごろには英語力を利用して、各地の外国人居留地の外国商館を渡り歩き、通弁すなわちいまでいう通訳の仕事をやったようだ。さらに通訳のかたわら、外国人相手に小商《こあきな》いなどもやったといわれる。とにかく喧嘩好きで喧嘩で飛び出した商館は百三、四十軒はあり、中村のほうから主人に暇を出す（どういうことか、判然《はっきり》としないが）という騒ぎを起こしたことも、四、五度だった。

そのほか、ハワイに渡ったのは明治二十八年ごろのことで、ここで三年間、移民事業を研究し帰国したという資料もある。いったい、なにが正確なのか、わけがわからない。そして、どれが正確にしても、そうなると外国商館の百三、四十軒で喧嘩した時期は、いつになるのか。最初の渡米前のことなら、時期的に辻褄《つじつま》が合うが、渡米前の中村に外国商館に勤務するほど、英語ができただろうか？　ともかく、謎だらけだ。

明治三十年春の帰国から一年ほど通訳時代があるらしいから、あるいは、外国商館にいたのは、このころかもしれない。しかし、そうなると三日に一回喧嘩をして、勤め先を変更していた計算になり、これは、いくら中村でも有り得ない話としか思えない。

明治三十一年二月ごろには、下関に〔馬関忍耐青年外国語研究会〕なる忍耐力の養成と英語の普及を図るという、あまり意図のはっきりしない会を設立して会長に納まった。二十六、七歳の時だ。このあたりから、ようやく具体的な経歴がわかってくる。

パリにて撮影

〔馬関忍耐青年外国語研究会〕の実体ははっきりしない。本人は学校と称しているが、当時でも正式な学校は、そうかんたんに設立できないはずなので、どうやら英語塾のようなものだったようだ。英語と忍耐力が、どう結びつくのかは、よくわからない。

　ここでの中村は、単に青年たちに英語を教えようと考えただけではなく、後に自らが大事業を成す際の協力者を養成しようとしたらしい。そのためには、自分のたいしたことのない英語力では経営していけないと、身銭を切る覚悟で学力のある外国人教師を雇い、自らは初心者のみを教授した。

　前述したように、中村の英語は相当にブロークンだったらしく、後に中村の自転車無銭旅行を伝えた、アメリカの自転車雑誌〈バイサイクリング・ウォード〉は、「基偏則なる英語に思う処《ところ》を語らんとして頻《しき》りに片手まねする様は常人と異なる処あり」（当時訳）と記述している。

　だが、その程度の英語力で、英語塾の経営を考えるというのは、やはり並の人物ではないし、また、自分の実力をわきまえていて、身銭を切っても、きちんとした指導をしようというところが人間的スケールの大きさを感じさせるではないか。

結果的には、たいした成果はあがらなかったようだが、会は当時の外国語研究ブームにも乗って大繁盛。わずか三、四か月の間に五百人の会員が集まった。おかげで身銭を切らずにすみ、金《かね》も儲《もう》かったが塾経営で金を儲けるつもりのない中村は、全額を経営費につぎこんでしまった。

五百人もの塾生が集まれば、これはと思う人物もいるにちがいないと考えた中村だが、眼《め》鏡《がね》にかなったのは、わずか七人。がっかりしたものの、だからといって、すぐに経営をやめるわけにもいかない。しかたなく経営を続けていたが、明治三十一年の九月、中村が隣国（おそらく朝鮮であろう）を旅行して帰ってくると、塾にもめごとが起きていた。

理由はわからないが、外国人教師と塾生の間に衝突が起こり、塾生がストライキをしていたのだ。文筆家として、押川春浪の弟子筋にあたる河岡潮風《かわおかちょうふう》によれば、塾生が月謝を高くしてもいいから、外国人教師を増やしてくれといってストライキになったということだが、会長の中村の留守中に起きた事件というのだから、別の理由である公算が大きい。

中村は、早速、塾生を集めてストライキを中止するように呼びかけたが、塾生たちはいうことを聞かない。もともと短気な性格の中村は、すっかり怒ってしまった。

其処《そこ》で僕は一同を集め、其様《そん》な馬鹿な真似をするな、不平があるなら男らしく堂々と論ずるが可い、論じて敗けたら黙って服従するか、服従するのが厭なら、潔《いさぎ》よく去るのが男子の取るべき道だ、不平と学問修業とは別の事だ、一日修業を休めば休む丈《だ》け諸君の損になる、何も不平を云う為《た》め、学校を休んで騒ぐにも当るまい、又《ま》た教師も教師だ、くだらぬ屁理屈を並べ立て、空威張《からいばり》をするにも及ぶまいと、いろ〳〵云って聞かせたが、双方ぐず〳〵云って仲々聴かぬ、其様な生意気を云うなら、今日《こんにち》限り此学校をブッ潰《つぶ》して仕舞《しま》うぞと云ったが、矢張《やはり》聴かぬ、僕大いに腹が立った、エイ面倒臭いと、其日《そのひ》限り外国語研究会を解散し、大看板をブチ割って、校門をピシャンと閉めて仕舞った。

いかにも、中村らしい行動ではあるが、驚いたのは塾生と外国人教師だ。まさか、ほんとうに塾を閉鎖してしまうとは思っていなかったから、たちまちパニック状態になった。両者とも青くなって謝罪してきたが、中村はうんといわない。もう看板を割ってしまったのだから、辞めるよりほかはないといって、塾生たちをほかの塾に移す手配をし、解散してしまった。

もっとも、さすがに中村も、この時の乱暴なやりかたは、後まで気になっていたらしく、若さにまかせて無鉄砲なことをしてしまったと反省をしている。

さて、職を無くした中村は、次の仕事に何を選ぼうかと考えたが、学者や軍人はむりだ。そこで、いささか自信のある商業関係の仕事について、国家の利益追求をしようと思いたった。そのためには海外貿易をやらなければならず、海外事情に詳しくなければならない。どうすればいいか？　それは、直接、自分の目で確かめるのがよかろう。とすれば、かねてより計画していた世界一周旅行をするしかない。これが、結論だった。

　こうと決めたら、すぐに実行に移さなくては気のすまない中村、ただちに世界旅行の計画をたてはじめた。しかし、費用はない。田地田畑を売れば、多少の金もできるだろうが、それでもケチケチ旅行しかできそうもない。それならば、いっそ無銭旅行をしてみようではないか。よし、決めた、無銭旅行だ。中村の決断は早かった。

　そこで、次に考えなければいけないのは交通手段だ。徒歩にするか、騎馬にするか、自動車にするか、自転車か。これも、結論はすぐに出た。徒歩では時間がかかりすぎるし、馬には餌がいる。自動車も燃料を食う。となると、残るは自転車だ。外国には自転車で世界一周を試みた人間も、何人かすでに存在するが、無銭旅行者というのは例がない。その意味でも、自転車無銭旅行には意義がある。――というわけで、世界にも前例のない自転車無銭旅行が決定した。

　けれど、自他共にバンカラ男児として認める中村のことだ。乞食《こじき》のような無銭旅行ならやらないほうがましと、ひとつの条件を自分に課したのだった。

　私が世界無銭旅行を企てたについては、世間にいろ〳〵の非難がある。併《しか》しそれは多く其《その》意義を誤解して居るからである。無銭旅行と言えば、只食《ただく》い、只貰《もら》って歩くように思って居る人が多いが決して爾《そ》う言うものではない。かの学生達が暑中休暇を利用して、いろ〳〵の人から紹介状を貰って無銭旅行を企てるのとは違う。私は食うだけの道は自分で開きながら旅行をする船に乗れば水夫となり火夫となって、自ら働き自ら食って世界を漫遊したのである。海外に居る同胞をたよって、自分から食物を貰ったり、衣服《きもの》を受けたりした事はない。無銭旅行の意義が世間の人に乞食旅行と同一に誤解されて居るのは私の真に残念に思う所である。

また、中村にはバンカラ気質と同時に、非常に思慮深い気質が同居していた。無銭旅行や自転車旅行の決断は早かったが、決して、やってみればなんとかなるだろう式の、行きあたりばったりの性格ではなかった。その証拠に、自転車無銭旅行を決断すると、すぐに自転車で国内旅行をはじめる。ひとつには、自転車の足ならしであり、もうひとつは外国で日本のことを尋ねられた時、詳しくはなくとも、ある程度のことは答えられるようにという配慮だった。

こうして、日本全国を視察してまわり、どうやら準備も整った。そこで、そろそろ世界一周の旅に出発しようかと思っていた矢先、兄の直吉に、この計画を勘づかれてしまった。

「どうも、おまえの最近の挙動はおかしいぞ。外国にでもでかける気か？」

兄に詰問された中村、まずいと思ったが、無銭というところだけは内緒にして、自転車で商業視察のために世界旅行に出るつもりだと答えた。中村とは性格が正反対の兄は、顔をしかめていたが、どうせ止めても聞くまいと思ってか、気をつけて行ってこいという。

そういわれれば、もう、ぐずぐずしてはいられない。のんびりしていて、兄の気が変わっては困ると、すぐに役場に行って海外旅行の手続きをし、明治三十四年十二月十一日、下関を出発して東京に向かった。

この間の事情は、『世界無銭旅行』にはなにも記されていないが、前述の自転車雑誌〈論友〉に「自転車無銭世界旅行者　中村春吉氏直話」として掲載されている。これによると、中村は下関から、すでに無銭旅行を開始している。

途中、行く手を牛飼いが牛を引いて歩いていたので、自転車のベルを鳴らしたところ、牛が驚いて暴れだし、自転車が横転して田圃《たんぼ》の中に放りだされたり、うるさく吠《ほ》えついてくる犬に空砲を撃ったところ、なんと空砲に当たったと主張する人物が現れ、しかたなく警察に駆け込んだりという、おもしろいエピソードも披露されている。

中村の無銭旅行のやりかたは、ってのあるなしにかかわらず、ここはと思ったところに行って一宿一飯を乞うのだが、現在と時代がちがうとはいうものの、ほとんどの相手が、この浮浪者同然の中村を歓迎しているのには、いささか驚かされる。それも宿泊を商売にしている宿屋が中村から事情を聞き、ことごとく無料で手厚くもてなしているのは、いまでは、ちょっと想像できないところだ。

東京に到着した中村は、二、三日滞在した後、横浜の旅館〔福井屋〕の主人・福井忠兵衛という人の家に向かった。この福井に中村は少年時代から世話になっており、その弟の清次郎とは兄弟以上の仲だったので、どうしても、ここを世界旅行の出発点にしたいという思いからだった。

中村は、横浜でなにか仕事を見つけ、稼いだ金で上海《シャンハイ》行きの船のキップを買うつもりでいたが、これを聞いた福井は、そんなことに月日を費やさずに早く大陸に渡ってしまえと、乗船キップを寄付してくれた。

船は明治三十五年二月二十三日午後一時横浜出港の日本郵船〔丹波《たんば》丸《まる》〕と決定した。この時の――というより、すでに下関を出発した時からそうなのだが――中村のいでたちは、インドの猟師《りようし》かトランスヴァールの義勇伝のような服装で、右の肩から左脇下に〔世界漫遊者中村春吉〕と書いた、選挙のたすきのようなものをかけていた。（帰国時の写真には、英文でAROUNDと読めるたすきをかけているが、これと出発時のたすきが同一のものかどうかは、はっきりしない）

それだけでも、かなり人目をひいたが、さらに注目を集めたのは、その自転車だ。

僕のランブラー式の自転車、その車輪《リング》を除《のぞい》て、苟《いやし》くも物の縛り付けられる処には、隙間も無く様々の旅行要具が縛付《しばりつ》けてある、馬関を出る時には此様《こんな》に無かったのだが、横浜に来てマゴ〳〵して居る内に、あれも入る之《こ》れも入ると、考え出してはチョク〳〵集めて来たのが、此様に沢山《たくさん》になったのです、先《ま》ず其《その》旅行要具と言う物の名を挙げて見ると、革包《かばん》一箇、其中《そのなか》には、生米一斗二升、砂糖、食塩、ウドン粉、梅干、松魚節《かつおぶし》、高野豆腐《こうやどうふ》、蠟燭《ろうそく》、機那塩《きなえん》、ヨードホルム、石炭酸、繃帯《ほうたい》、絆創膏《ばんそうこう》、麻糸、畳針等が入って居る。角燈《かくとう》四箇《こ》、天幕一張、敷物一枚、吊網一箇、蚊帳《かや》一張、鹿毛皮《しかがわ》一枚、空気枕一箇、細引三丈ばかり、以上の重量《めかた》合計二十一貫五六百目、それに僕の体重を十八貫目として、自転車ランブラー君は、大約《おおよそ》四十貫目の重荷を載せて走らねばならぬのです。

四十貫といえばメートル法に直して百五十kgだ。果たして、この重みに自転車が耐えられるかと思うのだが、ランブラー式自転車というのは、頑丈なことでは定評があるようで、特に中村の使用した車種は、かなり古いものだったらしいが、一年半にわたる旅行の間、たいした故障もしなかったという。

船中では、最下等の三等船室に陣取った中村だったが、あまりにも不衛生なので、その大半を甲板で暮らした。インド人、中国人らと相撲をやったりゲームをしたり、一度などシンガポールの住人と脛押《すねお》し競争をし、両者、怪我《けが》をして血を流しても参ったといわないため、ついに、キリスト教の神父だか牧師だかが分けて入って、ようやく決着がついたこともあったそうだ。

上海には三月三日についた。ここで、ひと休みした中村は、わずかに所持していた金のほとんどすべてをはたいて、香港行きの船のキップを購入した。上海から自転車を走らせてもいいのだが、この間は道が平坦でおもしろくないから、先を急ぐことにしたのだ。

三月八日、香港《ホンコン》に到着すると、すぐに日本人経営の旅館に投宿した。しかし、懐《ふところ》の中は無一文だ。そこで働き口を探し、それで宿賃を支払おうと宿の主人に話をすると、主人は一銭もいらないといってただで泊めてくれた。そればかりか香港在住の日本人を集めて、歓迎会を開き、その中のひとりはシンガポール行きの船のキップを寄付してくれた。

実はこの時、中村はフィリピンからオーストラリアに向かう計画を立てていたのだが、当時のオーストラリアは排日感情が強く、行ってもおもしろいことはないといわれ、シンガポールに進路を取ることにしたのだった。

シンガポールにつくと、中村はさっそく日本領事館に行き、この地を通過したことを証明する署名捺印をもらおうとした。ところが領事は不在で出てきたのは、生意気な書記。中村を乞食扱いして、署名をしようとしない。最初はおとなしくしていた中村だが、ついに堪忍袋の緒が切れ、さっそくバンカラ行動となった。

『汝《なんじ》、何と云うか』と怒鳴《どな》ったら、青書記生殿ブル〳〵と慄《ふる》い上った、之れで此男《このおとこ》の度胸の無いと云う事が分る、僕は更《さら》に声を励《はげま》し、

『汝、小人《しょうじん》、何と云うか、汝は何《な》んの為に日本国民の税金で生きて居るのだ、国民が要求する一つの証明書を書くにも其《そ》んな威張る程なら、国民の税金で飯を喰《く》わぬが可《よ》い。本国へ帰って田畑《でんばた》を耕した方がモット国家の為になるぞ、汝如《ごと》きは小成に安んじ、僅少《わずか》ばかりの給料で生きて居《い》れば、其《そ》れで満足して居るのだから、吾輩の抱負を聴いたとて分《わか》るまい、真に国家の為を思い、大経綸《だいけいりん》を立てて活動する人間を見ると、直《す》ぐ山師とか詐欺師とか云って驚くのだ、其様なケチな量見で何になる、汝は吾輩《わがはい》の衣服《きもの》の汚いのを見て、乞食の如しと軽蔑するが、衣服《きもの》が何んだ、××でも錦の衣《ころも》を着れば、汝よりも百倍も立派に見えるぞ、其様な眼孔《がんこう》で天下の大勢を観察する、汝如き腰抜け外交官があればこそ、日本の外交は振《ふる》わぬのだ、サア答弁あれば聴かん』と、拳骨で卓子《テーブル》をたたいて論じて遣《や》った。

スルト件《くだん》の書記生は、余り腹が立ち過ぎたのか、それとも喫驚仰天《びっくりぎょうてん》したのか、青い顔を愈《いよい》よ青くし、眼《め》ばかりキョロ〳〵光らせ何か云おうとしたが、唇が慄えて声が出ぬ、イキナリ立上《たちあが》り頬を膨らして、次の室へ立去りました。

僕は冷《ひやや》かに笑い、煙草《たばこ》を燻《くゆ》らせつつ——、但し其の煙草は卓子《テーブル》の上にあったのです。僕は生来煙草は大好きだが、無銭旅行中に贅沢《ぜいたく》だと思うから、決して買って喫《の》む事はせぬ

――、客用に置いてあったから喫んだのだ――、それで何時《いつ》まで待っても、書記生は再び出て来ぬので、エイ面倒臭い、証明などはして貰わずとも可《よ》いと、僕はプイと領事館を出て日新館へ帰りました。

宿に戻ると、シンガポールの新聞記者たちが取材にやってきて、これから、どういうコースを旅するつもりだと質問する。そこで、マレー半島を横切りビルマのラングーンに出て、インドのカルカッタに向かうつもりだと述べると、記者たちは、それはとてもむりだからやめろという。シンガポールからマレー半島方向へは、八十キロも行くと道が尽き、徒歩でも前に進めないというのだ。

そういわれると、かえって強情を張ってでも行ってやろうというのが、中村の性格。よし、行くぞとばかり、その場から自転車にまたがり、ラングーンを目指して出発した。

ところが実際八十キロほど走ると、前方に山が現れ道は険しくなり、ついに自転車に乗っていられなくなった。そこで自転車を引いて山を登りはじめたが、とうとう、それでも登れない。しかたなく紐《ひも》で自転車を背中に背負い、とにかく先へ先へと突進する。

やがて、目の前に出現したのは、何百メートルの深さがあるかわからない谷で、これがどこまでも続いている。さすがに、先に進む手段がなくなってしまった。といって、引っ返すには時間が遅い。あたりはもう、まっ暗だ。あきらめて、生煮えの蒸し飯で腹を満たし、山中で野宿することになった。

けれど、旅行に出てからはじめての野宿であるのと、不気味なので、ほとんど眠れず、翌朝は早くから先に進む道を求めたが、どうしても発見することができない。

だが、新聞記者たちがむりだというのを聞かず、突き進んできたてまえ、おめおめとシンガポールに帰るわけにもいかない。さりとて前に進めず、腹立ちまぎれに、絶壁の白い岩の面に、「日本人中村春吉、自転車世界一周の旅行中、此処に立往生して、拳骨の絶壁を砕くを能《あた》わざるを怒る」と、わけのわからない文章を墨で書き、歯嚙《はが》みしながらシンガポールに引っ返すこととなった。

だが、のこのこ無料で宿泊させてもらっていた元の宿へ戻るのは、みっともないし、別の宿に泊まる金はない。しかたがないから、西洋人の家に奉公して、ラングーンまでの船のキップを買おうと、家をたずね歩いたが、怒鳴りつけられるやら、水をぶっかけられるやら、突き飛ばされるやら、石をぶっつけられるやら。

なにがなんだかわけがわからず逃げ出して、ようやく真相を調べてみると、中村が訪れる少し前、たちの悪い日本人が、そのあたりの家の女中をしていた日本娘を巧みに誘惑して、売春宿に売ってしまったということで、日本の男はみんな信用されないのだということだった。

これでは、奉公もできそうにない。しょうがないので、シンガポールの繁華街、日本でいえば日本橋ともいうべき、橋のそばまでやってきた。ふと、下の川を見ると水がきれいだ。よし、ここで寝てやろうと、筵《むしろ》を敷いてごろりと横になる。

翌朝は、暗いうちに起きだし、夜が明けるのを待って、枯れ枝、古板などを集めて、朝食の蒸し飯作りを開始した。布袋に入れた米を川の水に浸し、それを砂の中に埋めて上から火を燃やすのだ。

蒸し飯はうまく焚《た》きあがり、さっそく中村が梅干しをおかずに朝食をぱくついていると、橋の下から煙が立ち昇っているのに気がついた人々が騒ぎはじめた。朝早いとはいえ、繁華街のどまん中なのだから、あたりまえだ。それでも中村、少しも騒がず、悠然として飯を食べていたが、そのうち、とうとう警官が飛んできた。

警官は初め、百姓一揆が起《おこ》ったのではあるまいかと疑い、橋の下からモヤ〳〵と立昇《たちのぼ》る煙を見て、コリャ火事の卵子《たまご》に相違無いと驚き、息を切らして走って来たが、僕が悠々寛々と焚火にあたって飯を喰《た》べて居《お》る様を見るより、舌打ちして橋の下に来《きた》り、僕の前に立ちはだかって、眼を三角にし、『コヤ〳〵、貴様は何物かッ、此橋《このはし》の下で火を焚いて飯を喰うチウ法があッか』と怒鳴ります。

法があっかとは、コリャ面白い。

『有る、有る、此処《ここ》に有る、橋の下で火を焚いて、飯を喰えチウ法律は無いが、飯を喰う

なチウ法律も無い、自由の権利じゃ』と云い返すと、警官は事情が分らぬので、大いに向腹《むかっぱら》を立て、

『何だと、兎《と》に角《かく》貴様は怪しい奴《やつ》じゃ、警察へ来い』と引立《ひきた》てる。

『来いなら何処へでも参ろう』と僕も立上る。

とんだ、日本人の恥さらしといいたいところだが、なぜか中村がやると愛嬌《あいきょう》があって憎めないからおもしろい。

この場は、顔見知りの日本人の登場でなんとか納まり、少しの食糧と少しの金まで用立ててもらった中村、これよりは、イギリス船のウォークパッセンジャーとなってラングーンに渡った。ウォークパッセンジャーというのは、甲板を掃除したり、ボイラーマンの仕事を手伝うかわりに、最下等の部屋にただで乗せてもらうシステムだ。

この船の中でも、インド人が中村の家来を志望するなどといったゆかいなエピソードを作りながら、なにはともあれラングーンに到着した。ところが、税関で自転車に対する関税を取るという。中村はわずかな金額しか持っていないので、どうしても払いたくない。そこで、頓智《とんち》を働かせた中村、靴を脱ぎ裸足《はだし》で自転車にまたがると、これは自転車ではなく靴なのだと主張する。これには税関吏も笑いだし、なんとかただで上陸することに成功した。

ラングーンからカルカッタへの道は、極めて険悪だった。どうにか走り抜いたものの、こ

の世界一周の行程で最大の破損を自転車に被った。だが、なけなしの金はラングーンで使ってしまい、修繕費や宿泊費もない。しかたがないので、カルカッタ市内を壊れた自転車を引っ張って歩いていると、その土地で仕事をしている日本人が家に招待してくれた。

しかも、中村のことを各方面に紹介して歩いたので、新聞記者がやってきて、これまでの旅行談を新聞連載することになり、なにがしかの報酬をもらうことになった。外国人からは、金はもらわないと決めている中村だが、これは身体《からだ》こそ動かさなかったが、口を働かしたのだから労働だと自分自身にいい聞かせ、その金で自転車を修理することにした。

修理期間は一週間。宿泊は同胞の家にやっかいになるということで、連日、カルカッタの市内を見学して歩いた。ここで中村は、ある裸の行者が、貧乏をして食べるものがなくなったが、その妻が自ら尻の肉を削って、煮たり焼いたりして食べさせた。しかし、何度も削っているうちに、ついに尻無し女となって死んでしまうという話があったと紹介しているが、いくら、この当時のインドでも、まさか、そんな馬鹿げたことはないだろう。

それはともかく、どうやら壊れた自転車の修理もすんだ。日本から着ていった服の代わりに、夏服の寄贈も受けた。さあ、次の目的地は釈迦《しゃか》とゆかりの深いブッダガヤだ。カルカッタからブッダガヤに向かう道は険しく、そのあたりには日本人の同胞もいそうもない。旅は困難が予想されたが、実際、ここからしばらくの旅は、この世界一周旅行で最大の難関になる。

そして中村のバンカラ行動が、もっとも、よく発揮されるのもこのあたりなのだ。この部分に関しては、資料も複数が存在するので、それらをよく検討し、できるだけ詳しく紹介することにしよう。

カルカッタを出発したのは、明治三十五年四月一日だった。途中には小さな村落も存在したが、宗教上の関係から、現地人たちは宿を求め食べ物を乞うても、どうしても首を縦にふらない。しかたがないので、梅干しで飢えをしのぎ先へ進んだ。

おもしろかったのは、ギュルデという町の近くでのできごとだ。途中、嵐に見舞われて逃げ込んだのは、モンスーンの季節に備えた水のためのトンネルだ。雨が止《や》むまで、ひと休みしようとビスケットを食べていると、中村の後ろのほうでガサガサと音がする。

「ハテ、何か知らん？」と振り向いて見ると、驚いた。なんと、大きさこそたいしたことはないが、赤と茶のまだらの汚い蛇がうじゃうじゃ這い回り、自転車の回りもびっしりで、気持ち悪くてしょうがない。どうやら、流れ込んできた雨水を飲みにきたらしい。

その気味の悪さに、どうしていいかわからず茫然《ぼうぜん》としていると、そこに東のほうから数羽の孔雀《くじゃく》が飛んできた。そして、中村を恐れることもなく近くにやってくる。近くのインド人の飼い鳥らしいがかわいいので、蛇のこともしばし忘れビスケットを与えていると、そのうち蛇と孔雀の大戦争になった。

両者が食いついたり、食いつかれたりの乱闘だ。だが、やはり大きさからいっても孔雀のほうが強い。蛇は孔雀の強い足で蹴られて死ぬものもあれば、逃げ出すものもある。ついに蛇は一匹もいなくなり、ぶじ自転車を取りもどすことができたという。バンカラの中村が、孔雀の援軍で蛇の難を逃れたというのだからおもしろい。

さて、感謝の気持ちで孔雀にビスケットを与えた中村、ふたたび自転車にうち乗り、北へ北へと進路を取るが、ここらあたりからヒマラヤ山脈の麓《ふもと》ということもあり、その寒さが尋常ではなくなってきた。

さらにやっかいなのは、狼の出現だ。あちらの谷間、こちらの森かげから、十頭、二十頭と集まってきて、自転車に飛びつこうとする。日中とはいえ森の中は暗いから、狼よけを兼ねてランプを灯《とも》し、用意してきた赤旗、白旗、日の丸の旗を翻し、ラッパを鳴らし、ベルを響かせて前進する。

こうすると、狼も飛びかかってはこないのだ。けれど、その他の猛獣たちとちがって、狼は逃げようともせず、逆に音に興味を持って仲間が集まり、数が増えてくる。そして困るのは絶えず、ラッパとベルの音を立てていなければならないことで、ちょっとでもこれをやめると、唸《うな》り声をあげて飛びかかろうとするのだ。

そこで一計を案じた中村は紐を取り出し、その一端に輪を作り、いかにも罠《わな》であるように見せかけ、自転車の後方に結びつけて引きずって走りだした。幸い、これが功を奏して、しぶとく、ついてきた狼も姿を消した。

けれども安心したのもつかの間で、四月十一日のこと、とある平原までくると日がとっぷりと暮れてしまった。もちろん、あたりには人家など、ひとつも見えない。しかたなく荒野の真中にテントを張り、内側に蚊帳を張って毒虫よけとして、例の蒸し飯で腹を満たすと眠りについた。

夜中の一時か二時ごろのことだ。狼の遠吠えに目が醒《さ》めた。飛び起きてテントの外に目をやると、なんと数もわからないほどたくさんの狼が、ぐるりとテントを取り巻いている。のんびりしている時間はない。枕元に用意してあった短刀を逆手《さかて》に握ると、中村はテントの外に顔を出した。

それを見て「ウォー！　ウォー!!」という叫び声とともに、数百の狼はいっせいに飛びかかろうと身構える。中村が一歩下がった瞬間、一頭の狼が喉笛を狙って飛びかかってきた。さすがの中村も、これには悲鳴をあげて身をかわし、夢中で短刀を突きあげると、これが運よく狼の横腹を切り割き、どさっと足下に落ちた。間髪を入れず、この狼の後ろ足をつかんで、群れのほうに放り投げる。たちまち共食いがはじまった。

しかし、ほっとしているひまはない。またたく間に、仲間の死骸を食いつくした狼たちは、血の味に興奮して中村のテントに迫ってくる。実はこんなこともあろうかと、日本を出る時、ブリキ缶に高野豆腐を入れ、石油を滲《し》み込ませた手製の火炎弾を作っていたのだが、とっさのことで荷物の中にしまったまま、それを取り出す余裕はない。

そこで中村は吊《つ》るしてあった蚊帳を外すと、これにマッチで火をつけた。熱帯地方を野宿旅行するものにとって、蚊帳はかけがえのない貴重品だ。しかし、命にはかえられない。火をつけた蚊帳を振り回しながら、狼の群れの中に飛び込んだ。燃え盛る火に狼たちは、飛び下がる。けれども遠くには逃げず、牙を鳴らして見張っている。

チャンスはここだとばかりに、手製火炎弾を鞄《かばん》から取り出し、火をつけてぐるぐる回転させた。これで、狼は近寄ってこられない。とはいうものの、あまり周章《あわ》てて使ったものだから、炎が燃え上がりすぎて、いつまで持つかわからない。中村は、ついに意を決した。

初め大いに周章てて、手製爆裂弾の鑵《かん》を無暗《むやみ》に振廻《ふりまわ》したものだから石油を浸した高野豆腐は大半飛出し猛火は身辺を取り巻いて炎々《えんえん》と燃上り、為に狼は容易に寄付け無いが、火勢が弱くなると直《す》ぐ押寄《おしよ》せて来る、押寄せて来ると又た手製爆裂弾を振廻わすのだが、この爆裂弾も何時《いつ》まで続く事やら、之れが悉《ことごと》く尽きて仕舞ったら何んとする、仕方が無い、天幕に火を付けて、其火で防ぐ他は無いが、天幕などは直ぐ燃え尽きて仕舞う、それも燃え尽きて仕舞ったら何んとする、遺憾ながら天魔鬼神にあらぬ僕は、迚《とて》も数百の狼には敵《かな》わぬ、暫時《しばし》奮闘する間に嚙倒《かみたお》され、骨も止《とど》めず死んで仕舞う他は無い、爾う思うと実に心細くなったが、火の消えるが最後、何《ど》うもハヤ助かる道は無い、然《しか》し同じ死ぬにしても、知る人も無く、犬死を遂げるのは残念で堪《たま》らぬ、嘗《かつ》て日本横浜を出発するみぎり、親友福井清次郎君は、道中万一進退谷《きわ》まった場合には、何処《どこ》からでも電報を打て、応急の手段を廻《めぐ》らすと云われたが、今は電報が打てるどころか、応急の手段も何もあったものでは無い、けれど斯《か》く迄云われた福井清次郎君、僕が何《ど》処に何うなって仕舞ったか分らずなったら、定めて驚き訝《いぶか》る事だろう、運命尽きて此処に死ぬのは止むを得ぬが、せめては吾《わ》が信頼する福井君兄弟だけにでも、自分の死場所を知らせ度《た》いと思ったから、僕は左手に例の爆裂弾を振廻しながら右手《めて》をば開放《あけはな》たれた革包《かばん》の中に突込《つっこ》み、鉛筆と手帳を取り出すが早いか、手帳の一枚を引裂き、燃上る火焔《ほのお》の光に照らして、文句も字体も無茶苦茶の走り書きで、

中村春吉は漸《ようや》く此処まで漕着《こげつけ》しが、アサンソールとブッダンガヤとの間で、狼の群に襲われ、無念の涙を飲んで横死《おうし》す。

と、其横《そのよこ》に年月日を記《しる》し、其れをば片手に揉《も》んで、既に一箇燃やし尽くして、空になった手製爆裂弾のブリキ鑵の中に押込《おしこ》み、又た別に一枚の紙を引裂き、其面《そのおもて》には英文で、

此品《このしな》見付けた人は、便宜の日本領事館へ届けて下さい。其のお礼には、此の不運なる旅行家の遺留品を尽《ことごと》く差上げます。

と記し、其紙でブリキ鑵の外部を包み、それを天幕の上に載せたが、愈よ手製爆裂弾の尽きた場合には、此天幕に火を掛ける積《つも》りだから、其様《そん》な遺留品も残るか残らぬか分らぬ。

兎《と》に角《かく》僕は決死の覚悟を定めたが、然《しか》し五分間でも十分間でも長く生きて居《い》たい、其内には夜が明けるだろう、夜が明けたら何《ど》うにか成る、夜の明ける迄で生命を保つには、何うしても火を絶やしては成らぬ、其処で僕は、初めの如く無暗《むやみ》に手製爆裂弾を振廻さず、狼の襲撃の程度に応じて、火花を散らす、手製爆裂弾は倹約して使えば一鑵約《およ》そ五十分間の用を為すので、一箇《ひとつ》使い、二箇《ふたつ》使い、既に五箇《いつつ》使い棄《す》てて、残一鑵になった頃、漸く東の空が白《しら》んで来た。

ヤレ嬉しや、此模様では天幕を焼かずに済むだろうと、大いに元気付いて来るとその内に夜は全《まった》く明け放れ、太陽は荒野の一端から、キラ〳〵と輝き昇って来る、スルト元来狼は太陽を見ると、非常に勢の弱くなるもので、ウォー、ウォーと吠える声もだん〳〵低くなり、其大半は太陽の光に射られて、遥《はる》か〳〵彼方《かなた》の森の中へ立去った。

こうして、なんとか狼の襲撃を免れた中村だが、この時の体験は、よほど恐ろしかったらしく、後にこの時のことを思い出すと、今でもぞっとして、身に針を刺されるような心持ちだと語っている。

ようやく狼の襲撃から逃れた中村だが、事件は次々とふりかかる。やっとのことでシロッテートという町に辿り着き、警察に向かった。ここは前の町の警察署長から連絡してもらってあるし、インド総督府の紹介状もあるので、いろいろ便宜をはかってもらえると思ったところ、ちょうど、その時、署内にはインド人だけでイギリス人がいなかったため、なにをいっても話が通じない。

しかたがないので、近くの山でまたもや野宿だ。今度は周囲に火を焚いて、狼対策も完全にして、ぐっすり寝た。未明、四時半ごろに目を覚まし、煙草を一服して出発しようとマッチをすったその瞬間だ。頭のあたりで、耳も裂けんばかりの動物の唸り声がする。

安心しきっていただけにびっくりして、例の高野豆腐の爆裂弾を投げつけ、はて何物かと見ると、なんとこれが水牛だ。どうやら、中村が前夜テントの中に出しっぱなしにしておいたビスケットを食べていたらしいのだが、爆裂弾を腹のあたりに投げつけられたから大騒動だ。

水牛は角をテントに引っかけて逃げ出したので、テントは破けてしまう。だが、まあ命に別状はなかったからと、ほっとして破れたテントを修繕していると、一難去って、また一難。突然、背後から警察官が現れて、有無をいわせず、中村に手錠をかけるとシロッテートの町に連行して留置所に放りこんでしまった。

中村、必死で無実を主張するが、ことばが通じない。困っていると、幸いにしてイギリス人の署長が戻ってきて、ようやく手錠を解かれることとなった。なにごとかと問えば、インド人の警官は、どうやら中村を浮浪者と間違えたらしい。前夜、日本人の旅行者だと説明したのに、なぜ聞こうとしなかったのかというと、日本人にしては小さすぎるとの答えだ。

たしかに中村は一六八センチ（実際には、もっと小さいようだ）と、背が高いほうではない。それにしても、なぜ、その警官が日本人の背を知っているのかと署長がたずねると、北清事変の時、日本人の砲兵と行動を共にしたという。砲兵というのは、兵隊の中でも、身体の大きなものがなるので、なるほど砲兵と比べれば小さいにちがいないと笑い話になった。

ブッダガヤへは、その二日後に到着した。この地に滞在すること二日。ここは立派な宿屋もある場所だが、無一文の中村は泊まることができない。市街にテントを張り、釈迦ゆかりの寺へ参詣した。ここで、寺僧と仏教に関する問答をした。向こうでは中村を、よほどの学者とでも思ったものか、宿泊を許してくれた上、記念に大きな法螺貝《ほらがい》と小さな銀仏をくれたのだった。中村も、お返しに日本国旗を置いてきたという。

ところで、ここから先の中村の進路だが、『世界無銭旅行』では、はっきりした記述がない。どうも、ガンジス河沿いに北東に向かったようだ。そして、その間の旅は、現地の少年たちと親しくなったと述べているだけで、比較的あっさりしている。

ところが、雑誌〈冒険世界〉の大正二年十月号〜十二月号に掲載された「現代の呑奇坊《ドンキホーテ》五賃将軍世界横行記」（冒険記者）によれば、ここでも中村は、紹介に値する事件にぶつかっている。その事件の顚末の主要部分を、原文で紹介してみよう。

冒険記者

冒険実話

現代の吞奇坊《ドンキホーテ》　五賃将軍世界横行記（承前）

▲寺に宿《とま》って記念に国旗とお椀を置いて来た

まず見せられた珍らしいもののイの一番は、鎌倉時代に伝わったという巻物であったが、是《こ》れが又、黒塗《くろぬり》の箱を二重にも三重にもして非常に大切がって居た。所で夫《そ》れに何が書いてあるか読んで呉《く》れと云うのだが、私にも何が書いてあるのか少しも分らなかった。尚《なお》日本から行っている釈迦如来《にょらい》の像もあった。夫《そ》れから、此処で御馳走《ごちそう》になったが、飯もお菜《かず》も何も彼《か》も一緒の器に入れて呉れるので、これには困った。去るに臨《のぞ》み記念の為めに、釈迦像の前に日本の国旗を置き、飯と菜とは別々にお椀に入れて供《そな》えて来た。

▲ガンジス河の奇観

サア、これから愈々《いよいよ》ヒマラヤ山に行くのであるが、夫れにはガンジス河を遡《さかのぼ》らねばならぬ。で此《この》ガンジス河の事に就《つい》て一寸《ちょっと》お話しよう。丁度《ちょうど》カルカッタから三百四五十里程の上流に行くと、海豚《いるか》がおって夫れがポコン〳〵と浮きる（ママ）。南の方には、鰐《わに》は勿論《もちろん》、日本人抔《など》の見た事のない大きな鼈《すつぽん》がいる。約半畳位なので、其外鯉の大きなのも居るし、其付近には山猫や狼が群を為して居る。又コブラと言う恐ろしい毒蛇もいる。其中を抜けてゆくのであるから普通の山を行く気では、とても目的を達する事が出来ない。夫故《それゆえ》に一日に五里平均と定《き》めて歩いたが、山道は自転車に乗る事も出来ず、それを担《かつ》いで行くのであるから容易じゃない。然《し》かも此自転車と色々の道具とを合《あわ》せると二十一貫程もあるのだから思うように進むことが出来なかった。

▲山猫と睨合《にらみあ》い

斯《こ》うして或日《あるひ》岩窟《いわや》へ寝て朝飯《あさはん》を了《しま》って、イザ出掛けようとすると、其処へ一匹の山猫が飛び出して来た。そうして吾輩の顔を白眼《にら》んで居る。『是れは面白いものが来た。一つ猫と睨合をして見よう』と思ってウムと睨んだ。所が最初猫の目が細い瞳であったが、忽《たちま》ちに真丸《まんまる》な玉になって、肩の毛は逆立ち、尻尾《しっぽ》はピンと立って、ピリ〳〵動く。そうして吾輩の方へジリ〳〵と進んで来て今にも飛び掛ろうという権幕だ。是れは危険、飛び掛かられては大変と、突然笑顔をしてやると不思議にも猫はノコ〳〵と戻りかけた。そこで吾輩は後から、ワッと大声を揚げて驚かした所が、ピョッと飛び上るや否や向《むき》直《なお》って吾輩を睨んだ。実に其姿と云うものは虎も同じようで、恐ろしいものだ。これは否可《いかん》と又笑って見せた。すると今度はズッと行って仕舞った。如何なる猛獣でも笑って見せれば危害を加えるものではない。斯ういう訳で遂には一日五里平均と思ったのが、三里、三里が一里半とより思うように進み得ぬ。夫れからセキスタンドを出して、天文を計って見た所が、もう六里程ゆけば目的地点に行くという所になった。もう斯うなれば有難《ありがた》い。併《しか》しながら此所は余程危険で、猩々《しょうじょう》が居るし、又コブラも居《お》るし、殊《こと》に山を越す食人種も居るから注意せよとの事も聞いて居た。尤《もっと》も、食人の居る所は、これから五里程も北に当って居た。丁度谷の間に小さな河があって、水がチョロチョロと流れて居たから夫れを伝《つた》って十町程行くと高い岩があった。其岩を見ると、何だか其岩の付近にコブラでも居《お》りはせぬかと云う気がした。夫れで充分注意して其岩の付近を通らずに、ズッと上へ通って行った。然るに行く事僅《わず》かにして又向うに一つの一間半位な岩があった。又上の方を通って行《ゆ》こうとしたが今度はそうも出来ない。どうしてもそこの崖を通らねばならぬ。仕方がないので、思い切って其の場所を通ることにした。

▲アッと思う間に食人種に捕えらる

一体、斯ういう所を通る時には、右の手に五尺程のステッキを持ち、左の手に鈴を持って、ステッキで柴をバサ〳〵打ち鈴をチャリン〳〵やって、口でホーホーと言ってコブラを追って行くというのだ。又猛獣に対しても奴等が昼寝をしているのだから、夫れを突然《ふい》にゆくと驚いて飛び蒐《かか》るから前以《まえもつ》て、こんな事をして行けば、猛獣の方でも何か来るなと思って行って仕舞う。然るに此時私は毒虫に食われて居《お》ったので余り声が出なかった。マア斯う云う風で勇気をだして一層注意をして通ったが、案ずるより生むが易《やす》いで、別に何事もなく其の岩を通り過ぎた。

夫れから向うに柴がズッと生《は》えていた。其柴をバサ〱打ちながら行き居《お》ると、異様な者が出て来た。そして吾輩を捕えたのである！　オヤ誰か捕えたのかと思って居ると、吾輩の右の腕を取って、左の脇の下に掻《か》い込み物をも言わせず驀地《まっしぐら》に登って行くのだ。何《ど》うすることか思うと約《（ママ）》四丁位登って或《ある》岩の入口に着くと、吾輩の手をグッと引張《ひっぱ》ったから堪らない。吾輩は前へツルリと転倒《ひっくりかえ》って仕舞った。而《しか》も胸に掛けてある台所道具の鍋で胸を打ち、ハンドルで尻をウンと云う程打った。一体何者か知らと、苦しいながらも頭を上げて見た所がどうも諾威人《ノルウエイじん》の言う食人種に捕まったらしい。イヤこれは仕舞った。残念ながら仕損じた。併しどうも諾威人の言う食人種とはやり方が違う。兎に角是れは如何《どう》ともする事も出来ない。どうしようかと気もワナ〱したのである。如何して食人種という事を知ったかというと、彼の顔は日本人や外国人と違って、己《こ》れの顔を水晶で以て目茶〱に切るのである。其切口へマサッチ（砂利の一種）を焼いて粉にし夫れを又焼いてそうして青刺《いれずみ》するのである。日本にも入墨《いれずみ》はあるが斯ういうやり方をするのは此処ばかりであろうと思う。是れを見た時には、益《ますます》驚いた。実に此時には、愈《いよいよ》喰われるかと思うと残念で自然と涙がポロポロ出た位であった。

▲吾輩の命は危機一髪となった

一体、こういう者に出会った時にはどうしたらよいかという事は前から研究して居《お》ったから、敢《あ》えて驚くような事はないとは云うものの其実《そのじつ》は驚いた。野蛮国の人間に出会った時には何がよかろうか、飛道具か、刀かという事は、非常に研究した。又蟇が一分間に何れ《ど》位歩くかという事の研究の時に、彼の尻を突いた時感じた所謂《いわゆる》ニコ〳〵顔である。サその笑顔をしようと思うがナカ〳〵出来ない。何をいうにも二十何貫の重量を負うてウンウンやって来た矢先に突然捕えられ引張り上げられたのだから殆《ほとん》ど身体は綿のようにグニャ〳〵になって仕舞った。僅か四町ばかりだから何ともなさそうだがナカ〳〵そうでない。呼吸はせき込んで丁度子供が笛を吹くようにピュー〳〵言っている。夫れに胸は早鐘を打つ様に動悸《どうき》する。こんな訳で笑顔は思いもよらぬ。併しマゴ〳〵して居《お》ると頭の上から石の大きなのでも落されてグニャリと死んではたまらぬから、一策を案出して、二本の指で自分の目尻をさげて口は笑って、そうして哀《あわれ》を求めるような一寸いうと恵比寿《えびす》様のような顔をした。そうすると向うの人は大きな眼を輝かして今にも飛び付きそうな風である。丁度鼠《ねずみ》が猫の前に出たようだ、いろ〳〵と苦心して、顔に表情を表わすと向うの人も段々柔らいで、どうやら顔も恐ろしく無くなって来た。その中に一人の者が私が自転車を負うて苦しんでいるのを見て、後に来て夫れを外して呉れた。此時の吾輩の心地《ここち》は何といったらよいか、今度こそはどんな事をしても殺されるなと思って居《お》ったのがそうでなくて自転車を取って呉れたのだからこんな有難い事はないと思った。そうして身体にくくり付けてある笈川《おいかわ》を解いて自転車は側の方へ寄せて呉れたから、何せ言葉は通じぬから顔つきや様子で御礼をして居ると、奥から年取った土人が出て来て、モウ日が暮れるから行くなという様な手付をする。そうして明日になって日が出たら行けというような手真似をする。これも後にそうと分ったのだが、其時は吾輩を寝かして夫れから食うのではないかと考えた。夫れから吾輩も斯うなってからジタバタせず男らしく喰われもしようし、何うなりと向うのやる儘《まま》に任せようと考えて、兎に角、自分も手真似でお前方は私を食うてはいかんよという風をしたのである。其の内にここに寝よと言う風にいろ〳〵と世話して呉れた。そうして六時頃と思う頃木の実を取って来て食えという。併しどうしても斯ういう場合に食えるものではない。全く此時は余程恐れて居《お》ったのである。土人は何やら話しながら食っている。夫れがすむと一人の土人が岩窟《いわや》の前にある四角な石の上に火を焚き出した。そうして後の四人は岩窟の中に這入《はい》って寝て了《しま》った。そうして私にも寝よという。ここで吾輩は考えた。僅か五人位ならよいが、此奥に何百人居《お》るか分らぬ。一つ見て置こうと岩窟を飛び出して約二三丁（マヽ）も行くと、大きな岩があった。此処らに何か居《お》りはせんかと窺《うかが》って見たが、何も居《お》らぬ。

此分では、あれ丈《だけ》の人間しか居《お》らぬのだなと思っていると、一人火を焚いて番をして居た者が弓を手にして来て、彼方《あっち》へ行くと食われるからこっちへ来い。そうして早く寝ろという事を示して呉れた。ウムそうするとこの先に恐ろしい者がいるんだワイと、吾輩は元の岩窟へ帰って寝た。

▲石の枕で寝られぬ

土人は、七八寸位もあろうと云う細長い石を持って来て、是れを枕にして寝よと云うのだ。サ其石を貰った時には又変な感《かんじ》がした。ハテこれは日本で言う俎《まないた》という奴ではないか。此上へ吾輩が枕にして寝ると、首でも取るのではないかしらと考える。何ぞ血でも付いて居《お》りはせぬかと火の側で見たが何もない。唯《ただ》少し油見たようなものが着いて居る。マア大丈夫だろうと思って寝たが、併し文明国の人間にはこんなものを枕にしては耳の後部《うしろ》が痛くて寝られるものではない。仕方がないから夫れを止《よ》して手枕で寝たが、どうしても寝られない。如何に親切にして呉れるとは云うものの、アアして一人寝ず番をして居るし、ウッカリ寝て居たら大変だから充分注意しようと、左の眼を開けて右の眼を閉じて寝て居《お》った。すると奥の方からコソ〳〵話声《はなしごえ》が聞えて来た。そう斯うして居る内に話声も止んで一番後ろに居る奴が鼾《いびき》を仕《し》初《はじ》めた。所がそれが如何にも拵《こしら》えたように聞える。宜《よ》し向うでも寝た風をやるなら此方《こちら》でも狸寝入りをやれと云うのでやって見たが、どうしてもゴウ〳〵と普通の鼾が出来ない、というのは動悸が甚《はなはだ》しいので鼾まで が妙な風になって駄目であったのである。これではいかんと思って止《やめ》て仕舞った。又稍《やや》 暫《しばら》くすると一人が寝替《ねがえ》りでもしたのか側《そば》に寝て居る一人の奴の顔に腕が当ったが一向知らずに寝ている。ハハーこれは本当に寝て居るのだワイ、夫れでは吾輩も寝替りをしようと思ったが、手枕をして寝て居《お》ったものだから身体が半身麻痺《しびれ》て仕舞った。然かも非常に痛んで来た。夫れから五本の指を動かして居たがもう身体全体が麻痺れて仕舞った。止むを得ぬから身体を擦《さす》って居《お》った所が、土人は何と思ったか、ムックとばかり立上がって何処からか、獣類《けもの》の皮を持って来てこれを枕にせよといった。成程《なるほど》吾輩が石を枕にして居《お》っては痛かろうというので此皮《このかわ》を持って来て呉れたのであろう。実に食人種としては誠に親切なものであるなと云う事を此時初めて沁々《しみじみ》と感じた。夫れから土人にも大いに感謝して其皮を受取って枕にして寝ようと思ったら、イヤどうも魚の腐ったような臭《におい》がして又どうしても寝られぬ。是はいかぬと思って居ると、フト空気枕のある事に気が付いて自転車の雑嚢《ざつのう》から取り出して一人の奴に『私はこれがあった』といってそれを見せ、そうして空気を入れた。所が其土人が何と思ったか横の方へ来てジッと見る、吾輩は平気で空気を入れて居ると、不思議なものとでも思ったか、指で突いた。所がまだ充分に空気が這入って居《お》らぬものだから土人の手にベタッと巻き付いた、サー土人が驚いたのなんので、非常に恐れてどう思ったか、四人の者を呼び起した。然も其風は一大事があるから早く起きよと云う風であった。寝て居た者は妙な顔をして消魂《びっくり》して見て居る。そうして五人がガタ〳〵震えて居る。此時吾輩は考えた。ヤレこれは仕損《しまっ》た。吾々の同胞が斯ういう処で殺されるのは、皆文明の品物を持って居《お》った為に殺されるのである。或る人は写真器を持て殺され、或者は両眼鏡を持て殺された。実際彼等は自分の身に被《まと》う織物さえも見た事のない人間である。彼等の腰に巻いているものは木の皮と髄との間にある柔らかな皮のようなものを取って拵《こしら》えたので、このような野蛮の人間に斯う云うものを見せるのは不心得な話である。夫れから吾輩もマゴ〳〵して居《お》ると殺されるから、此中《このうち》へ入れるのは空気であるという事を示さなければならぬと思って、空気を入れて仕舞うと火の側に行って、口から空気を吹くと同じ様に空気枕の口から空気を吹いてみせた。

▲麻をやったら大喜悦

翌日起きたのは七時三十分であった。最早《もはや》日は登っていた。そして火の番をしていた奴が早く行かぬかと云う。そこで三食を一度に煮ようと思った所が、昨日ここへ引き揚げられた時に鍋がデコボコになって仕舞った。それから夫れを直してようやく食事を済《すま》し一休《ひとやすみ》して、饂飩粉《うどんこ》の袋が破れて居《お》るから麻糸を出して縫いに掛った。すると奥に居た土人が吾輩の傍《そば》に来てその麻糸を呉れというから、四五本引き出してやった、すると他の土人も呉れというから三四本ずつ取ってやった。漸く袋を縫い終ったので腰に結び付けていると、土人等は麻糸を輪にかがって何だか妙な事をして居る、何かと見ていると奇妙な踊りである。麻糸を両手に持ってそれを上下左右に振って恰《あたか》も天に何事かを祈って居《お》るようである。成程これは吾輩に礼をいうのであろう。僅かこれ位でこんなに喜ぶのなら、まだ沢山あるから、五十匁《もんめ》程与えた。所が土人の喜《よろこび》は非常なもので天にも登るばかり、又デコ〳〵と踊り出した。吾輩も一休と煙草を喫って居ると一人が、弓を手にして、他の五人が私の前に来て坐《すわ》った。

　丁度吾輩は石に腰掛けて居たが、何か妙に吾輩に向って拝《おが》むようである。すると右側の一人が吾輩の足をペロリと嘗《な》めた。いやどうも人間が人間に嘗められる位気持の悪いものはない。其中《そのうち》に順々に来てペロ〳〵嘗める。これは溜《たま》らぬと逃げ出した。すると土人が石に腰掛けろという、足を嘗めるから否《いや》だと手を振って見た所が、モウそんな事はせぬというので又腰掛けた。すると今度は両手で吾輩の足を捧《ささ》げて自分の頬に当てる。同じ事を再三ずつ五人の者がして了《しま》った頃、見た事のない土人が弓を持って這入って来て、ここにいる五人のものに礼をいって、さて吾輩に向って何か呉れという風をする。ハハア糸を呉れというのだなと思って、直《ただち》に糸を出してやった。すると又足を嘗めそうだから逃げ出した。すると他の土人が嘗められるのは嫌だという事を教えたので、分ったという様な風でもとの座に附《つ》いた。

然るに一人の土人が先の五十匁の糸を持って来てこの男に示した所が、この男は大《おお》いに怒って、其の土人を踏む、蹴る、打つ、今にも殺すかと思う程惨酷《ざんこく》な事をして、遂に岩に打ち付けた。僅かの糸の為めに土人にもせよ人を一人殺すのはあまり酷だと思ってい ると、打ち付けた方は自分の貰った糸を不用《いらぬ》と云って返すから、吾輩は、この男は自分にはこれ位しか呉れぬので不用というのだろうと思って又少し別《わ》けて与《あた》えた所が、前に沢山貰ってあるからという、成程土人にも相当の礼、否、文明国の威張る人間に優《まさ》る礼儀のある事に感じて、無理に与《や》ったら非常に喜んで、天を排して両手で円形を書《えが》き吾輩に立てという、彼の云う儘《まま》に立ち上ると、彼は吾輩の二の腕を持って、吾輩の胸と自分の胸とをベチャ〳〵押し付ける、何うも臭いやら何やら、異な臭気がするには聊《いささ》か面くらわざるを得なかった。

▲食人種にも亦情あり

斯うしている余裕のある身ではないから、早速立とうと何や彼や用意して居ると何時《いっ》の間にか前に打たれた土人が武装して弓と二尺位な棒とを持って、背には四五本の矢と三日月形の木四五本とを背負って居る。そうして吾輩に一礼して出発するのを待ってい る、又此の土人を打った奴は吾輩の前へ来て胸をベタ〳〵やって、左の手を上に、右の手を胸のあたりに当てて、「サア行かれよ」と云う風であった、そうして彼の表情はこれは別れだというので何となく悲しみを忍ぶ風であった、此時吾輩は蚋《ぶよ》に食われて身体中が痛んで苦しかった、世界を一周するには余り不用意極まるではないかと言われる人もあるかも知れぬが、決してそうでない、毒虫にやられた時には、如何したら可《よ》いかと言うと、これは例え諸君が旅行しなくても注意して居《お》って貰いたいが、その場合酢を塗って置けば忽《たちま》ち全癒して了うのである。実際吾輩も少しばかり持って居《お》ったのであるが、生憎遣《あいにくつか》い尽して居《お》ったのでどうする事も出来なかったので非常に困難した。

それから土人に送られてベンガラの方へ出立《しゅったつ》した。段々行くと丁度午後三時頃であったろう前方に二十間もある岩がある、其下にも岩がある、而《そ》して吾輩に岩の下に隠れよという、隠れて見て居《お》ると、土人は矢を番《つが》えて、ピュッと一本放って暫くすると向うからも一本来た、すると土人はその矢の結び目を数えて、サア行こうと云う、それから出掛けたが驚くべし。そこにも亦《また》一群の土人が居《お》ったのである。

其後《そののち》も矢張り土人の家を辿《たど》り〳〵、山をドン〳〵西に向って行った。

所が或日、九時頃でもあったろう、直径《さしわたし》二町位の川があった、水は中央を僅か十七八間位しか流れて居《お》らぬ、そうして我々はどうしてもこれを渡らなければならぬので浅瀬の所を見付けて、渡ろうとすると、案内の土人が止《とま》れと云う、何をするのかと思うと彼れは一生懸命石を投げて、吾輩に荷物を下《おろ》せという。それから荷物を下して居《お》ると、土人は河の上流《かみ》の方と下流《しも》の方とへ十間位ずつ行って頻《しきり》に石を投げて居る、それも五六回位なら宜《よ》いが二十幾回もやっている、何が何やら少しも訳が分らぬ、マア迷信の結果だろうと思って居《お》った。すると彼は吾輩の前へ来て渡るからと吾輩を高く差し上げた。吾輩は彼の頭にかじり付いて居《お》ると河を渡って仕舞って、吾輩を下して非常に喜んでいる、手を打ち顔を撫《な》で、亦吾輩の顔をも撫でて喜んでいる、それから又従前の通り石を投げて向岸《むこうぎし》に渡って、同じ様に石を投げて、自転車其他の荷物を持って此方《こちら》に渡って来た、そして以前よりも一層喜んで遂には吾輩の二の腕を取って自分の胸と吾輩のとをぺタ〱やっている、一体お前は何をするのか、斯うやって石を投げると水が浅くなる心底《つもり》かと手真似で聞くと、いやそうではない、ここにはアウ〱というものが居《お》るという、それでも見えぬではないかというと、沢山居《い》るという、何だか馬鹿気《ばかげ》て居た、瀬は早くて、アウ〱は少しも見えぬ。

▲数百匹の鰐魚《がくぎょ》累々として横《よこたわ》る

それから土人が弓と毒矢とを用意して下流《しも》に数十間も下ると、向うに木でも倒れて居るかのようにゴロ〱して居《お》るものがある。然《し》かも丁度その木の股のような所から鳥が一匹飛び出した、其鳥は鴫《しぎ》か鵙《もず》位なものである、夫れを土人は指して、あれがアウ〱というものだという。あんな鳥が何んで人を食うのか知らと驚いた、併《しか》し巣でもあるのかと段々近く行って見ると木の根と思ったのは鰐《わに》であった、だが口の中から鳥が飛び出した位だから死んで居《いる》のだろうが、余り大きいから見ておくのも参考だと思って、側に行こうとすると土人がやらない、それなら鰐の頭に石を投げて見ようと、大きな石を取って投げ付けた、所が死んでいると思った鰐の開いていた口がパクリと閉じて、と同時に身体がクルッと筆規《ぶんまわ》しのように廻ったには吾輩もその意外に少からず驚いた。

どういう訳で生きて居る鰐の口の中へ鳥が入って何にも害を与えぬのだろうと話を聞いて見ると、鰐の歯には虫が発生する、その虫を取って食う鳥であって鰐には母親とも云うべきものであって、此鳥が口中に居る間は柔順《おとなしく》しているそうである、それから土人に一匹しか鰐は居らぬではないかというと、いや沢山居《お》るというて吾輩の手を取って再び下流《しも》にゆく事二三町、そこに滝のようなものがある、その西側に丁度木を切り倒したように無数に沢山重なり合っているには全く驚いた。

一体今までは鰐の頭は尖ったものとばかり思って居《お》った処が、此処には丸いのもいるし、又馬の様なのも居る、こんな時にぐずぐずして居《お》って危害でも加えられると大変だから、早く帰ろうと時計を見ると、丁度一時間程遊んで仕舞った。

▲送られし××と別れる

これから約二里もゆくと、向うに森が見える、『森を指して行って、其向うに見えたのが檀特山《だんどくせん》、ここはその山にゆく口になるから』と××は道を教えて呉れた。『ここで別れなければならぬ』〇〇〇〇（判読不能）という、斯うした××《（ママ）》と別れるのであるが、兄弟と別れるような感がした、そして彼は、今度くる時は今着ている着物で来て呉れ、又何処へ行っても斯う云う者に出逢《であ》ったと云う事は決して言わんで呉れ、若《も》し言って此山へ来た時にはお互いに鉄砲で打合《うちあ》わねばならぬからと手真似で頼む、そして例の如く抱き合って、遂にここで西と東に別れたのである、自分も土人も共に涙を流して別れたのである。

　実にこれ位悲哀の籠《こも》ったことはなかったのである。彼等は人を食うべき程な獰悪《どうあく》な人種ではあるが、一度親密になったからは其情の深いのは又別である、と吾輩は深く感じたのである。

　此処から吾輩の目的の山へは僅か五里にして達すべきであったのが、××が居たために遂にそこに達する事が出来なかった。

黒豹《くろひょう》と死闘

　こうして、現地の食人種（現実に食人種だったかどうかは不明だが）と別れた中村は、ガンジス河とも別れを告げ、砂漠地帯に乗り込んだ。といっても、あたりすべてが砂というのではなく、自転車を走らせるのには、さほど困難のない砂地という程度だったので、自転車から降りることもなく、まっすぐ進んだ。

やがて、日が暮れかかる。ちょうど近くにオアシスがあったので、中村はここを、その日の野宿の場所と決定した。さっそく蒸し飯を食べることにしたが、持参した水はほんのわずかだ。そこで、こんなところには、泥棒もいないからと、米、鞄をその場所に置いたまま、近くの水流に水を汲《く》みに行き、帰ってきてみると、またもや一大珍事が出来《しゅったい》していた。

たしかに元の場所に戻ってきたはずなのに、あたり一面がまっ黒な景色に変わっているではないか。はて、おかしいなと近寄って見ると、黒いものがさっと、いっせいに空に舞い上がった。目を凝らしてみると、なんと、それは数千羽にもおよぶ烏《からす》だったのだ。

さあ、大変だ。あわてて荷物を調べると、食物という食物が、なにからなにまで無くなっている。米はもちろんのこと、ウドン粉、塩、砂糖、梅干し、武器となるべき高野豆腐もひとかけらもない。残っているのは、二本の鰹節《かつおぶし》だけだ。

烏を怒鳴りつけてみたが、アホーアホーと鳴くばかり。中村は、しかたなく泣きたいのは俺《おれ》のほうだとあきらめて、二本の鰹節を拾い上げると、予定を変更して先を急ぐことにした。

腹だたしさ、悔しさまぎれにペダルを踏むから、自転車はどんどん進む。五、六時間のうちに数十里を進んだが、ついに疲れは極限に達し身体はまるで綿のようだ。喉はかわく、腹は減る。日が暮れた後は、星の光を頼りに走ってきたので、もう時刻は真夜中になっている。あたりは、木一本、草一本生えていない砂地だ。

しかたがないので筵を敷き、鰹節を一本の半分ほど齧《かじ》って水を飲み、頭から毛布をかぶって、その夜を明かした。それから二日は、人家を求めて、あっちへ行ったり、こっちへ行ったりしたが、町はもちろん村にも出ない。鰹節ばかり齧っていたので、歯は浮き上がり、こめかみは痛くなる。そしてとうとう、その頼みの鰹節すらも食べ尽くしてしまった。

二日目の夜は、ただ水ばかり飲んで飢えをしのぎ、翌日はようやく現地人の村落に辿りついた。そこで転がるように村に駆け込んで、手真似で食べるものをくれというと、村人たちは、やはりいつもの調子で、宗教上の迷信から、がんとして分けてくれないどころか、しまいには頭をぶん殴らんばかりの剣幕だ。ただでくれというのではない。金は払うといっても、汚れた異国人と罵《のの》しって相手にしてくれない。

強盗をするわけにもいかないから、すごすごと引き下がり、ふたたび自転車にまたがってみたものの力が出ない。何度か落車しながら、今度は、これまでの砂地よりはるかに砂の深い砂漠地帯に迷い込んだ。そして、ふと前方に目をやると、駱駝《らくだ》のキャラバン隊の姿が見える。あすこまで行けばと、ペダルをこいだが、もうほとんど病人のようなありさまで、なおかつ砂漠だから自転車は進まない。そうこうするうちに、キャラバンの姿も見えなくなってしまった。

狼の難を逃れながら、鳥に負けるとは残念だと思ったが、もう二進《にっち》も三進《さっち》もいかない。狼に襲われた夜とちがって、遺書をしたためる元気さえもない。ブッダガヤの寺院でもらった銀の仏像を取り出して、祈ってみたが効果はない。やがて空腹でめまいがし、冷汗《ひやあせ》が出てきて立っていられなくなった。朦朧《もうろう》状態になった中村は、その仏像を口の中にねじこんで、頭をしゃぶりながら気を失ってしまった。

並の無銭旅行者なら、このあたりで一巻の終わりかもしれない。しかし、そこはバンカラの権化たる中村、まだまだ、こんなところで死ぬような柔《やわ》な身体はしていない。

スルト其《そ》れから、一時間経《た》ったか二時間経ったか分らぬが、何時《いつ》の間に何処《どこ》から現われたものか、一個の怪物は足音を忍んで近づき来《きた》り、不意に僕の手首に噛付きました、僕は怪物の現われた事も知らずに居《お》ったが、余り痛いので少し正気に復《かえ》り微《かす》かに眼を開いて見ると、此時日は全く暮れ、青い星は大空にキラ〳〵輝いて居る、其星光《ひかり》に透《すか》して見ると、薄暗い中に爛々《らんらん》と閃《きら》めくは二つの眼《まなこ》で、其形山猫の如く、山猫より二三倍巨大《おおき》な猛獣が、今噛付いた僕の手首から、タラリ〳〵と滴《した》り落ちる鮮血を、長い舌の尖端《さき》でベロリ〳〵と舐めて居る、それは、此辺《このへん》に時々現われ、旅人を悩ます一頭の黒豹だ、黒豹は鮮血を舐めて、愈《いよい》よ眼光鋭く、鼻息をフー〳〵鳴らして、今にも僕の喉笛《のどぶえ》に噛付きそうだ、喉笛に噛付かれたが最後、お陀仏《だぶつ》となって仕舞うのだ、コリャ大変と、僕は驚いたの驚かぬのでは無いが、それと同時に又た、大いに元気付いた、この畜生人を馬鹿にするなイ、日本人中村春吉は、いくらヒョロヒョロして居っても、印度の黒豹風情《ぶぜい》に負けるものか、いざ来い来《きた》れとイキナリ飛起き、よい気になって僕の生血を舐めて居る、件《くだん》の猛獣の横ッ腹をプンと蹴飛ばすと、流石《さすが》の猛獣も此不意打ちには驚いたのだろう、二三歩飛退《とびすさ》り、ウーと一声唸声《うなりごえ》も凄《すさ》まじく、爪を逆立《さかだ》て、牙《きば》を鳴らして飛付いて来る、心得たりと僕は、自慢の拳骨握り固め、一つ其横ッ面を殴飛《はりと》ばして遣《や》ったが、空腹の為め幾何《いくら》か腕力《ちから》が減って居ったものと見え、自慢の拳骨も余り効目《ききめ》が無く、今度は両足を揃えて飛付いて来る奴を、僕は殆ど無我夢中に、右手《めて》を伸ばして引摑《ひっつか》むと、それが丁度《ちょうど》、黒豹の後方《うしろ》の片脚《かたあし》を引摑んだので、得たり賢しと、僕は其片脚を決して放さず、力任せにブン〳〵と振廻し、黒豹が身を捩向《ねじむ》けて、僕の腕に嚙付かんとする遑《いとま》もあらせず、前面の岩石を目懸《めが》けてエイと殴付けると、いくら腹が減っても僕の腕力《ちから》は大《たい》したものだ、黒豹は振廻わされて既に眼を廻し、力任せに背骨を岩石に殴付けられたものだから、ウンと叫び、ギューと云って斃《くたば》ってイヤ全く斃らぬ迄も、半死半生の有様となって四足《そく》をビク〳〵させて居《お》る。

占《しめ》た〳〵と僕は雀踊《こおどり》したです、黒豹に勝ったより何より、食物を得たのが嬉しい、直様《すぐさま》今度は、僕の方から黒豹の上に飛掛かり、拳骨を固めて殴ったも〳〵、処嫌わずメチャ〳〵と殴付け、全く息が絶えたと見るや否や、革包《かばん》の口を開いて短刀を取出し、未《ま》だビク〳〵して居《お》る片股《かたもも》の肉を削《そ》ぎ取り、何んでも早く腹の虫を喜ばして遣《や》ろうと、口中《こうちゅう》目懸けて其肉を投込《ほうりこ》んだが、何《ど》うした次第か、其処には既にガチ〳〵云う堅い物が入って居って、黒豹の肉はなか〳〵口へは入らぬ、入らぬ筈だ、其処には先刻のまま銀仏様《ぎんぶつさま》が、口中一杯に頑張って居《お》るのだ、最《も》う銀仏様などは口内に入って居《お》る必要は無いと、ポッと掌上《てのひら》へ吐出して衣袋《ポケット》へ納め、血汐《ちしお》滴る生肉を、二口三口は夢中に呑込《のみこ》んだが、如何に腹が減って居っても、此肉は生臭くって迚《とて》も堪らぬ、生臭いと云うより渋臭い、渋臭いと云うよりスエ臭い、実に何んともかんとも云えぬ臭気《におい》だ、未だ新らしいのにスエ臭い筈は無いのだがと考えると、スエ臭い筈だよ、肉食動物の肉を生で噛って居たのだもの、ハテ何《ど》うしたら宜《よ》かろうと首を振る事二三分、焼いて喰ったら幾分か臭気が抜けるだろうと、此時初めて気が付いた、余り腹が減って居た為め馬鹿になって、焼いて喰う方法も忘れて居たのだ。

其処で早速火を焚こうと、キョロ〳〵四辺《あたり》を見廻したが、此辺は、立木も無き砂地の真《まん》中《なか》で、枯枝も枯草も無く、火を焚く材料は何も無いので、仕方が無い、少々惜しいが生命には代えらぬ（ママ）から、予《かね》てから携えて来た二丈余りの籐と、三束程のシュロ縄とを取出し、其れに火を付けて股《もも》の肉を焼き、塩は鳥共の盗難に遭って一摘みも無いから、半焼の肉に何も着けずにムシャ〳〵喰ったです、成程多少臭気は脱けたが、決して旨い食物では無い、けれど死ぬ程腹が減って居《お》った為め、喉から手が出て引張り込むが如く、瞬間《またたくま》に殆んど片股平げて仕舞ったです。

半死半生の状態で、黒豹と格闘して勝つことができるものかどうか。ひょっとすると、この豹は歳をとっていたか、子供ではなかったか。そんな疑問が起こらないでもないが、ここは本人以外には目撃者もいないのだから、そのことばを信じるほかはない。しかし読者諸氏も、これまでの中村の行動を見てくれば、八割がたは真実と受け止められるのではなかろうか。

その後、四日間、このスエ臭い豹の肉で飢えをしのいだ中村だったが、ようやく、そのあたりでは規模の大きな町であるマンキポールに辿りついた。食料を売る店もあったので、その一軒に飛び込み、さっそく、米を売ってくれと交渉した。懐には三十一銭しかないが、とにかく、それだけ欲しいと頼んだが、店の主人は例によって異教徒には売れないと首を横にふる。

どうしたものかと頭を抱えこんだ時、ポケットの中の銀の仏像を思い出した。そこで仏像を取り出し、主人に相談を持ちかけると、とたんに主人の態度が変わった。その仏像を譲るなら、自分の全財産をやってもいいというのだ。これには中村も少なからず驚いたが、こんなところで現地人の全財産をもらってもしょうがない。それではと、米一斗五升と塩を少しもらって仏像を譲ってやることにした。

米が手に入れば、まずい豹の肉はもう不要だ。これを放り捨て、町を離れると、いつものように蒸し飯を作ったが、なにしろ、そこしばらくの間、塩分を口にしていないので塩をとりたくてたまらない。さっそく塩湯をこしらえて、飯にぶっかけ、塩茶漬で腹を満たした。

ところが、これが大失敗。次の町ミルザポールに向かう途中で、喉が猛烈に渇いてきた。いうまでもない、塩のとり過ぎのためだ。携帯していた水は飲み尽くしてしまい、死ぬ思いをしているところに、見えてきたのが緑の木々に囲まれた小さな泉。天の助けと、浴びるように水を飲んだ。

ここで、すぐに立ち去れば問題はなかったのだが、どうせ、またすぐに喉が渇くにちがいないから、少し休んでいこうと、湖畔《こはん》の木の枝に腰をかけ、足を水に浸けながら先の食料品店でもらった葉巻に火をつけた。いい気持ちで煙をぷかぷかやっていると、睡魔が襲ってくる。

うとうとしていると、なにかが足を触っているのに気がついた。びっくりして下を見ると、近くの村人が飼っているらしい、水牛が鼻でつっついているのだった。あわてて足を引っ込めたが、そのとたんに、手にしていた葉巻を取り落とした。と、運の悪いことに、それが水牛の頭の上に落っこちたから、さあ大変だ。

水牛の頭の毛がじりじりと焦げる。熱さに怒った水牛は、中村を目がけて突進してきた。怒った水牛は、虎や狼よりも恐いといわれる。ここは一番、逃げるしかないと判断した中村は、自転車をほっぽり出して逃げだした。

だが、水牛も黙ってはいない。中村に追いつくと角で突き飛ばそうとする。突き飛ばされては大変と、中村は両方の角をしっかり摑むと、力比べがはじまった。が、いくら怪力の中村でも水牛にはかなわない。そこで相撲の技を応用してやろうと、前脚に蹴たぐりをかけて引き落とすと、水牛はみごと仰向《あおむ》けにずってんどう。

この上に馬乗りならぬ、牛乗りになって、武器がないから、両手で水牛の両目を突いた。目の見えなくなった水牛は、痛みと怒りで暴れまくり、吠えまくる。その声を聞いた現地人たちが、手に手に長い棒きれを持ってばらばらと駈《か》けてくる。

捕まったら、殺されるかもしれない。必死になって自転車のそばに走り寄ると、サドルにまたがって、一目散に逃げ出した。

まあ、よくも、こう次から次へと事件が起こるものだと思うが、本人が、そういっているのだから、信用しないわけにもいかないだろう。

人に迷惑はかけないことを信条にしている中村も、ここだけは、とうてい現地人に説明しても許してもらえそうにないので、もう夢中で逃げるばかりだ。現地人たちも、どうやら中村を追いかけることより、傷ついた水牛の手当てに集まっているらしい。ほっとして、速度をゆるめ先に進んだ。

その晩は野宿をして、翌日も自転車を急がせる。だが、目的地のミルザポールには到着しない。そのうち、水がなくなってきた。前日の水牛騒ぎで水を汲んでおくのを忘れたのだ。またまた喉が渇き、水を求めて走っていると、一面の林が現れた。前進するには、その林を通り抜ける以外に方法はない。

林に入っていくと、珍しく幸運にぶつかった。林の木々に、うまそうな果物がなっていて、背の低い現地人たちが木に登って、これを食べているのだ。これはありがたい、少し分けてもらおうと近づくと、現地人たちは奇妙な叫び声をあげて逃げ出す。

一部の者は木の上から果物をもいで、中村に向かって投げつける。だが果物なら、まだいいほうで、ひどいやつは小便をひっかける始末だ。これには中村もびっくりしたが、なにしろ喉が渇いているから、自転車を降りて果物を拾いポケットにねじこんで走りだすと、現地人たちは木の枝から枝に飛び移って中村を追いかけ、あくまでも果物をぶつけ、小便をひっかける。はて、奇怪な人間たちだと、よくよく目を凝らしてみると、なんとそれは人間ではなく猿の大群だった。

猿の攻撃は執拗《しつよう》で、なおも中村を追いかけ、ついには自転車にまで飛び移ってきて、襟首を引っ張って引き落とそうとさえする。いくら相手が猿とはいえ、数が数だから自転車から落とされたら命が危ない。

腰に吊るしたラッパを吹いておどかしたいのだが、紐できつくゆわえてあったので、なかなか解けない。しかたがないので、ブッダガヤのお寺でもらったほら貝を吹き鳴らし、猿の小便と汗でぐしょぐしょになりながら、どうにか林を通り抜けた。

目的地のミルザポールに到着したのは、水牛騒動の翌々日のことだった。ここで、二日間ほど休息して、水をたっぷり用意し二百キロばかり先のアロハバッドという田舎町にやってきた。現地の人に聞いてみると、ここには日本人が数人住んでいるという。

すっかり懐かしくなった中村、教えられた方向へ足を向けると、なんのことはない。そこにいたのは、顔におしろいを塗りたくった日本の売春婦たちで、中村の姿を見ると、「もしもし、日本の旦那ではありませんか。そんなに、つんつんせんで、私のところへきたっていいじゃありませんか」などと声をかける。

ふつうの男なら、それじゃ、ひと休みと考えたかもしれない。しかし中村春吉は、いささか人間のできがちがう。

「なんだ、貴様らは。日本で恥をかきたらずに、こんなところまできて、恥をさらすのか」と、大声一番、怒鳴りつけ、女の顔につばを吐きつけた。女は泣きだして、店の奥に逃げ込んでいく。

すると、頭から湯気をたてて出てきたのは、五十歳前後の日本人の男。「なんだって、うちの女にケチをつけた」と文句を並べておどかす。

『お前《めえ》さんは何んだって大事な娼婦《たま》にケチを付けたのだ』と、いろ〳〵文句を並べて僕をユスルのです、之れは日本の無頼漢《ごろつき》見たような奴、僕をユスって多少の金銭《かね》を巻上げる積り、若し金銭《かね》を出さずば、警察署《けいさつ》へ突き出すと嚇《おどか》すのです、此様《こん》な奴に嚇されたって驚く中村春吉では無い、人もあろうに、此無銭道人をユスルとは片腹痛いと心中《こころ》で笑ったが、此奴《こいつ》こそ醜業婦の雇主、日本の国辱を、此遠方まで来て曝《さら》させる、悪党の親玉だと思うので、僕は返答もせず、イキナリ黙って其奴《そいつ》を地上に捩伏《ねじふ》せ、其奴の衣袋《ポケット》からハンカチーフを取出して猿轡《さるぐつわ》を食《は》ませ、ポカリ〳〵と五つ六つ拳骨を御馳走して遣りましたが、猿轡を食ませられて居るものだから、ウンともスンとも云う事の出来なかったのは、頗《すこぶ》る滑稽《こっけい》だった、散々拳骨を食わせた揚句《あげく》、僕は此様《こん》な奴の為に、自分の細引を使うのは損だから、其奴の帯を解いて手足を縛り付け、町の一端までズル〳〵引摺《ひきず》って行き、鹿か野猪《いのしし》を吊《と》る様に、唯ある人家の軒下に吊るし上げ、一枚の紙を取出して其奴の首に札を下げ、英文の走り書きで之れは日本人では無い、日本の汚い畜生《けだもの》が、此国へ逃げて来たのだ、此処でも余り汚い事をするなら、糞桶の中へ投込んで仕舞っても宜《よ》いと記し、自転車に跨《また》って、サッ〳〵と此の町を立去りました。後で醜類共は、地団駄踏んで口惜しがったに相違ない、ヒョットしたら警察署へ訴えたかも知れぬが、其時僕は最《も》う、数里離れて居《お》った事でしょう。

現代人の目から見て中村の行動をすごいと思うのは、相手が野獣でも人間でも、まったく区別をせずに、同じように対処してしまうところだ。それが、いいか悪いかというのは、また別問題だが、日本を遠く離れた異郷の地で日本人に会えば、たとえ相手が、どんな人物であっても、懐かしさが先に立つだろうに、そういった感情を、すべて押さえてしまって、自分なりの正義を貫こうとするところが、いかにも豪傑というべきだろう。

アロハバッドから、中村が次に目指すのはジャバポールで、ここまでは六百キロの道程がある。道が険悪だが、なんとか自転車は先に進んだ。やがて、もうジャバポールまで四、五十キロというところまできた時だった。進行方向にひとつの高山が出現した。どうやら、その山の向こう側がジャバポールらしい。

麓を巡る道もあるのだが、そこを通ったのでは時間がかかる。そこで、自転車を引っ張って山道を登り、頂上からはサドルにまたがって、反対側に下りはじめた。ちょうど、中腹まで降りてきた時だ。ふいに横の林の中から、一匹の動物が飛び出してきて自転車に衝突した。いや、衝突だけなら、まだよかったのだが、勢いよく突っ込んできたものだから、その動物は車輪の間に首をはさまれてしまい、自転車にブレーキがかかり、中村は四、五メートル先に投げ出されてしまった。

起きあがって車輪に首をはさまれている動物を捕まえてみると、その時は名前がわからなかったが、ハイエナだった。ところがこのハイエナが暴れまくり、食いつこうとする。そこで中村のやったことが、ものすごい。動物愛護協会の会員が聞いたら、確実に目をまわす。

一つ生捕《いけど》って遣ろうと身構えたが、何しろ其速い事は電光石火の如く、彼方に飛び、此方《こなた》に跳ね、引捕えようとすると、噛付いたり引掻《ひつか》いたりして、迚《とて》も手に合わぬので、僕は自転車を廻って逃げながら、素早く細引を取出して、其一端に罠を作り、狙い定めヒョイと投げると、其れが巧《うま》く怪獣の後脚に絡み付いたから、得たり賢《かしこ》しと、細引の他の一端を、側の大木の高い枝を目懸けて投上げれば、それが巧く枝を越えて、一端が此方《こなた》へ落ちて来たので、ます〳〵巧しと、其一端を摑んで無二無三に手操《たぐ》り込むと、怪獣は後脚を縛られたまま、真逆様《まっさかさま》に木の枝に吊上げられ、ブラリと宙に下った有様は、動物の逆様ブランコか、まことに滑稽な風体だ。最う斯うなったら占めたものだが、それでも近づこうとすると、ブランコ先生矢張《やはり》負けぬ気を出し、歯を剝《む》き爪を現わし、暴れに暴れてなか〳〵寄付けぬから、それでは斯うして遣ると、ブラリと下った前脚をも細引で引縛り、又た革包《かばん》の口を開いて、畳針と畳糸とを取出し、針に糸を突き通すのも急《いそが》わしく、噛付こうとする口をスッカリ縫付けて遣った。流石の乱暴動物も口を縫付けられては何うする事も出来まい、先生余っ程痛かったものと見え、此時初めてウー〳〵と、鼻から唸声を洩らした。

結局、口を縫いつけた親ハイエナは死んでしまった。が、見ると、そばに二頭の子供がいる。これはかわいそうなことをしたと思ったがしかたない。そこで子供も殺してしまおうかと思ったが、せっかく捕まえた珍しい動物だからと、ジャバポールの町に着くと動物商に頼んで、一頭を動物商に贈り、もう一頭を日本の上野動物園に送ってもらうことにした。

これに味をしめたというわけでもないだろうが、ジャバポールを出発して、ボンベイに向かった中村は、ふたたび野獣を生け捕った。今度はジャッカルで、叫び声をあげて向かってくるやつを、殴る蹴るの大格闘の末、ついに組み伏せ、牙の鋭い頭に布袋をかぶせて、背中に背負って自転車を漕ぎ進めた。さてボンベイについて、背中を見ると驚いたことに、いつの間にか、洋服の背中がまん丸に食い破られて、もう少しで肉まで食いつかれるところだったという。

これもまた、ほんとうだろうかと、首をひねりたくなるようなエピソードだが、実際、このハイエナとジャッカルは上野動物園に送られ、ジャッカルのほうは死んでしまったが、ハイエナは元気に育ち、当時の檻《おり》の前には、ちゃんと、中村春吉贈と書いてあったというから、うそではないようだ。

ボンベイには数か月間滞在して、日本物産の陳列所の書記をして、糊口《ここう》をしのぎながら、ボンベイ付近の商業を視察してまわった。しかし、まだ見ておきたいところがある。ころあいを見て中村はボンベイを引きあげ、次に向かったのがデリーだったが、ここでは猿の大群に自転車を奪い取られて大閉口。

なにはともあれ、自転車を取り返して、ふたたびボンベイに戻り、船でヨーロッパに渡ることにした。といっても例のごとく、金はほとんどない。まあ、なんとかなるだろうと、自転車を走らせていると、道のまん中に転がっている石ころの間に、ひとつだけ、ばかに光った石がある。なんだか知らないが拾って、アグラーという町の宝石屋に見せると、これが、種類はわからないながら、日本円で十八円に売れてしまった。

財布にわずかに残っている金と合わせると、どうやら、ヨーロッパに渡れるだけの船賃になる。これは天の恵みとさっそくキップを買って、明治三十五年十月十日、イタリア汽船に乗ってナポリに向かった。

と、この旅程の説明は、『世界無銭旅行』によるのだが、ここにひとつ、おもしろい記事がある。それは明治四十五年一月号の〈冒険世界〉に掲載された「俺は笑って死刑の宣告を受けた」という、中村自身の署名記事なのだが、これによると中村は自転車でトルコを訪問しているのだ。

記事には、このトルコでの体験が、世界無銭旅行の際のできごととは、どこにも断わられてはいない。しかし筆者の調べたかぎりでは、この後、中村は数多くの海外旅行をしているものの、明治四十四年までにトルコを旅したという記録がないのだ。とすると、どうしても、このトルコでの体験は、世界無銭旅行の時のできごとと考えざるを得なくなる。

では、なぜ、『世界無銭旅行』には、それが出てこないのか。その推理は、あとまわしにして、このトルコでの体験を、そのまま紹介してみよう。

俺は笑って死刑の宣告を受けた

五賃将軍　中村春吉

▲騎槍の穂先に囲まる

場所――亜細亜土耳古《あじあとるこ》の某処、草茫々と生えた広野原。それを囲んで高き土壁ようのものがある。俺は其処を墓場と見た。而《しか》も人間の死体を人食鳥《じんしょくちょう》に嚙ませる――。『コラッ！　待てッ！』というのであろう。鉄蹄《てってい》の響《ひびき》高く、三人の土耳古騎兵が、長《ちょう》槍《そう》の穂先を突付けて斯ういった。俺は其時鞍架《サドル》から降りて、自転車は両手で脇に支えて居た。

三人の騎兵は馬上から飛下りて、俺の背負《はい》って居《い》る雑嚢、水筒、世界地図、時計、両眼鏡等を奪い取って、俺の両手に手錠を嵌めてしまった。そうすると其処に一台のガタクリ馬車が運ばれて、俺の自転車は其の上に積み上げられ、其他の携帯品一切は御者台の下に蔵《しま》われた。

俺は這麽《こんな》ことには馴れてるから驚かぬ。『フフン、また始まったわい、何か俺を見誤って牢に打込むんだナ。可《よ》し来た、また休み場が出来たぞ、御馳走でもウンと食ってやれッ』と度胸を据えて馬車のお荷物になった。ガチャンと扉が閉まる、中は真暗だ。ゴト〳〵と何《いず》れの方向に走ったのか薩張《さっぱ》り分らないが、ものの二十分許《ばか》りすると馬車は止まった。スーと馬車箱が持上げられて、ガチャリと何かに嵌まったような音がすると、軈《やが》て箱はグーと暗黒な牢獄の入口に降りて行った。

▲生きながらの地獄

其処で箱から出された俺はグル〳〵と幾廻りかして、深い地底の監房に押込められた。其処で先ず手錠は取除《とりはず》された。裸体《はだか》になれという。俺は大《おお》いに喜んだ。というのは何十日というもの沐浴《もくよく》をしないで、上着にも下着にも、虱《しらみ》がウニョ〳〵繁殖して、おまけに垢《あか》と汗の悪臭が紛々《ぷんぷん》として鼻を突きつつあったからだ。

可笑《おか》しかったのは、押丁《おうてい》が其汚い臭い俺の着物を、糞を掴むような手付で持去った事だ。俺は不恰好《ぶかっこう》ではあるが、兎に角清潔な獄衣を着せられて、非常にさっぱりした心持になった。時計を持つことだけは許してくれた。軈《やが》て押丁が出て行ったと思うと、ガラ〳〵〳〵、ドロ〳〵〳〵と音がして、俺の居る監房は真暗になった。

オヤッと思って目を上下左右《じょうか》にキョロ〳〵さしたが一物も見えない。『可《よ》し何《ど》うなるものか眠れ！』というので寝室《ベッド》の上に這上った。

斯《こ》うして闇黒の中に何時間か過ぎた。すると、ヒューッと鋭い笛の音が頭の上でした。

オヤッと思って真暗い天井を見上げると、極く微かに薄明るくなって、四角な箱のようなものが、スル〳〵と頭の上に下がって来る。

サア大変だ、何でも之れは屹度《きつと》俺を潰して殺して了うんだなと思うと、俺はいきなり寝台《ねだい》から飛下りて其の下に潜り込んだ。間もなく箱は床の上に卸《お》りた。ヒョイと見ると其箱には豆ランプのような電燈《でんとう》が付いて居て、麵麭《ぱん》、馬鈴署《じゃがいも》、ビフテキ、シチウ等の御馳走が載せてあるじゃないか。

俺は其馳走を餓虎《がこ》のように貪《むさぼ》り食った。そして腹を撫でて居ると、ビューンといって箱は天上してしまう。と同時に、四辺《あたり》は又元の暗黒になるのだ。で、斯うして何時間か経つと、又御馳走の載った箱が降りる。俺は食っちゃ寝ちゃ食っちゃ寝ちゃして居たが、一度驚いたのは、部屋の隅に装置された両便所の、放出管《ジスチヤーパイプ》と吸入管《サクシヨンパイプ》とを循環する空気と水との音が、余りに大きいので、訳を知らない俺は、フム是りゃ乃公《おれ》を窒息させるのだと思った事だった。

獄中暦日なしじゃ。俺は僅かに食事時刻が、午前か午後か、兎に角六時であるということを知ったきり、幾日を常闇《とこやみ》の底に過したか解らなかった。

▲驚くべき手錠足錠

恁那《こんな》にして居る内に、或時突然ピュー〳〵と笛がなった。何事かと思って居ると頭《あたま》

上《のうえ》で、

『今吾等が降りて行くから目を塞《ふさ》げーッ』と英語で呼ぶのである。何事か一向分らんので、俺がキョロ〳〵してる間に、ガラン〳〵と音がしてボッと明るくなったので、思わず眼を開くと、急に光線の直射を受けて、俺はグラ〳〵と卒倒しかけた。

目を押えて居るとズカ〳〵と一人が進んで来て、ガーゼを俺の目に当てて呉れ、其の上を黒い布で以てグル〳〵巻き、耳には綿を塞《つ》めて呉れた。

『立ち上れ《スタンドアップ》。』と号令がかかったので突立上るとゴトンと音がして、俺はチョコナンと椅子《いす》の上に押据《おしす》えられた。

腰を卸したはいいが、俺は其椅子へ革帯で厳重に縛《ばく》された上に、頭の上からズックの袋を押被せられた。俺は此時斯《こ》う考えた。此儘乃公《おれ》を火葬場へでも送るんじゃないかと！

▲ズカリと目を刺す

軈《やが》て俺は抱き上げられてドンと下に置かれた。と、それは箱になって居るらしく、其儘スーと上へ引上げられた。引上げられると、ヨイ〳〵と担がれて、箱の儘ガチリと囚人馬車の中に入られた。

『サア愈々火葬場だナ』と俺は腹を決めた。ゴト〳〵と幾分か馬車が走った後に、ピタりと止まると馬車の戸がギーと開いた。

何人かの人で俺を箱の中から出し、土間に卸し、例の袋を頭から脱がせ、手錠を外したが、眼だけはまだ塞がれて居た。

久しく光線を見なかった眼を開けるに、俺は又此処で一苦労しなければならなかった。何しろ一寸開けると、ナイフで抉《えぐ》られるように痛い。

押丁が何だか甘味《あま》い酒を呑ませた。之は一種の興奮剤であったろう。之を飲んで三十分ばかりして眼を開いたが、黄疸病者《おうだんびょうしゃ》のように総《すべ》ての物象《もの》が黄ろく（ママ）見える。

俺はそこで不透明硝子窓のある円形《まるがた》の室に入れられた。暫らく経ってそれより少し明るい室に移された。斯うして段々視力が平調《へいちょう》に立戻った処で、俺は、長い廊下を通って、壮厳《そうごん》を極めたる法庭へ引張り出された。

▲裁判長の糞馬鹿ッ

被告席に着いて見渡すと、判事検事書記というような連中が、二十人ばかりもズラリと居流れて居る。温厚な顔をした裁判長が中央に座を占めて、俺に型の通り宣誓をさせた後、例に依って国籍、姓名、年齢、職業等を問うた。俺は躊躇《ちゅうちょ》することなくさっさと答えた。

裁判長は言葉を厳《おご》そかにして訊《き》いた。

『其方《そのほう》は何の用があって此地《こちら》へ来たか。』

『私は商業視察の為めに来ました。』と俺は言下に答えた。

『黙れッ！』と裁判長は眼を恚《いか》らせて大喝した。

『糞馬鹿ッ！』と俺は反響の如くに裁判長に向って大喝した。

裁判長は悪々《にくにく》しげに俺を見たが、語気だけは沈着《おちつ》いて、

『其方は自ら其方の秘密を告白して居る、其方は正に軍事探偵である。』

『コリャ思いも寄らん事を言わるる。私は前にもいった通り、商業視察に来たのですぞ。』といって裁判長を睨み返した。

『何も言わんでも宜《よろ》しい。其の証拠には第一其方は神聖なる法廷に於《おい》て、馬鹿と言った。其方は已《すで》に総《すべ》ての正義を眼中に置かないものだ。第一の証拠は之れである。第二には汝の目付、第三には汝の姿勢、第四には汝の腕節、第五には汝の歩み方、以上五点を以て見ると何うしても汝は軍事探偵である、何うじゃ！』

▲明朝十時愈々死刑

『××！　馬鹿野郎！　最《も》う乃公《おれ》は何もいわん。お前達の勝手にせい。其代り乃公は唯意気地なく、お前達のするが儘にはなって居らんぞ。お前達には何をいっても解らん。乃公も又日本語でならば格別、最う其外なら一切何もいわん。』

俺は彼等の没分暁《ぼつぶんぎよう》なのには呆《あき》れてしまった。で、斯ういって俺は黙って了った。『宜しい。其方は正しく軍事探偵である。明日午前十時、死刑に処すからそう思え。尤《もつと》も弁解する事があれば今弁解せよ』と宣言を与えてさっさと出て行った。之を聞いた俺は宜しいッと許《ばか》り口を結んだ。そして斯う心に期した。

『何糞ッ、殺せるなら殺して見ろ！　此の中村は唯じゃ死なんぞ十人や二十人必ず冥途《めいど》の旅に連れて行くから覚悟をしろ。』

▲ゴーンと喰わす鐘の音

此時しも、俺の背後《うしろ》からノッソリ現われて『中村サン、暫らくです』とハッキリ日本語で言ったものがある。

『オヤッ』と驚いて振返《ふりかえ》ると見知らぬ男が其処に立って居た。『貴郎《あなた》は僕を御存じですか』と問うと、

『イヤ私は日本人じゃないが、日本で生《うま》れて十九年ばかり東京に居ました。当地へ帰って三年になります。暫らく目に日本語を用いたので、それで暫らくですといったのです。実は私は鑑定の為に召喚されたのですが、最初貴郎を日本人ではないと鑑定したのでした。そうですか、では貴郎は疑もなく日本人である。何の用事で玆《ここ》へ来られたか、私が出来るだけ通弁になるから弁解をなさい。だが貴郎は何故裁判長を馬鹿と言ったので

す。』と俺に訊く。

『僕は前にもいった通り、商業視察の目的で此処へ来たといった。それに就《つい》て僕は充分説明するだけの知識と技能を備えて居る。若《も》し裁判長が裁判の原則と本旨を心得て居るならば、何故商業視察者として適当の訊問を試みて見ないか。然るに突如《いきなり》黙れとは何だ。乃《すな》わち彼は正しく馬鹿ではないか。君は日本に居たから知って居るだろう。寺院の坊主が朝夕の勤行《ごんぎょう》に鐘を叩く。あれは精神統一の一手段だが、それは別として、裁判長が僕に黙れといったのは、叩いた鐘の音を止《とど》めよというと同じだ。無理ではないか。鐘の例を惹いたから、序《ついで》に又鐘でいえば、黄金の鐘と真鍮《しんちゅう》の鐘とは音が違う。即《すな》わち軍事探偵という鐘と、商業視察者という鐘は音が違って居る。裁判長は何故中村という鐘を叩いて、其音を聞き分けることをしないか。それに黙れとは何だ。馬鹿ではないか。君そういってくれ給《たま》え。』と俺は昂然《こうぜん》として斯《こ》う説いて聞かした。

日本語を話す男は此通りを通訳した。裁判長も始めて道理を悟ったらしく、遂いには莞爾《にっこり》として俺を見るようになった。

▲説き出す大和魂

『それじゃ君の眼付と腕節は？』

俺は早速通弁者に向って『君は大和魂を知ってるか』と聞いた。

『エエ知っては居るが単に大和魂といったところで何と説明したら宜《よ》いか』との反問である。

『宜《よろ》しい。君は日本の家庭を知って居るだろう。日本の家庭では二三歳の子供が、何かして柱なり火鉢なりに衝当《つきあた》ると、ワッと言って泣く。すると母親は何と云うか。

『坊や、坊やは男だから泣いては不可《いけ》ません。ササお母さんも手伝うから、此の煙管《きせる》を以て柱を打って御出で。サ此畜生、坊やの処を痛くして、こん畜生こん畜生と柱なり火鉢なりを叩いてやる。サア之で坊や敵《かたき》を取ったから可いだろう』というと、子供は万歳ッといって泣止むではないか。あれだ。日本人は已《すで》に二三歳の折から、母に依って已に大和魂を注入されてある。サア小学校から中学校に行く。撃剣をやる。柔道をやる。弓をやる。馬術もやる。あらゆる男らしい武芸という武芸をやるじゃないか。その為だ、僕の目付の据《すわ》って居るのも、腕節の発達しているのも。で、若しも眼付や腕節を以て僕を軍人だというなら、恐らく日本人には商人もなく農民もなく一国悉《ことごと》く軍人といわなければならぬ』と説き聞かせた。

通訳は此通りを通訳した。切《しき》りに頷《うなず》いて居た。裁判長は、

『それでは君の歩調は何うか』という。俺は此問を聞くや否や『だから××というんです。何故ならば僕は自転車に乗って居《い》るではないか、自転車に乗った人ならば、悉皆《みんな》這麽《こんな》歩調になる筈じゃないか』というと裁判長は遂に噴き出して了った。

▲噫《ああ》鉄血的覚悟

俺が斯《こ》う弁明すると、裁判長は『宜しい』と頷いて『さて中村君。能《よ》く解りました。甚だ無法な監禁をして申訳《もうしわけ》がない。何卒此方《どうぞこちら》へ』というので案内されたのは別室、其処にはワイシャツから靴下、フロックコートの立派なのが揃《そろ》えられてあって『之をお召しなさい』というのである。

それから一週間というもの、俺はあらゆる歓待を受けた。噫、鉄血的覚悟を要する戦争ばかりじゃない。吾々《われわれ》の日常生活に、斯ういう男性的最高な決心が、殆んど間断なく要求されつつあるのだ。

波瀾《はらん》また波瀾

こんな危険な目にあい、しかも、充分にひとつのエピソードとして成立する話が、どうして、『世界無銭旅行』で登場しないのだろうか。そこで筆者は、ある推理をしてみる。それは中村春吉・軍事探偵、すなわちスパイ説だ。

中村が日本を離れた明治三十五年といえば、日本の国運をかけた日露戦争の始まる二年前だ。日露両国は、おたがいに相手を牽制しあい、情報の収集にやっきになっていた。ここで、愛国心が人一倍強い中村が軍事探偵行動をとっても、さほど不自然ではないような気がするのだ。

むろん筆者は中村が、軍事探偵行動が目的で、無銭旅行に出発したとは思わない。けれど、その道程の一部に、スパイ目的が組みこまれていたとしてもおかしくないのではなかろうか。比較的、詳しく日程を述べている中村が、ボンベイ滞在の部分だけ数か月滞在したと簡略に述べ、また、イタリア行きの船名などもはっきり書いていない。ボンベイ滞在と称して、トルコまで足を伸ばしていた可能性は、おおいに考えられる。また、絶対的な証拠はないが、当時は思わぬ人間が政府の命令でスパイ活動を行なっていたらしいという話もある。

ボンベイからイタリアに行くまでの間に、隠密行動があったと考えるのは無理だろうか。

リバプールにての撮影

トルコは、いうまでもなくロシアと国境を接した国だ。この国からなら、ロシアの動静も探れるだろう。そして実際、前記の記事でおわかりのように、中村は軍事探偵の嫌疑をかけられている。

さらに、この『世界無銭旅行』という本は、もともとは明治三十七年三月に雑誌〈中学世界〉春期増刊「無銭冒険　自転車世界一週（ママ）」として刊行されたものを一部訂正し、単行本化したものなのだ。明治三十五年の時点で、トルコ旅行を故意に隠したことは、充分、考えられるだろう。そして中村春吉・軍事探偵説を裏付けるような行動は、後に紹介するが、この旅行の時にも幾つか見受けられるのだ。

明治三十五年十月三十日、中村はイタリアのナポリに到着した。その時のスタイル

米国ボストンにての撮影

がおもしろい。背中をジャッカルに食い破られた背広を着ているのはいいのだが、そのままでは寒いというので、日の丸の旗を下着がわりに首から下げたものだから、赤い部分が背広の背中の穴のところに出てきて、まるで日の丸つきの洋服だ。しかも、そのまま文明世界のヨーロッパ各地を走り回り、数多くのパーティにも、その格好で出席したというのだから、いかにも中村らしい話だ。

　中村がヨーロッパに渡ってからの、『世界無銭旅行』の描写は、なぜか大駆け足になってしまう。イタリア、フランス、イギリスと回り、リバプールからアメリカのボストンに向かい、北米大陸を横断してサンフランシスコに到着するまでは、わずか三十五ページに納まってしまっている。そこまでは、二百五十ページを費やしていながらだ。

たしかにヨーロッパの文明国では、黒豹もハイエナもジャッカルも出てこないかもしれないが、このあっさりとした描写はなんだろう。

アメリカ大陸の横断なども、話題は豊富にありそうだが、ほとんどというより、なにも触れていない。ひょっとすると、このころすでに排日の気運の盛りあがりつつあったアメリカにも、軍事探偵目的があったのかもしれないと、疑いたくなってくる。

なんにしても、中村春吉の自転車無銭旅行はかくして終わった。サンフランシスコ在留の日本人から、日本までの汽船のキップを贈られ、出発地点と同じ横浜港に帰ったのは、約一年半後の明治三十六年五月十日のことだった。

世界一周とは称するものの、アフリカや中南米、オーストラリアには足を伸ばさず、実際には世界半周というところだったが、出発時に比べて、さすがに帰国時は世間の反響も大きかった。数多くの新聞が中村の快挙を報道し、自転車での無銭旅行という点が注目され、自転車雑誌なども、こぞって中村を記事にした。

もっとも、本来、中村が自転車関係の人物ではなく、ただ無銭旅行の手段に自転車を使用しただけということもあって、中には非難した文章も見られる。雑誌〈輪友〉第二十四号（明治三十六年十月）に掲載された吉田紅輪の「我眼に映ぜし中村春吉氏」などは、その代表例であろう。

米国サンフランシスコにおける日本領事館員の
中村春吉歓迎運動会

世界漫遊者としてボストンの自転車雑誌に載せられたる中村春吉氏は、実に以外なる速力を以て其行程を終り先頃無事帰朝せられたのである。氏が其旅行中に於ける艱難辛苦《かんなんしんく》は素《もと》より一通りならざる次第であるが、其旅行に依って得た処の我輪界に対するお土産は如何なるものであろう？　未だ其効験著しきものを聞かざるも、他日何《いず》れの時に於てか此種の発表あらんことを期して居る。唯だ予の怪《け》訝《げん》に堪えざるは、世界一周としては比較的其旅行日程の短日であったことである。予は氏が旅行を企つる先に於て其抱負とも謂《い》うべきものを伝え聞くところに依れば、氏は亜剌非《アラビ》亜《ア》の地に数年を送り那辺に於てか密《ひそ》かに大いに得るところあらんと期する様であったが、漂然僅かに二年足らずで氏が帰朝したと聞き、余は密かに怪訝に堪えぬ次第である。想《おも》うに中村氏は普通の世界旅行者と異り、其出立には前途行く処を定めず、其目的を公にせず、独り黙々の裡《うち》に大志を秘して双輪を片手に世界を乗り廻さんとしたのであろう、然り素より此双輪なるものは氏か《（ママ）》一の世界漫遊者として之を利用するの大に便利にして又世人をして自己に信用を措《お》かしむる唯一の利器である。然れども同氏は決して双輪家ではない、何も自転車の技術に於て秀でたるが故に、世界を漫遊せんとした訳ではあるまい、之れ氏が最初の言に徴しても明かなる事実である。又た其旅行の行為に依って見るも之を或《ある》意味に於ける利用すべきところに運転せんと欲せざりしや、明らかである。抑《そもそ》も氏は何等の目的何等の希望を以て我邦を去て其周遊を思立しや、是れ第一に吾人同感の士が聞かんと欲するところである。又た同氏は或希望を以て此学を成したりとすれば、必ずしも其得るところも多少ありしや否哉、唯だ徒《いたず》らに「世界周遊者中村春吉氏」の虚名を得んと欲して軽挙壮行つまらなき奇を衒《てら》いしものか、否々豪放沈勇、而《しか》して一片の俠骨《きょうこつ》に富む一快男児、などて恋々として空名に耽《ふ》けるの愚を為さんや必せりとして、吾曹は敢《あえ》て疑を容れざる者である。

　聞くところに依れば同氏は非常に逞骨健体にして、より多くの困難に堪え得る身体の構造であると云うことである、然らば氏は何故に其壮軀《そうく》を以て颼々たる砂漠の風に瀑し、北露の極氷を踏んで具《つぶ》さに世界の経験に接せざるや、予は普通の世界周遊者として隔靴搔痒《かっかそうよう》の感に堪えぬのである。試みに同氏の輪跡を見れば、普通平坦の順路に依りて諸国を経遊

自転車は世界を一周して還る

した丈《だ》けで、別段人の跋渉《ばっしょう》し能《あた》わざる地を輪行したと云う訳でもない、極く平凡な輪行として周遊を了ったようなものである。

唯だ少しく特記して賞讃するところのものは、行く先々で自ら得た金を以て其の行程を進めつつ遂に一週《（ママ）》したと云う事である、想うに中村春吉氏は未だ其目的を得ざるもので、僅《わずか》に此の一週《（ママ）》に幾分の経験を積んで、他日のグレートトラベラーであることを希望して居るものならんと確信するのである。

さて、多少の非難もあるにはあったものの、とにかく前代未聞の自転車無銭世界旅行をなし遂げた中村春吉だが、その後の行動もまた、波瀾万丈だ。そして、ここに先の旅行が軍事探偵だったのではないかと思わせる動きを見ることができる。

明治三十六年五月に日本へ帰った中村は、その夏（『霊道の道』によれば八月）には満韓に行ったらしい。これは明治四十三年五月号の〈冒険世界〉「貧乏人の隊長となって五大洲を横行せる中村春吉の奇異なる経歴」（中村春吉談・阿武天風《あぶてんぷう》編）によってわかる。

ところが何をしに行ったのかというと、実にあいまいだ。中村自身は「仕事のことは一寸いうを憚《はばか》る」と述べている。そして、一旦、帰国。だが九月になると、ふたりの仲間を伴い韓国人の飴屋《あめや》に化けて満洲に渡る。ロシアの動静を探るためだ。ここで、ロシアの軍事探偵に捕らえられた日本の軍事探偵を救出したと、本人はいっている。

このいきさつは、〈冒険世界〉大正二年六月号に「愛国的弥次馬譚《やじうまたん》」として発表されているが、ここで中村はくどいほどに、自分は軍事探偵ではない。ただの弥次馬だが、日本のために命を賭けていると力説している。けれど、その一方で、こんな意味ありげな発言もしているのだ。


一寸断って置くが、吾々は政府から頼まれた○○○○でも何でもない。そうかと言って身命を賭《と》して目差す敵国の勢力範囲に飛込んだ吾々、単に飴を売って生活して行けばいいというのでもない。其処は予《あらかじ》め推量を願って置く。

○○○○とは、説明の要のない軍事探偵のことだが、これは暗に、自らの身分を述べているようにも受け取れる。
翌明治三十七年一月十九日、中村はロシア兵に逮捕される。虱が発生して、あまりにも痒《かゆ》いので風呂に入っていたところを、否応なしに引っ立てられてしまったそうだ。同じ逮捕されるにしても、中村だと、なぜこういう場面になるのだろう。

そして、そのまま収容所に放りこまれた。幸いにして日本人だとは見破られなかったので、クーリーとして働かされていたが、脱出して韓国に逃げ込み、二月四日、日露戦争の火ぶたが切って落とされると、「一種の用務を帯びてすぐ日本に戻った」。一種の用務とは、いったいなんなのだろうか？

そして三月、またもや数名の同志と満洲に向かうが南山《なんざん》方面で敵に襲われて、仲間を殺され、中村は右の太股《ふともも》に弾丸が貫通する負傷を負い、日本に帰る。

だが六月になると、今度は、アメリカの〈イブニングポスト〉紙の従軍記者通訳として戦場に向かう。ここでも中村は軍事探偵を否定しているが、軍事探偵でないものが、これほどまで危険を冒して、何度も戦地に向かうものだろうか。

ところで、先の引用文にもあったが、この記事の中村の名前には、五賃将軍の肩書きがついている。『世界無銭旅行』の序にも、押川春浪が五賃将軍ということばを使っている。この、五賃将軍とはなにか？　ここで、ちょっと説明をしておこう。

中村がいうには、五賃とは旅行者が外国で必要とする生活費のことだ。汽車賃、船賃、宿賃、家賃、地賃（地代）がそれで、金のない旅行者は、これに悩まされる。ところが中村は、これをみごとに克服して、世界無銭旅行をなし遂げた。そこで帰国後、五賃征伐論を述べて、

韓国での無銭道人の大猟

自らを五賃征伐将軍と呼んだらしいのだが、それが、いつのまにか五賃将軍に転化したのだ。

時代はもう少し下って明治四十年代初めのことだが、実際に中村は、五賃征伐論実現の手始めとして韓国の各地に、二十人ぐらいの無銭や貧乏旅行者が、無料で宿泊できる駅舎と称する施設を設置する計画を立てた。これは五里ごとに家を建て、ふだんは畑仕事で生活し、日本人旅行者が訪ねれば十五銭で泊めるという、貧乏人には夢のような計画だった。中村は韓国のほか、インド、アフガニスタン、ペルシャ（現・イラン）にまで、そういう施設を設置すると息まいてはいるが、どうも実現したようすはない。

通訳として満洲に渡った中村は、すぐに

これを辞める。というのは、雇った従軍記者が、もう通訳は必要ないから馬の世話係になれというので、ばかをいうなと、そこを飛び出し、野戦郵便車両の取り締まりになった。どういう職種か判然としないが、軍の仕事であることはまちがいない。こうして、しばらく軍と行動を共にしていたのだが、やがて脚気になってしまった。しかたなく中村は日本に帰ってくる。これが、明治三十八年のことのようだ。

しかし中村はじっとしていない。一か月ばかり療養して、脚気が治ると今度は、韓国に渡った。何月のことかわからないが、日露戦争終結後のことだろう。もし、戦争中なら当然、満洲に向かうはずだからだ。

この韓国行きの目的は、〈冒険世界〉明治四十三年六月号の「無人島生活と私が大金礦《だいきんこう》を発見せし苦心談」（中村春吉談・阿武天風編）にはっきりしている。

此行《このころ》五賃征伐の理想を実現するために、韓国に農事経営をなさんがためであった。で、杻峴《ちゆうげん》付近の朽林里山《くりんりさん》に土地を購って、其処へ農事研究所を設け、甘藷《かんしよ》・楮《こうや》・除虫菊、綿、薄荷《はつか》、其他二三の植付に取掛った。

だが、この計画は洪水のために失敗した。そこで、また帰国。中村が考えた次の仕事は、韓国の無人島行きだった。その目的が奇抜だ。かつての世界旅行の際、ロンドンで鳥の糞《ふん》が

倫敦勧工場内の撮影

高価な絵具になるということを聞いたので、何万羽とヘラ鷺《さぎ》が群がることで知られる無人島に、糞を調べに行ったのだ。これが明治四十一年の八月のことだが、これも結局、商売にはならなかった。

その後は韓国全土を歩き回って、金鉱探しを敢行し、各地に有望な鉱脈を発見したというが、この話も、かなり怪しい。

中村自身の消息も、このあたりから、だんだんわからなくなってくるが、少なくとも明治四十三年の五月ごろから七月ごろまでは日本にいたのは確かだ。七月に神田《かんだ》錦輝館《きんきかん》で行われた、白瀬《しらせ》中尉の南極探検隊後援会の発会式には、弁士のひとりとして登壇し、「南へ南へ」という演説をぶっている。

明治四十四年四月ごろには熊本にいたようだ。自転車旅行家として知られる鈴木楽天によれば、その時の中村は慈善事業のために全国各地を旅行していたとのことだが、残念ながら、その内容は不明だ。

とにかく中村は世界無銭旅行以後、ひとつの場所に落ち着いたことがないように見える。筆者の手にした資料の中で、唯一、旅行と関係ないのは、〈冒険世界〉の明治四十三年七月号に掲載された「怪物探検実譚　幽霊を説服した記」（中村春吉談・阿武天風記）のみだ。

話のついでに、この幽霊譚を紹介しておこう。場所も時も記されていないが、ある複雑ないわれのある家で、若い妻が子供を生んだ直後に死んでしまった。ところが、その妻は残した子供が心配らしく、夜な夜な幽霊になって子供のところへ現れるため、その家は、幽霊屋敷と評判がたった。

だが、それも月日がたつうちに忘れさられ、残った夫は出家し、子供も二十六歳の青年に成長した。そして、その子供が結婚して赤ん坊が生まれたのだが、そのとたん、またもや幽霊が現れはじめた。そこで、ひょんなことから、それを知った中村が、なんのために赤ん坊のところに出てくるのか、幽霊と話をするために、墓石のところまでやってきた。

そして更けるのを待って、或秘法の下に幽霊を呼寄せた。

「お前さんは何故此頃毎晩墓場から出て幼児《あかんぼ》を泣かせるか。」

「泣かせるに出る訳ではありませんが、どうも後に残して死んだ子供のことが気に掛りますので、それで今に浮《うか》ばれないで居るので御座《ござ》います。」悲しそうにいう。

「でもお前さんの残して死んだ子供というのは幼児《あかんぼ》じゃアないぜ。」

「エッ？　それは又何故で御座います。」

「何故って、能《よ》く考えて見るがよい。お前さんの死んだのは二十六年前じゃッないか。二十六年も経って幼児は生れた儘《まま》で居るものかね。お前さんは余程迷ってるね。」

「へーイ左様《さよう》で御座いますねえ。それでは今家に居る幼児はあれは何で御座いましょうか。」

「ウンあれはお前さんの孫じゃ。お前さんが死んだとき幼児であったのが、最う今は二十六歳にもなって立派なお父さんになって居るのじゃ、這麼目出度《こんなめでた》いことはない。お前さんも安心しなさい。」

「ハイ有難《ありがと》う御座います。是で辛《やっ》と安心致しました。何しろ死んだ者の悲しさには、子供が何時《いつ》までも幼児のように見えて、それで浮ばれずに今日まで迷って居ましたので、お陰さまで誠に有難う御座います。是《これ》で成仏できます。」

　と迷える若い妻は斯《こ》ういいながら、其儘《そのまま》掻き消すが如く墓標の下に消えてしまった。


中村は、このほかにも、いくつも幽霊探検の話があると書いている。この幽霊譚を紹介してしまうと、なんだか、これまでの旅行譚も眉唾臭く思われてしまいそうな気がして、中村の行動に愛着を感じている筆者としては、いささか心配だ。だが数少ない資料のひとつなので、後の中村春吉研究者のためにも、その真偽はともかく、こういうエピソードを本人が語っているということだけは、正確に伝えておきたいのだ。

明治四十五年二月に刊行された河岡潮風《かわおかちょうふう》の『快男子快挙録』に収録された「貧民の親友中村長髪君の閲歴」は、おそらく、どこかの雑誌に掲載された原稿の再録と思われるが、これによると中村は明治四十四年の五月にまたもや満洲に旅立つことになり、押川春浪をはじめ、天狗《てんぐ》倶楽部《くらぶ》のメンバーである、中沢臨川《なかざわりんせん》、平塚断水《ひらつかだんすい》、押川清《おしかわきよし》、山脇正治《やまわきしょうじ》に送別会を開いてもらっている。

この送別会で、中村はバンカラ旅行家らしからぬ隠し芸を披露して、居並ぶ猛者《もさ》連をおどろかせた。それは八雲琴《やくもごと》の弾き語りで、その場の聴衆を感嘆させたばかりでなく、他室の客や女中さんたちまでが、聞きに押し寄せたというから、生はんかなものではなかったらしい。また、その後、河岡は中村に誘われてビリヤードに興じたが、こてんぱんにやられてしまったという。

河岡が、どこで覚えたのかと問うと、見覚えと答えたというが、筆者には、それが軍事探偵としての素養のひとつであるかどうかは断言できないものの、なにか中村には、単なるバンカラ旅行家以上の秘密があるように思われてならない。

それはそれとして、記憶のいい読者諸兄姉は、冒頭の中村の略歴紹介のところに記した「後年、中村が開祖となった精神的健康医術〔霊動法〕」というのを、覚えているにちがいない。「軍事探偵説の探求もいいが、その〔霊動法〕とはなんだ?」と質問していただけると、筆者は、まことにうれしい。

実は、この〔霊動法〕を説明することによって、謎のすべてとはいわないが、軍事探偵説も、中村のその後も、ほとんど解決してしまうのだ。〔霊動法〕については、先に精神的健康医術と説明したが、具体的にどういうことをするのかを説明するのは難しい。筆者は〔霊動法〕を習得した、いわゆる中村の門人だったかたに見せていただいているが、それでも説明できない。健康術であり、精神的医術とだけいっておく。

で、中村春吉の一生を語るには、この〔霊動法〕についても、かなりのページを割かなければならないのだが、〔霊動法〕の開祖となってからの中村を詳しく紹介するのは、やや本書の目的とずれるので、前述の中村の門弟のひとり石川清浦の米寿記念に刊行された『霊動の道』から、石川が中村について語っている部分を引用することにしよう。筆者自身も、〔霊動法〕については、まだ詳しい調べをしていないのだ。

まずは巻末年譜によって、その後の中村の生涯を追ってしまおう。中村は明治四十四年一月に満洲から帰国し、大正二年八月に宇都宮憲兵隊長・神田長平(霊海)少佐の勧説により、〔霊動法〕を世に公にした、とある。このあたりの年月が正しいかどうかは、よくわからないが、それ以後の行動は、比較的信憑性が高く、大正九年五月渡仏。十年十月渡米。十二年にフランスにもどったが、関東大震災で日本へ帰る。

大正十四年に東京市四谷《よつや》に〔中村霊動治療所〕を開き、翌年、石川が門人となる。このころより、多くの門人ができたようだが、昭和三年、中村は治療所を門人の秋山彦一に任せ、故郷の広島県御手洗島に帰る。各地の治療所は、門弟たちにあずけ、中村は故郷で動物などを飼って暮らしていたが、昭和二十年二月、御手洗で死去。七十五歳だった。

昭和二十七年五月、門弟、有志らの手で御手洗島天満宮境内に〔霊動法ノ祖中村先生記念碑〕建立。

先生が自転車で世界一周をされた時の事は、押川春浪が書いて博文館《はくぶんかん》から発行されたときいています。それから日露戦争が始まる直前に、先生は大隈《おおくま》侯やその他当時の政府関係の人達の内命で満洲に行かれた。そして各国語が達者なために随分危険を冒して大きな役目を果されたという事でした。それで大隈さんや床次《とこつぐ》さん、乃木《のぎ》さん、上泉《かみいずみ》さん、頭山翁《とうやまおう》などに非常に愛されて居られたが、すべて表の仕事でなかったために表立って報いられる事なく、長い間放浪の生活を続けられたようです。その後大正元年四二歳の九月十三日に乃木さんが宮中から退出の途中、四谷見《み》附《つけ》で先生を見つけられ馬車をとめて、『中村、もう生命を大切にせよ、家をもって普通の生活に帰れ』と云われたそうですが、その夜、乃木大将が自刃されたのですから、先生は、「ほんとうに慟哭《どうこく》した」といつも感慨深く話されました。それが霊動へ転向の動機かどうかはわからないが、翌大正二年四三歳に霊動法を公にされた事になっているから、そのようにも想像されます。ここにある冊子によると、霊動法始祖神田霊海となっているが、実際にはそれを完成し、世の中へ出されたという点で、中村先生が祖という事になるわけです。碑文に書いてあるように、関東・関西・中国・九州・台湾・アメリカ・フランスというような霊動行脚に、更に遡って自転車世界一周旅行を加えると、先生の足跡は地球上至らざる所なしといってもいいようです。

「ここにある冊子」というのは、わからないが、石川が中村の師として名前をあげている神田霊海については、『霊動の道』の別の個所で、門弟のインタビューに答える形で、次のように説明している。

——霊動は中村先生の発見されたものですか。

先生 中村先生の先生があるんです。霊動の祖中村先生といっているけれども本当の祖は神田霊海という人なんです。本来我々生きているのが霊動なんで、宇宙万象の動きというもの、これがすべて霊動なんですが、霊動法として体系をつけたのが神田霊海師なんです。ところがそれを世の中に持ち出して実行に移したのが中村先生です。だから霊動法を公にした実行者という事になるとやはり中村先生といわなければなりません。

——神田先生というのはどういう方でしたか。

先生　神田さんは憲兵大佐かで、晩年はいま市井にある『金冠』という薬をつくっておられた。そして中村先生が皆にすすめられた。その時も私は「いやしくも霊動をやるものが」と怒ってしまった。いかに私が霊動に夢中になっていたか、半ば気違いじみていたかという事がわかる。亡くなった時は日本脳炎であった。霊動法を考案されたけれども、霊動の祖となる資格の無かった人かと思う。中村先生を傍へ置いていつもいっておられた。「中村は私の弟子だが、しかし私は何をしても中村には及びもつかない」と。だから私は神田霊海師の霊動指導とか治療とかを一度も見たことがない。私が知った頃は神田師は実質的に霊動から離れておった。

また『霊動の道』には「石川先生語録と門人感謝録」と副題がついているが、その副題どおり百十五名の門人が中村や石川に感謝の辞を述べたり、西洋医にも見放された難病が〔霊動法〕で治ったというような具体的な体験談を寄せられている。門人（患者）は、男女ともに年配の人が多く、ここには筆者の知った名前はない。

だが、奥付がないため、正確ではないが、おそらく昭和八年四月に、霊動会同人により、〔霊動会〕創立一周年記念として刊行された『霊動治療に対する感謝録』にも、五十六人の門人の感謝の辞があるが、そこには現在の〔大妻学院〕創立者の大妻《おおつま》コタカの名前も見える。大妻は昭和四年の生徒の遠足の際、腹痛で苦しむ生徒を石川の妻が、かんたんに

〔霊動法〕で治療したことから、自らも門人になり、からだのあちこちを治療してもらったと書いてある。

実際のところ〔霊動法〕に、どれぐらいの効果があったのかは、わからない。たとえば、タイトルを見ると、いささか怪しげだが、内容はまじめな精神医学雑誌〈変態心理〉〈大正十一年二月号〉などは、無署名コラムで中村をからかっている。
▼米国に於《お》ける日本霊術者――新聞がまた此《こ》の頃霊界の記事を書き出したが、何れも出《で》鱈目《たらめ》な話ばかりだ。ところが、この頃在米の上野文学士から送って来たデーリー・ニュース紙の切抜によると、例の中村春吉という霊術師が例の調子で吹き回っているらしく、十三万人の生命を救ったと号し病者で門前市をなしているとか。之《これ》が本当だとすれば、ワシントン会議で散々日本人の腹を疑ぐりぬいたヤンキーもこのヘッポコ催眠屋には頭が上がらないと見える。さても面白い現象ではないか。
しかし欧米では、かなり評価が高かったようで、これも奥付がないので、正確な年月は不明だが、たぶん大正十三年三月に、〔中村春吉先生後援会同人〕によって刊行された『欧米医学界並新聞界に於ける中村春吉先生の霊動治療に対する批判』という五十ページほどのパンフレットには、フランスやアメリカの一流大学、病院の博士らの〔霊動法〕を評価する感

想、所感などが十六点ほど、紹介されている（ここでの批判というのは、反響を意味する）。その中には、当時、ロックフェラー研究所で研究をしていた野口英世《のぐちひでよ》博士が、〔霊動法〕を見て新聞〈日米新報〉に語った感想などもある。

『欧米医学……』には、英文で掲載されているが、『霊動の道』に訳文があるので、紹介しておこう。「われわれにとって最も大切なことは、われわれの知っている所は全体の一小部分に過ぎないという事を悟ることである。われわれは更により多く学ぶべく心がけねばならない」

痛快無比の世界自転車無銭旅行をし、軍事探偵として大陸を駆け回った、典型的なバンカラ快人の晩年が、〔霊動治療師〕というのは、中村らしいといえばらしいし、らしくないといえばらしくないとも思える。いずれにしても、異色の探検家として評価する必要があるように思う。

編者解説

日下《くさか》 三蔵《さんぞう》

二〇二〇年六月に竹書房文庫の《日本ＳＦ傑作シリーズ》で復刊した横田《よこた》順彌《じゅんや》『幻綺《げんき》行《こう》完全版』は、おかげさまで好評をいただき、同じ連作《中村春吉《なかむらはるきち》秘境探検記》の長篇『大聖神』をお届けできることになった。

作品自体の面白さもさることながら、元版単行本に未収録だった二篇を初収録したこと、雑誌掲載時のバロン吉元《よしもと》氏の美麗なイラストを再録したこと、榊原一樹《さかきばらいつき》さんの迫力あるカバー画と、なにより新刊なのに昭和三十年代の児童書の古本にしか見えない坂野《さかの》公一《こういち》さんの凝りに凝った装丁《そうてい》が読者の目を惹いたことなどが相俟《あいま》った結果だろう。

ご協力、ご尽力くださった皆さまと、お買い上げくださった読者の皆さまには、厚くお礼申し上げます。この解説の執筆時点では、まだ本書の装丁デザインは届いていないのですが、前巻に勝るとも劣らない造本になっていることは間違いないと思っています。

横田順彌は、山田《やまだ》正紀《まさき》、かんべむさし、川又《かわまた》千秋《ちあき》、梶尾《かじお》真治《しんじ》らと同時期の七〇年代前半に活動を開始した、いわゆる「日本ＳＦ第二世代作家」のひとりで、当初はギャグとダジャレをふんだんに用いた「ハチャハチャＳＦ」というナンセンスなスタイルで人気を博したことは、前巻の解説でも述べたとおり。

一方で、軽妙な語り口が魅力のノンフィクション『日本ＳＦこてん古典』で国産ＳＦがジャンルとして成立する以前の作品を「古典ＳＦ」と位置づけ、大量に紹介している。既存の文学史が完全に見落としていた作品群を、ほとんど独力で発掘して体系づけた功績は極めて大きい。

趣味の古本蒐集《しゅうしゅう》が嵩《こう》じた結果、日本ＳＦの祖と言われる明治期の冒険小説家・押川春浪《おしかわしゅんろう》の生涯や、彼を取り巻く同時代の人物たちにまで興味の対象が広がっていき、ついには明治時代全般の研究へとのめり込んでいくことになる。

それは作品へとフィードバックされ、まずノンフィクションの分野で押川春浪の詳細な評伝『快男児　押川春浪　日本ＳＦの祖』（87年12月／パンリサーチ出版局／會津信吾《あいづしんご》と共著）を発表。この本で翌年の第九回日本ＳＦ大賞を受賞し、以後、『早慶戦の謎　空白の19年』（91年7月／ベースボール・マガジン社）、『熱血児押川春浪　野球害毒論と新渡戸稲造《にとべいなぞう》』（91年12月／三一書房）、『〈天狗倶楽部《てんぐくらぶ》〉快傑伝　元気と正義の男たち』（93年8月／朝日ソノラマ）、『明治不可思議堂』（95年３月／筑摩書房）といった力作が次々と刊行された。

小説作品でも、押川春浪と天狗倶楽部の面々が活躍する『火星人類の逆襲』（88年5月／新潮文庫）を皮切りに、《押川春浪＆鵜沢龍岳《うざわりゅうがく》》シリーズ（現在、初期の六冊は柏書房《かしわしょぼう》から《横田順彌明治小説コレクション》全３巻として刊行）、《中村春吉秘境探検記》シリーズ、

『明治幻想青春譜』（92年8月／朝日ソノラマ）、『義俠娼婦《ぎきょうしょうふ》風船お玉』（98年4月／講談社）、『五無斎《ごむさい》先生探偵帳　明治快人伝』（00年12月／インターメディア出版）などが刊行され、横田SFの看板はハチャハチャから明治ものへと、大きくシフトチェンジを果たした。

ここで《中村春吉秘境探検記》シリーズの作品リストを掲げておこう。

1　聖樹怪《せいじゅかい》　「SFアドベンチャー」89年7月号
2　奇窟魔《きくつま》　「SFアドベンチャー」89年10月号
3　流砂鬼《りゅうさき》　「SFアドベンチャー」90年1月号
4　麗悲妖《れいひよう》　「SFアドベンチャー」90年4月号
5　求魂神　「SFアドベンチャー」91年3月号
6　古沼秘　「SFアドベンチャー」91年9月号
7　大聖神　徳間書店　94年9月
8　西郷隆盛《さいごうたかもり》を救出せよ　日露戦争秘話　光栄　95年4月

九〇年七月の単行本『幻綺行　中村春吉秘境探検記』（徳間書店）に1〜4が収められ、次いで書下し長篇の7と8が刊行された。竹書房文庫の『幻綺行　完全版』に5と6が追加収録され、7の初めての文庫版が本書である。

『大聖神』
徳間書店

8は中村春吉が1で雨宮志保《あまみやしほ》、石峰省吾《いしみねしょうご》の両名と出会うより前の事件であり、シリーズ番外篇という位置付けの作品であるため、本篇に当たる1〜7は、『幻綺行完全版』と本書の二冊で、すべて読めるようになった訳だ。

作中の時系列でいうと、『西郷隆盛を救出せよ』が明治三十四（一九〇一）年、シリーズ第一話「聖樹怪」が明治三十六（一九〇三）年、本書が明治四十（一九〇七）年の事件ということになる。日露戦争は明治三十七（一九〇四）年二月から翌年九月にかけての戦争であり、春吉たち一行は、その間、ずっと自転車による世界一周無銭旅行を続けていたようだ。本書の冒頭には「日露戦争中はアフリカ、北欧などを旅しておった」とある。

ちなみに同じ箇所に、「わが輩、実は数年前にシベリヤに密入国し、一大活劇を演じたことがあるのだが」と記されているのが、『西郷隆盛を救出せよ』事件のこと。本書の執筆中に次作の構想が固まっていて、予告編的に書かれたものだろう。なお、横田明治小説においては、「作中では当時の言葉を使う」という趣向が徹底されているため、「シベリア」ではなく「シベリヤ」、「モスクワ」ではなく「モスコー」と表記されている。

ドイツを訪れた中村春吉一行は、大使館の山梨半造《やまなしはんぞう》中佐（この人も実在の人物である）から極秘の依頼を受ける。ロシア軍が不審な動きをしているから、その目的を探ってほしいというのだ。単なる学術調査ならばいいが、どうも、そうではなさそうだ。

シベリア鉄道でロシア秘密部隊を追う春吉たちは、途中で道連れを増やしながら、大興安《だいこうあん》嶺《れい》へと分け入っていく。オロチョン族の言い伝えによると、山中の洞窟には黄金でできた神像があり、それを守る白い大きな守護神がいるのだという。果たして、その正体とは……？

小栗虫太郎《おぐりむしたろう》の秘境探検小説、折竹孫七《おりたけまごしち》シリーズ（現在は『人外魔境』として河出文庫に収録）を意識したという本書は、冒険小説としての楽しさにあふれているが、同時にSFでもあるところに横田明治小説の特徴がある。怪光線、飛行物体、宇宙人など、現代の読者にはお馴染《なじ》みの道具立てや設定であっても、前述の「作中では当時の言葉を使う」という趣向のためにSF用語が排され、かえって風変わりな効果を上げているのだ。「UFO」という言葉は使えないので「飛天球」といった具合である。

『幻綺行 完全版』の感想を見ていて気になったのは、「作者はバンカラを礼讃しているが、所詮は暴力ではないか」というもの。明治期を舞台にする以上、当時としては当然の価値観であった軍国主義、人種差別、女性差別などが描写されることはあるだろうが、現代の作者が現代の読者に向けて書いているのだから、それらをすべて容認、肯定、礼讃していると考えるのは、あまりに短絡的な読み方ではないだろうか。

時代小説を読む人が、身分制度、封建制、殺人（チャンバラ、合戦など）を肯定や礼讃していると決めつけるのは無理がある。そうした要素を否定しながら、ストーリーの面白さ自体を楽しむことができるのも、フィクションの持つ大きな力であろう。

　横田さんは明治という時代に託して自らの理想《ユートピア》の世界を描いたのだと私は思うし、読者の皆さんにも、そのように作品を読み、そして楽しんで欲しいと思っている。

『明治バンカラ快人伝』
光風社出版

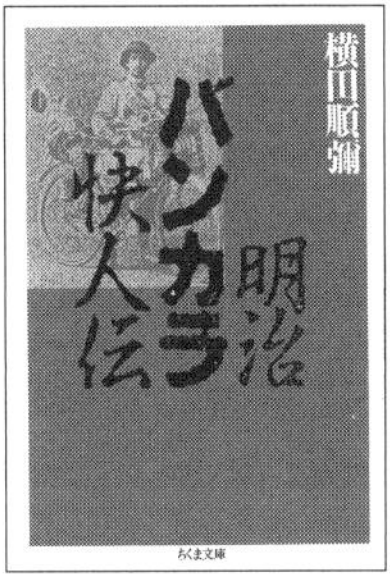

『明治バンカラ快人伝』
ちくま文庫

　なお本書には、資料として、中村春吉、前田《まえだ》光世《みつよ》、吉《よし》岡《おか》信敬《しんけい》の三人のミニ評伝をまとめたノンフィクション『明治バンカラ快人伝』（89年3月／光風社出版　↓96年2月／ちくま文庫）から、中村春吉の章を特別に再録させていただいた。小説と合わせて、この世紀の奇人の生涯を立体的にお楽しみください。

　光風社版には写真四葉、ちくま文庫版には写真三葉（うち二葉は光風社版と共通）が挿入されており、本書には、これをすべて収めた。また、横田さんが参照した一次資料『中村春吉自転車　世界無銭旅行』（明治四十二年八月／博文館《はくぶんかん》）を盛林堂《せいりんどう》書房の小野純一《おのじゅんいち》さんからお借りすることができ、既刊にはなかった写真三葉も加えてある。小野さん、ありがとうございました。

光風社版の最終章「謎に満ちた生涯」は、このように結ばれていた。

本稿をまとめるにあたって、筆者は現時点で考えられる限りの調べを進めてみたが、死亡年月日はもちろんのこと、明治四十五年以降の中村の消息を伝える資料を発見することはできなかった。

いったい、中村春吉という人物は、何者だったのだろうか。筆者の推測するとおり、なんらかの形で、軍とつながった軍事探偵だったのだろうか。それとも、本人がいうとおり、軍とは何の関係もない、ただの愛国心に溢《あふ》れた、バンカラの愛国男児だったのだろうか。

筆者の個人的な気持ちとしては、軍事探偵ではないほうが、うれしい。目先の損得など考えない、ただひたすら自分の気持ちに素直に行動する直情型の中村のほうが、秘密を持つ中村より好きだ。真相は、どうなのだろうか？

それにしても、日本の旅行史に残ってもいいような、この中村が、なぜ後世に、これほどきれいさっぱり、忘れさられているのだろうか。ふしぎでならない。

それがまた、いかにも、一世のバンカラ快男児らしい生涯といえば、それまでなのだが……。

そして本文の後に〔追記〕として、再校段階で発見したという「変態心理」大正十一年二月号のコラム記事が掲載されていた。

ちくま文庫版では、この章は「波瀾《はらん》また波瀾」と改められて大幅に加筆され、特に晩年の「霊動法」関連の記述は丸ごと増補されている。初刊から文庫化までの七年間に資料の調査・探索が進行した様子がうかがえて興味深い。

あと一点、本書の元版の巻頭には、今西錦司《いまにしきんじ》氏の編著『大興安嶺探検』に基づく大興安嶺山脈の地図が掲げられており、当然これは本書にも再録したいところだったが、著作権の関係でどうしても収録することができなかった。編者の力不足をお詫《わ》びいたします。

とはいえ、地図がなかったとしても、本書が無類に面白い冒険SFであることに変わりはない。本書の刊行がきっかけとなって、横田さんの明治小説、明治ノンフィクション、さらには古書エッセイやハチャハチャSFにまで興味を持つ人が増えることを、願ってやまない。

〈シグマフォース〉シリーズ⑤
ケルトの封印　上下
ジェームズ・ロリンズ／桑田 健［訳］

癒しか、呪いか？　その封印が解かれし時——人類は未来への扉を開くのか？　それとも破滅へ一歩を踏み出すのか……。

〈シグマフォース〉シリーズ⑥
ジェファーソンの密約　上下
ジェームズ・ロリンズ／桑田 健［訳］

光と闇の米建国史——。アメリカ建国の歴史の裏に隠された大いなる謎……人類を滅亡させるのは〈呪い〉か、それとも〈科学〉か？

〈シグマフォース〉シリーズ⑦
ギルドの系譜　上下
ジェームズ・ロリンズ／桑田 健［訳］

最大の秘密とされている〈真の血筋〉に、ついに辿り着く〈シグマフォース〉！　組織の黒幕は果たして誰か？

〈シグマフォース〉シリーズ⑧
チンギスの陵墓　上下
ジェームズ・ロリンズ／桑田 健［訳］

〈神の目〉が映し出した人類の未来、そこには崩壊するアメリカの姿が……「真実」とは何か？「現実」とは何か？

〈シグマフォース〉シリーズ⑨
ダーウィンの警告　上下
ジェームズ・ロリンズ／桑田 健［訳］

南極大陸から〈第六の絶滅〉が、今、始まる……。ダーウィンの過去からの警告が、明らかになるとき、人類絶滅の脅威が迫る！

大聖神
2021年4月23日　初版第一刷発行

著者 …………………………… 横《よこ》田《た》順《じゅん》彌《や》
編者 …………………………… 日《く》下《さか》三《さん》蔵《ぞう》
イラスト ………………………… 榊《さかき》原《ばら》一《いつ》樹《き》
デザイン ………………… 坂《さか》野《の》公《こう》一《いち》(welle design)

発行人 ………………………… 後藤明信
発行所 …………………… 株式会社竹書房
〒102-0075 東京都千代田区三番町8-1
三番町東急ビル6F
email : info@takeshobo.co.jp
http://www.takeshobo.co.jp
印刷所 …………………… 凸版印刷株式会社

定価はカバーに表示してあります。
■落丁・乱丁があった場合は furyo@takeshobo.co.jp までメール
にてお問い合わせください。